— J'ai retrouvé mon album de promotion, tu sais, dit Thane de cette voix profonde et grondante qui provoquait des choses indescriptibles chez Blake. C'est probablement une bonne chose que je ne t'aie pas remarqué à l'époque. Je n'aurais pas su quoi faire de toi.

Blake étouffa un rire au souvenir de l'aveu tranquille qu'avait fait Thane à la cafétéria de l'école et de l'effet que celui-ci avait eu sur lui.

— Je pense que si, au contraire.

Thane incita Blake à lui faire face. Ses mains lourdes étaient chaudes sur les épaules de Blake, même à travers les couches de vêtements qui séparaient leur peau.

— Je suis sûr que je serais parvenu à te baiser, acquiesça Thane, et cette seule pensée suffit à faire trembler les genoux de Blake, mais je n'aurais pas su comment te traiter comme tu le mérites.

Il caressa la joue de Blake avec un doigt épais et celui-ci ferma les yeux malgré lui.

— Je n'aurais pas su comment te garder.

Les yeux de Blake se rouvrirent d'un coup. Thane ne venait pas de dire ça. Mais ce dernier croisa son regard posément, ne flanchant pas le moins du monde à la suite de sa déclaration.

— C'est ce que tu veux ? demanda Blake d'une voix rauque.

Thane sourit et fit un pas en arrière.

— Je serais fou de vouloir moins que ça.

ACTE DEUX

Ariel Tachna

ACTE DEUX

Ariel Tachna

Publié par
DREAMSPINNER PRESS

5032 Capital Circle SW, Suite 2, PMB# 279, Tallahassee, FL 32305-7886 USA
www.dreamspinnerpress.com

Copyright de l'édition française © 2019 Dreamspinner Press.
Titre original : Stage Two
© 2017 Ariel Tachna.
Première édition : mai 2017
Traduit de l'anglais par Ingrid Lecouvez.

Illustration de la couverture :
© 2017 Bree Archer.
http://www.breearcher.com
Les éléments de la couverture ne sont utilisés qu'à des fins d'illustration et toute personne qui y est représentée est un modèle

Édition e-book en français : 978-1-64405-390-4
Édition imprimée en français : 978-1-64405-391-1
Première édition française : avril 2019
v 1.0

Édité aux États-Unis d'Amérique.

À l'âge de douze ans, **ARIEL TACHNA** découvre deux choses : la langue française et les romans d'amour. Ces deux passions l'ont définie depuis lors. À la fin du lycée, elle avait déjà écrit quatre romans – que personne ne voudrait lire aujourd'hui – mettant en scène une jeune femme bilingue, comme il est facile de l'imaginer. Son héroïne était tout ce qu'Ariel aurait voulu être à douze ans.

Elle vit actuellement dans la banlieue de Houston avec son mari, qui parle lui aussi le français ; ses enfants, qui comprennent le français même s'ils ne font pas l'effort de le pratiquer ; et leurs deux chiens, qui refusent obstinément de répondre aux ordres donnés en français. Le chat, quant à lui, fait comme s'il était au-dessus de tout le monde, peu importe la langue parlée.

Retrouvez Ariel sur :
Son site Web : www.arieltachna.com
Facebook : www.facebook.com/ArielTachna
Par e-mail : arieltachna@gmail.com

Par Ariel Tachna

DREAMSPUN DESIRES
LES AMANTS DE LEXINGTON
#8 – L'étalon sauvage
#19 – Un homme sans égal
#33 – Acte deux

Publié par **DREAMSPINNER PRESS**
www.dreamspinner-fr.com

À ma mère et à ma sœur, qui ont répondu à toutes mes questions concernant Lexington, et à Nicki, qui encourage mes obsessions même quand elle ne les partage pas.

Chapitre un

DERRIÈRE son bureau, Blake Barnes regarda les deux adolescents renfrognés, blottis l'un contre l'autre sur de petites chaises en plastique.

— Vous voulez me dire ce qui s'est passé ? Parce que si vous ne le faites pas, je n'aurai rien de concret mis à part le fait que c'est la troisième fois que vous atterrissez dans mon bureau en moins d'un mois. Trois fois en un mois, ce n'est pas un record, mais si l'on considère que vous avez commencé l'école ici il y a seulement quatre semaines, cela pourrait le devenir.

Phillip – l'aîné des deux frères et, parce qu'ils étaient tous les deux en seconde, sous la responsabilité de Blake jusqu'à ce qu'ils passent en première – ricana, un bon signe en ce qui concernait Blake, mais aucun d'eux ne parla.

— Phillip, Christopher, vous devez me donner quelque chose. Je ne peux pas vous aider si vous ne me dites pas ce qui se passe.

— Kit, marmonna l'autre frère. Personne ne m'appelle Christopher.

1

Blake soupira.

— Allez, les garçons. Je ne suis pas le méchant, ici. Je ne veux pas mêler vos parents à cette histoire si nous pouvons résoudre les choses à l'école.

Il avait réussi à gérer les problèmes en interne les deux premières fois où les garçons avaient eu des ennuis, car les violences verbales avaient été des incidents relativement mineurs, mais il ne pouvait continuer ainsi compte tenu de l'évolution des événements, surtout maintenant que cela avait dégénéré en un contact physique.

— Nos parents sont morts, cracha Phillip.

Blake cligna des yeux plusieurs fois. Il n'était pas au courant. Eh bien, merde. Tant pis pour ce qui était de développer un lien avec les adolescents en difficulté, même si cela expliquait un certain nombre de choses. Il fronça les sourcils et sortit leurs dossiers pour savoir avec qui ils vivaient. Il fallut un moment à l'ordinateur pour répondre à sa demande – il avait insisté pour en prendre un vieux quand l'école en avait reçu de nouveaux. Les professeurs avaient davantage besoin que lui de la technologie la plus récente. Finalement, la base de données se chargea et lui donna l'information qu'il cherchait. Phillip et Christopher Parkins vivaient actuellement avec…

Bon sang de bonsoir ! Thane Dalton était référencé en tant que leur tuteur. Il se frotta les tempes et pria que les garçons veuillent bien lui parler. Il n'avait pas vu Thane Dalton – en supposant que ce soit le même Thane Dalton, mais dans une ville de la taille de Lexington et avec un nom comme celui-là, il doutait qu'il s'agisse de quelqu'un d'autre – depuis qu'il avait obtenu son diplôme à la fin du lycée. Cependant, il ne pensait pas que le revoir presque vingt ans plus tard serait plus facile.

— Dois-je appeler votre tuteur ou pouvons-nous régler cette affaire entre nous ?

— S'il vous plaît, n'appelez pas oncle Thane.

Kit croisa finalement les yeux de Blake, une expression tellement désespérée sur le visage que le cœur de ce dernier se brisa pour le garçon.

— Kit, je n'arrête pas de te dire qu'oncle Thane ne nous jettera pas dehors.

— Écoutez, dites-moi ce qui s'est passé – la vérité, bien entendu – et je verrai si je peux laisser votre oncle en dehors de tout ça, proposa Blake. Toute la vérité.

— Ces garçons, ceux que j'ai poussés… commença Phillip.

— Tais-toi, dit Kit. Ça ne fera qu'aggraver les choses.

Blake sentit son estomac se tordre.

— Kit, je sais ce que c'est que d'être le nouveau de l'école. Nous avons déménagé à Lexington quand j'avais à peu près ton âge et je n'avais pas de grand frère pour veiller sur moi, mais je sais aussi que garder le silence sur le problème, quel qu'il soit, ne le fera pas disparaître.

Phillip regarda à nouveau Kit, puis Blake.

— Ils pensent que parce qu'ils sont des sportifs reconnus et que nous ne sommes personne, ils peuvent nous intimider. Ils pensent qu'ils peuvent obliger Kit à faire des choses pour eux. Ils…

Blake savait déjà où cela allait mener, mais il devait l'entendre de la bouche des garçons. Il croisa les mains sur ses genoux et les serra avec force pour cacher la tension qui avait planté ses griffes en lui.

— Continue, dit-il aussi gentiment qu'il savait l'être.

— Ils l'avaient obliger à se mettre à genoux et le retenaient. Si je n'étais pas arrivé à ce moment-là… l'un d'eux portait une main à sa ceinture, dit rapidement Phillip. Ouais, je l'ai poussé. Ouais, j'aurais fait pire si la sécurité ne s'était pas montrée, mais ils allaient s'en prendre à Kit. Je ne pouvais pas les laisser faire ça.

Blake ferma les yeux en entendant le désespoir dans la voix de Phillip.

— Non, tu ne pouvais pas. En tant que proviseur adjoint, je ne peux tolérer la violence, mais je comprends pourquoi tu as fait ça. Malheureusement, quand la sécurité est arrivée, Kit n'était plus à terre et les caméras de surveillance ne filment pas le coin où vous vous trouviez à ce moment-là, donc c'est ta parole contre la leur.

Phillip lâcha une protestation.

— Je n'ai pas dit que je ne te croyais pas. En fait, c'est le contraire. Je te crois, mais gérer le problème ne sera pas aussi simple que cela l'aurait été si nous avions eu des témoins en dehors des personnes impliquées. Kit, ont-ils dit quoi que ce soit sur ce qu'ils avaient l'intention de faire avec la ceinture une fois qu'elle aurait été défaite ?

Blake imaginait deux scénarios possibles – un passage à tabac ou un viol collectif – mais il avait appris depuis longtemps que ses étudiants étaient bien plus créatifs que lui. Les autres garçons auraient pu avoir un tout autre motif.

Kit secoua la tête.

— Kit, insista doucement Blake. Je ne peux pas t'aider si tu ne me dis pas la vérité.

Kit secoua à nouveau la tête.

— Appelez oncle Thane, dit soudain Phillip. Peut-être que Kit lui parlera.

Blake hocha la tête et prit le téléphone avant de composer le numéro toujours affiché sur l'écran de son ordinateur. Il ignora la façon dont Kit flancha et espéra qu'il faisait le bon choix. Thane Dalton avait toujours été brut de décoffrage – « *J'ai peut-être foiré la biologie, mais même moi je sais que tu ne peux pas mettre une fille enceinte en l'enculant* » – mais Blake ne l'avait jamais connu cruel. Il espérait que le temps n'avait pas changé cette qualité chez lui, même s'il avait changé d'autres choses.

Le téléphone sonna trois fois avant que quelqu'un réponde.

— Dalton.

— Monsieur Dalton, ici monsieur Barnes, du lycée Henry Clay. Vos neveux sont dans mon bureau. Il y a eu une altercation. J'aimerais que vous veniez à l'école, s'il vous plaît.

— Laissez-moi leur parler, demanda Dalton.

Cela allait à l'encontre du protocole, mais Blake n'était pas arrivé où il était en suivant les règles. Il ne ressemblait peut-être pas à quelqu'un qui prenait des risques, mais les enfants passaient toujours en premier pour lui.

— Un instant.

Il regarda les garçons.

— Lequel de vous deux veut lui parler ?

Kit eut un mouvement de recul et Phillip carra les épaules.

— Je vais lui parler.

Blake lui tendit le combiné. Le cordon ne s'étirait pas jusqu'où il était assis, alors Phillip se rapprocha du bureau pour le prendre.

— Oncle Thane ?

Blake n'entendait pas ce que Dalton disait, mais il percevait parfaitement le ton colérique. Il soupira. Cela n'allait pas se passer en douceur, il le savait déjà. Soit les garçons s'étaient suffisamment confiés à Dalton pour qu'il sache de quoi il retournait, soit il était devenu très autoritaire et leur criait dessus uniquement parce qu'ils étaient dans le bureau du proviseur adjoint. Phillip écoutait ce que Dalton criait sans faire le moindre commentaire. Au bout de quelques minutes, il rendit le téléphone à Blake et se rassit.

— Monsieur Dalton ?

— Je serai là dans vingt minutes. Ne laissez pas mes neveux hors de votre vue. Si ces brutes ont une autre occasion de s'en prendre à mes garçons, vous allez le sentir passer.

Blake ne trembla pas à ces mots. Il était adulte et il avait depuis longtemps surmonté son béguin d'adolescent pour le bad boy de terminale. Peu importe qu'il ait compris qu'il était gay grâce à Thane Dalton et son mépris étrange envers tout ce qui touchait aux convenances.

— Vos neveux resteront dans mon bureau jusqu'à ce que vous arriviez, répondit Blake aussi courtoisement que possible.

Au cours de ses quatre années en tant que proviseur adjoint, il avait eu affaire à suffisamment de parents en colère pour savoir comment gérer ce genre de choses. Qu'il perde son calme n'aiderait personne, surtout pas les garçons assis en face de lui.

Le déclic annonçant la fin de l'appel téléphonique fut la seule réponse de Dalton. Blake réprima un soupir. Certaines choses ne changeaient pas.

— Votre oncle sera là dans vingt minutes, dit Blake aux garçons. Y a-t-il autre chose que vous souhaitez me dire pendant que nous l'attendons ?

Les deux garçons secouèrent la tête et Blake les laissa à leur silence. Il avait plus qu'assez de travail à abattre si ceux-ci ne voulaient pas lui parler, mais ses pensées ne cessaient de revenir à leur situation. Ils avaient besoin d'un groupe auquel appartenir, d'un cercle d'amis pour les soustraire aux brutes qui s'en prenaient à eux, pour leur apporter la sécurité que lui-même avait obtenue en travaillant au théâtre quand il avait déménagé à Lexington. Être le nouveau était toujours un défi, jusqu'à ce qu'on parvienne à s'intégrer. Et du peu qu'il venait d'apprendre sur leur situation, ils avaient déjà assez de défis à affronter.

S'il pouvait les amener à se confier à lui et à lui dire toute la vérité sur ce qui se passait, il pourrait probablement les aider, mais s'ils ne voulaient pas lui parler, ses options étaient limitées. Cette fois, la sécurité avait interrompu la dispute avant qu'elle dégénère et soit vraiment considérée comme une bagarre, mais la prochaine fois, les garçons n'auraient peut-être pas autant de chance et le comté de Fayette avait une politique stricte de tolérance zéro en matière de violence physique. Si une bagarre éclatait, il n'aurait pas d'autre choix que de les envoyer dans un centre scolaire alternatif, même s'il était convaincu que ce genre d'endroit n'était pas fait pour eux. En outre, il devrait les y envoyer avec les mêmes garçons qui les avaient harcelés au point que Phillip réplique. Il devait y avoir un moyen d'éviter cela. Il fallait simplement qu'il le trouve, de préférence avant que Thane Dalton arrive, parce que Blake n'avait aucun doute sur ce qui s'ensuivrait alors : l'enfer se déchaînerait.

Il sourit à cette pensée. Phillip et Kit avaient besoin de quelqu'un comme leur oncle de leur côté. Il avait presque pitié des parents des autres adolescents si cette affaire tournait à la médiation. Puis il se souvint de ce que Phillip lui avait dit et changea d'avis. Les autres adolescents méritaient tout ce que Dalton choisirait de leur infliger.

Il avait commencé à déplacer des papiers sur son bureau, à la recherche du rapport qu'il était censé remplir à un moment de sa journée, lorsque son regard se posa sur l'annonce du dernier projet du département théâtre. Il y jeta un coup d'œil spéculatif pendant un instant. Un peu de travail physique sous forme de service communautaire avec un groupe d'adolescents qui se targuaient d'être « différents » était peut-être exactement ce dont Phillip et Kit avaient besoin pour commencer à s'intégrer. Cela avait fonctionné pour lui, à l'époque.

THANE Dalton baissa les yeux sur le téléphone qu'il tenait dans la main et jura à s'en faire saigner les oreilles. Quand il avait promis à Lily qu'il prendrait soin de ses garçons si quelque chose lui arrivait, jamais il ne s'était attendu à ce que cela se produise un jour. Contrairement à son défunt mari, soldat, elle avait un emploi absolument sans danger dans une banque où elle travaillait de neuf heures à dix-sept heures. Aucune raison de penser qu'il finirait brusquement avec la garde de ses neveux parce qu'elle était tombée malade et ne s'était jamais rétablie. Aucune raison d'imaginer qu'il se retrouverait soudain avec deux adolescents en deuil vivant sous son toit.

Il rangea son téléphone dans sa poche et siffla brusquement pour attirer l'attention de son responsable de chantier.

— Derek, je dois aller voir mes neveux. Je reviens dès que je peux.

Derek Jackson, son contremaître et meilleur ami depuis toujours et la seule personne en qui il avait confiance pour gérer Dalton Construction, lui indiqua d'un geste de la main qu'il l'avait entendu, laissant Thane libre de rejoindre son pick-up. Claquant ses bottes contre le sol, il se débarrassa du mieux qu'il put de la boue qui les couvrait avant de grimper dans la cabine.

Il avait réussi à éviter les écoles depuis qu'il avait terminé ses études à Tates Creek presque vingt ans plus tôt. Il avait prévu de continuer sur cette voie, mais Kit et Phillip étaient tout ce qui lui restait de sa jumelle bien-aimée. Il ne les laisserait pas tomber en n'étant pas présent alors qu'ils avaient besoin de lui. Les garçons ne lui avaient pas dit grand-chose – ils ne partageaient presque rien avec qui que ce soit sauf entre eux, d'après ce qu'il voyait – mais ils en avaient dit assez pour qu'il remplisse lui-même les blancs. Il approchait peut-être de la quarantaine, mais il se rappelait encore comment fonctionnait le lycée. Il avait joué le jeu et avait été parmi les meilleurs à l'époque, mais ses neveux, ses précieux garçons, n'avaient pas encore appris ces leçons. Thane essayait de les leur enseigner, mais ils étaient encore trop à vif pour entendre ce qu'il avait à dire.

Thane avait perdu ses parents à trente ans et cela avait été difficile. Il ne pouvait imaginer ce que cela faisait d'être orphelin à quinze ou seize ans. Qu'il soit damné s'il laissait qui que ce soit leur mener la vie dure maintenant et au diable quiconque essaierait de se mettre en travers de sa route. Ils ignoraient de quoi il était capable.

Chapitre deux

— **EXCUSEZ-MOI,** Monsieur Barnes. M. Dalton est arrivé.

Blake hocha la tête à l'intention de sa secrétaire.

— Merci, Natalie. Faites-le entrer, s'il vous plaît.

Blake regarda les garçons assis en face de lui se rapprocher l'un de l'autre alors que Nathalie retournait dans le bureau d'accueil. Il se prépara mentalement à ce que les prochaines minutes apporteraient. Il les défendrait de leur oncle exactement comme il le ferait des caïds de l'école si on en arrivait là, mais son champ d'action était limité une fois qu'ils quitteraient son bureau.

La porte s'ouvrit brutalement, faisant sursauter les trois occupants dans la pièce, et Thane Dalton fit irruption. Il n'avait pas du tout changé, sauf peut-être en mieux. Il portait toujours ses cheveux noirs tirés en arrière et noués en queue de cheval sur la nuque. La veste en cuir noir dont Blake se souvenait avait été remplacée par une autre plus belle, mais le jean et les bottes de travail auraient tout aussi bien pu être les mêmes que ceux qu'il avait portés au lycée. Il prenait toujours beaucoup d'espace dans la pièce, plus que sa taille le justifiait, vidant le bureau de tout son air par sa simple présence. Blake inspira et se rappela qu'il n'était plus un petit intello ringard de troisième.

— Monsieur Dalton. Merci d'être venu si rapidement. Je suis Monsieur Barnes.

— Je sais qui vous êtes. Je veux savoir ce que vous allez faire pour empêcher ces brutes de terroriser mes garçons.

— Je serais ravi de discuter d'une médiation avec vous, commença Blake.

Le regard noir de Thane aurait pu transformer Blake en un tas de cendres.

— Une médiation ? dit-il entre ses dents serrées. Je ne vois rien à concilier. Depuis le jour où ils se sont inscrits ici, ils n'ont cessé d'être harcelés par la même bande de sportifs. Vous n'allez pas leur dire de ne pas se défendre.

— Le comté de Fayette a une politique de tolérance zéro en matière de violence physique. Peu importe qui a commencé, dit Blake en ayant l'impression d'être le pire des hypocrites. S'ils sont victimes de harcèlement, ils doivent le déclarer à un adulte plutôt que de prendre les choses en main.

— Comme qui ? demanda Thane. Vous ? Vous vous attendez vraiment à ce que je croie que vous prendrez leur parti au détriment de vos sportifs vedettes ?

— Il existe des procédures…

— Rien à foutre des procédures.

Blake ne rougit pas en entendant Thane dire « foutre ». Il ne le fit pas. Il ne le ferait pas.

— S'il vous plaît, monsieur Dalton. Si vous pouviez garder un langage approprié, cela aiderait énormément.

Thane renifla avec ironie.

— Vous êtes tous les mêmes avec vos politesses et vos bonnes manières et vous avez tous peur de faire quoi que ce soit qui pourrait vous faire virer ou poursuivre en justice. Eh bien, *rien à foutre* de tout ça, monsieur Barnes. Quelqu'un menace mes garçons et ça s'arrête tout de suite.

— Et comment proposez-vous de faire ça ? demanda Blake.

— Comment proposez-*vous* de le faire ?

— Les harceleurs ont tendance à s'en prendre à ceux qui n'appartiennent pas à un groupe établi de leurs semblables, expliqua Blake.

Ils cherchent ceux qui sont seuls et qui n'ont personne vers qui se tourner pour les défendre ou pour témoigner de ce qui se passe.

Thane ouvrit la bouche pour l'interrompre.

— Laissez-moi finir, s'il vous plaît. Je vais en venir au fait, si vous voulez bien m'écouter.

Thane lui jeta un regard noir, mais Blake refusa de se laisser impressionner. Il avait un travail à faire, des garçons à protéger et une école à diriger. Il refusait d'être intimidé par qui que ce soit. Même par l'homme qui avait été le sujet de son tout premier fantasme.

— Comme je le disais, les nouveaux étudiants, ceux qui n'ont pas beaucoup d'aisance sociale et ceux qui n'entrent pas dans le moule, sont les victimes les plus fréquentes du harcèlement. Dans le cas présent, je pense que le problème tient au fait que Phillip et Kit viennent d'arriver, ils sont nouveaux. Ils n'ont pas eu assez de temps pour se faire des amis et trouver leur place, alors les hyènes se sont rapprochées. Malheureusement, une fois que cela commence, il est plus difficile pour les victimes de trouver leur groupe d'amis ; il est bien plus risqué de se lier d'amitié avec quelqu'un qui est déjà harcelé que de simplement devenir l'ami d'un nouvel élève.

— Tout cela est très intéressant, mais ce n'est pas une solution, déclara Thane, le visage fermé.

Blake l'ignora et se tourna vers Phillip et Kit.

— Les garçons, avez-vous appris quelque chose sur la construction avec votre oncle ?

— Un peu, répondit Phillip. Nous l'accompagnons parfois sur des chantiers le week-end, pour gagner un peu d'argent de poche. Kit est trop jeune pour travailler officiellement, mais nous passons du temps avec lui.

— Dans ce cas, j'ai une proposition. Le département théâtre cherche des volontaires pour renforcer l'équipe technique. Vous aideriez au montage des décors, il faut savoir manier de façon basique une scie, un marteau et des clous, peut-être un tournevis, un pinceau, rien de très compliqué, mais les enfants de la troupe forment un groupe très soudé. Ils vous donneraient ces amis avec qui passer du temps, ce qui rendrait plus difficile à vos harceleurs de vous isoler.

— Le théâtre ? intervint Thane. C'est la meilleure solution que vous avez trouvée ?

— Si vous avez des suggestions, je serais heureux de les entendre, répliqua Blake. Mais si vous ne faites que critiquer mes propositions, dans ce cas, laissez-moi vous expliquer les autres options qui s'offrent à vous. Cela sera consigné dans leur dossier scolaire en tant que service communautaire. Leurs autres choix sont trois jours de suspension de l'école ou deux semaines de suspension intra-scolaire. Ces deux options semblent bien pires à faire figurer dans leurs dossiers que le service communautaire, sans parler du temps d'enseignement qu'ils perdront et du fait que cela attirera sur eux l'attention des vrais délinquants de l'école, et je ne pense pas que ce soit ce que vous vouliez. Je ne fais pas les règles, monsieur Dalton, mais je fais de mon mieux pour travailler conformément à elles pour aider vos garçons.

Thane n'avait pas l'air convaincu, non que Blake puisse l'en blâmer. Il avait entendu assez d'histoires sur les aventures de Thane au lycée pour comprendre qu'il n'avait pas beaucoup de respect pour les administrateurs de l'école. Peu de gens en dehors de la profession comprenaient sur quelle corde raide Blake marchait tous les jours et tous les règlements qui lui étaient imposés par un système indépendant de sa volonté. Il était devenu doué pour trouver des façons créatives de contourner les règles, mais cela ne fonctionnait que si les parents étaient d'accord eux aussi.

Comme Thane ne proposa pas d'alternative, Blake se tourna à nouveau vers Kit et Phillip.

— Qu'en pensez-vous ? Voulez-vous essayer de travailler au montage des décors du théâtre ?

— C'est mieux que la retenue intra-scolaire ou la suspension du lycée, dit Phillip. Ce n'est pas comme si les choses pouvaient empirer.

Comme Thane semblait sur le point de formuler une réplique cinglante, Blake lui adressa la meilleure interprétation de son regard « N'y pense même pas ». Il connaissait les personnes comme Thane. Même s'il avait complètement craqué pour lui cette année-là au lycée, il avait eu quelques années pour apprendre ce que les garçons – et les hommes – comme lui pensaient du théâtre. La musique, ça allait, mais le théâtre, c'était pour les pédés. Si Kit et Phillip avaient eu la fibre musicale, ils auraient déjà été intégrés dans un groupe plutôt que de prendre l'atelier poterie. Si Blake avait dû émettre une hypothèse, il aurait dit que l'atelier avait été calé dans leur emploi du temps pour combler un trou plutôt que par un intérêt réel pour cette activité. Il pouvait se tromper – ce ne serait pas la première fois – mais Phillip et Kit ne lui semblaient pas être le genre de garçons à aimer la poterie.

À sa surprise, Thane ne prononça aucun des mots qu'il avait été sur le point de dire. Blake ne s'était pas attendu à ce que son regard appuyé fonctionne.

11

Kit regarda son oncle, cherchant une sorte d'orientation à suivre. Blake se prépara à défendre son point de vue contre la désapprobation de Thane, mais ce dernier croisa le regard de Kit avec impassibilité.

— C'est ton temps libre. C'est toi qui décides.

Kit se tourna vers Blake.

— Pendant combien de temps devons-nous travailler là-bas, si on décide qu'on n'aime pas ça?

— L'entière préparation de la pièce ne dure que huit à dix semaines, le renseigna Blake. La plupart des membres de l'équipe de montage restent pour les représentations et donnent un coup de main avec les accessoires, les lumières ou d'autres choses, mais ce n'est pas vraiment une exigence. Pour répondre à ta question, cependant, disons quatre semaines. Si, à la fin de cette période, vous ne souhaitez pas continuer, nous considérerons que votre service communautaire est accompli.

— On peut faire quatre semaines, pas vrai, Kit? dit Phillip.

— Oui.

Blake se retourna vers Thane.

— Dans ce cas, c'est réglé. Les garçons, laissez-moi appeler la sécurité pour vous ramener en classe. Monsieur Dalton, pourrais-je avoir cinq minutes de plus de votre temps?

— Je veux parler à Kit et Phillip avant qu'ils retournent en classe, déclara Thane.

— Je n'y vois pas d'inconvénient. Les garçons, je vais vous demander d'attendre dehors avec Mme Wright, j'appellerai la sécurité pour vous escorter en classe une fois que vous aurez parlé à votre oncle.

Kit et Phillip sortirent et fermèrent la porte derrière eux.

— Asseyez-vous, je vous en prie, offrit Blake. Cela ne prendra pas longtemps.

Thane, qui les avait tous surplombés jusqu'à présent, s'installa sur l'une des chaises que ses neveux venaient de libérer, mais l'avoir à hauteur des yeux n'atténua en rien l'impact de sa présence dans la pièce.

— J'aimerais que vous renforciez chez eux l'idée que la violence ne résout rien et que Kit et Phillip doivent signaler toute action menée à leur encontre plutôt que de riposter. Je peux les aider s'ils dénoncent ceux qui les intimident. Je ne peux pas les aider s'ils se battent contre eux.

— Vous espérez vraiment que je croie que ça va marcher? se moqua Thane. J'ai quitté le lycée il n'y a pas si longtemps. Je ne pense pas que les choses aient tellement changé.

— Ce qui a changé, ce sont les règles, monsieur Dalton. Lorsque nous étions à l'école, se battre vous valait d'être suspendu pendant plusieurs jours et ça s'arrêtait là. Maintenant, cela peut vous envoyer dans un centre alternatif d'enseignement ou vous faire expulser. Les conséquences ne sont pas vraiment de la même ampleur.

— Et ne pas riposter peut faire de vous la victime d'un viol en réunion, déclara Thane sans mâcher ses mots.

Blake grimaça.

— Ils ne m'ont pas parlé de cette partie.

La pensée lui avait traversé l'esprit, mais il avait espéré… Eh bien, peu importe ce qu'il avait espéré.

— Dans ce cas, j'ai changé d'avis. J'ai besoin que vous les convainquiez de me dire toute la vérité, car c'est une situation tout à fait différente de l'intimidation. Non que je tolère l'intimidation, comprenez-moi bien, mais l'intimidation est un problème interne à l'école. Le viol est un crime.

— Ils ne me l'ont pas dit non plus, mais ils n'en ont pas eu besoin, dit Thane.

— Non, j'imagine, mais ils doivent me dire, en revanche, si leurs agresseurs ont proféré cette menace. Je ne peux pas me baser sur des ouï-dire ou des suppositions. L'un d'eux doit me dire exactement quelles menaces ont été lancées et par qui. S'ils veulent bien faire ça, alors j'ai des options à proposer qui, pour le moment, ne me sont pas envisageables, expliqua Blake.

— Des options, répéta Thane en levant les yeux au ciel. Dites-moi pourquoi je ne devrais pas simplement les retirer de l'école et les inscrire ailleurs.

— Parce que sans une bonne explication pour justifier ce qui s'est passé ce mois-ci, le district n'autorisera pas le transfert, sauf si vous déménagez, dit Blake. Vous pourriez vous intéresser aux écoles privées, mais un regard à leur dossier disciplinaire et les suppositions concernant vos neveux auront sans doute pour résultat de les isoler là-bas aussi. Je comprends votre frustration…

— Vous comprenez que dalle. Je connais les types dans votre genre. Vous avez grandi dans un quartier riche, fréquenté une école huppée et n'avez jamais eu à affronter de réelles difficultés. Kit et Phillip ont perdu leur père quand ils étaient petits. Kit ne se souvient pas du tout de lui. Le mois dernier, leur mère est morte d'un cancer. Et maintenant, ils doivent faire face à une brochette de gros bras sans cervelle qui pensent qu'ils dirigent l'école parce qu'ils sont bons sur le terrain de football, de basket ou je ne sais où encore. Ils en ont eu *assez*.

À entendre tout cela déballé ainsi, le cœur de Blake saigna pour Kit et Phillip et cela ne fit que renforcer sa détermination à trouver une solution qui les protégerait et les aiderait tout à la fois, à s'installer dans leur nouvelle vie.

— Vous avez été très clair quant à ce que vous pensiez de moi, indépendamment de la justesse de vos hypothèses, mais cela ne change rien au fait qu'à l'heure actuelle, vous et moi sommes les seuls à nous trouver de leur côté. Vous pouvez maudire le système autant que vous le voulez, mais le fait est que je sais comment il fonctionne, alors vraiment, tout ceci ne se résume qu'à une seule et unique question : allez-vous m'aider à déjouer le système ou allez-vous me mettre des bâtons dans les roues tout ce temps et risquer l'avenir de vos neveux ?

Chapitre trois

THANE regarda l'homme en face de lui qui tenait l'avenir de Kit et de Phillip entre ses mains. Bon sang, il voulait le détester dans sa chemise blanche amidonnée avec sa cravate parfaitement nouée. Il voulait prendre la chaise sur laquelle il était assis et l'envoyer valser par-dessus le bureau de ce connard en lui disant d'aller se faire foutre et le système avec lui. Il pouvait le faire. Il possédait peut-être Dalton Construction, mais il passait encore ses journées sur un chantier ou un autre. Il avait la force de le faire et il était assez en colère pour utiliser cette force, mais cela ne résoudrait rien. Barnes le tenait par les couilles et il ne pouvait absolument rien y faire.

— Vous avez quatre semaines, cracha-t-il. Si votre plan fonctionne pendant cette période, nous serons quittes. Sinon, ou bien si les choses s'aggravent d'ici là, c'en sera fini d'attendre et de jouer selon des règles stupides.

— C'est raisonnable, répondit Barnes de son ton égal qui donnait envie à Thane de le pincer juste pour voir s'il était capable de réagir.

15

Cependant, vous n'avez pas répondu à ma question. Allez-vous m'aider à déjouer le système ou allez-vous me mettre des bâtons dans les roues? Parce que je peux vous dire maintenant que si vous cherchez à me poser des problèmes, cela ne marchera pas. Je travaille avec des adolescents et je sais tout de leur façon d'interagir avec leurs parents.

— Je suis leur oncle, pas leur père, marmonna Thane.

— Vous êtes leur tuteur légal. À tous points de vue, cela fait de vous leur parent. Comme je le disais, je sais comment les adolescents interagissent avec leurs parents. J'ai vu comment ils vous regardent. Ils ont peur, ce qui est parfaitement logique après tout ce qu'ils ont traversé, pour moitié à cause de la situation et au moins pour l'autre moitié que vous changiez d'avis, et ils ont désespérément besoin de votre approbation afin que vous ne songiez pas à les rejeter. Si vous ne leur faites pas croire que c'est la meilleure idée que vous ayez entendue, ils n'y mettront pas tout leur cœur, et s'ils se présentent en traînant les pieds et en faisant une tête de six pieds de long, les membres du programme de théâtre sauront qu'ils sont là parce qu'ils y sont obligés et non parce qu'ils veulent l'être. Mon plan tout entier repose sur le fait qu'ils se fassent des amis et s'intègrent à un groupe qui les accueillera à bras ouverts. Ne compromettez pas ça avant que cela ait une chance de fonctionner.

Non seulement Thane devait composer avec ces conneries pendant un mois, mais en plus, il devait faire semblant de penser que c'était une bonne idée? Impossible que Kit et Phillip y croient. Barnes pensait peut-être qu'ils étaient stupides, mais Thane n'était pas dupe. Ses garçons avaient l'esprit vif. Ils avaient seulement vécu une année difficile. Ils étaient autorisés à connaître des difficultés avec leurs études et tout le reste. Ce n'était pas comme s'il pouvait beaucoup les aider non plus. Il pouvait leur apprendre à se servir d'un marteau, mais il avait chargé son emploi du temps de lycéen avec autant d'ateliers manuels qu'on lui avait laissés en prendre. Les études n'avaient définitivement pas été son truc. Au moins, les garçons avaient hérité de l'intelligence de Lily.

— Comment suggérez-vous que je fasse ça? demanda-t-il.

Barnes haussa les épaules.

— Ils vont avoir à monter des décors. Vous pourriez offrir de les aider. Vous garderiez un œil sur eux pour vous assurer qu'ils ne courent aucun danger et vous auriez la possibilité de passer des moments privilégiés ensemble, tout à la fois.

Thane grogna un rire amusé.

16

— Du travail gratuit? Suis-je censé faire don de matériel aussi? Je dirige une entreprise, pas un organisme de charité.

— C'était une suggestion, non un ordre, répondit Barnes avec douceur. Vous avez demandé des suggestions, alors je vous en ai donné une. Et non, vous n'avez pas besoin de donner du matériel. Le département théâtre a un budget pour les décors, les costumes ainsi que les droits pour monter le spectacle. Tout ce que vous feriez serait de donner aux élèves des conseils avisés en leur faisant profiter de votre expérience et de passer du temps avec vos neveux. Ce n'est pas notre première représentation. Notre équipe sait ce qu'elle fait.

Thane sentit la piqûre de la réprimande, mais l'ignora. Peut-être que Barnes était sincère et n'avait pas essayé d'en tirer parti, mais suffisamment de gens l'avaient fait par le passé pour justifier sa méfiance.

— Je vais y penser. Si nous en avons fini, monsieur Barnes, j'ai une entreprise à faire tourner.

Il devait également parler à deux garçons effrayés, mais cette discussion les concernait. Barnes n'avait aucun rôle à jouer là-dedans.

— Aidez-moi à faire en sorte que cela fonctionne. C'est tout ce que je demande, ajouta Barnes.

Thane acquiesça sèchement et se leva. Il devait sortir d'ici. Trop de souvenirs, même si ce bureau ressemblait très peu à celui de Tates Creek où il avait passé plus de temps qu'il voulait bien l'admettre. Le lycée n'avait pas été l'étape la plus réussie de sa vie.

Il sortit du bureau et trouva Kit et Phillip assis avec la secrétaire. Adieu la discussion à cœur ouvert, non qu'il soit bon à cela de toute façon, quelles que soient les circonstances. Kit et Phillip se levèrent immédiatement, vacillant sur la pointe des pieds, comme s'ils avaient été coupés dans leur élan, entre courir et rester sur place.

Il posa les mains sur leurs épaules, qu'il serra d'une poigne ferme, et croisa le regard de chacun d'eux tour à tour.

— Nous trouverons une solution, dit-il. Si ce n'est pas celle-là, ce sera autre chose. Je ne laisserai rien d'autre vous arriver. Je vous le promets.

Des larmes s'amoncelèrent dans les yeux de Kit, mouillant ses cils et le faisant ressembler à un chiot battu, mais Thane y lut aussi de la gratitude. Il lui serra l'épaule plus fort. Phillip cachait mieux ses émotions, le visage impassible, mais la façon dont il s'accrochait au bras de Thane le trahissait.

— Restez dans des zones animées où les enseignants peuvent vous voir et, inversement, où vous pouvez les voir. S'ils ne peuvent vous atteindre seuls, c'est plus difficile de chercher la bagarre parce qu'il y aura des témoins et des gens à qui vous pouvez demander de l'aide.

— Nous allons essayer, oncle Thane, dit Phillip d'une voix tremblante.

Il maîtrisait peut-être l'art d'afficher un visage neutre, mais il devait travailler sur le reste.

— Ça, ce sont mes garçons.

Il pressa leurs épaules une fois de plus et recula d'un pas.

— Je dois retourner au travail. Je vous verrai à la maison ce soir.

Ils acquiescèrent tous les deux et retournèrent s'asseoir. Il aurait voulu ajouter autre chose, mais les mots n'avaient jamais été son fort. Il préférait l'action, mais il n'avait aucune autorité pour agir, ici. Il ravala un grognement frustré et quitta les bureaux. Il passerait l'après-midi à planter des clous. Voilà qui libérerait sa tension mieux que toute autre option qui s'offrait à lui. Difficile de se faire un petit cul complaisant avec deux adolescents en train de dormir dans la pièce voisine.

BLAKE s'effondra sur sa chaise quand la porte se referma derrière Thane. Il n'avait plus quatorze ans et ne se cherchait plus question sexualité. Il savait exactement qui il était et ce qu'il voulait – et ce n'était pas Thane Dalton. Il était agréable à regarder, c'est vrai, mais Blake n'avait que faire du type homme des cavernes. Surtout celui qui, en plus, était prompt à la critique.

Alors pourquoi Thane avait-il encore la capacité de complètement le déstabiliser ? Il devait se ressaisir, sinon Heidi s'en donnerait à cœur joie quand ils se verraient pour leur happy-hour hebdomadaire du vendredi. Il parierait qu'elle se souvenait de Thane elle aussi, et si c'était le cas, elle se souviendrait forcément de son béguin sans espoir pour lui.

Il était complètement foutu.

Thane n'avait pas semblé le reconnaître, au grand soulagement de Blake. Ce dernier ne s'y était pas attendu de toute façon : ils n'avaient pas du tout évolué dans les mêmes cercles et Thane était trois classes au-dessus de lui à l'école. Ne pas avoir ce passé commun rendait les choses plus faciles pour Blake. Ils ne partageaient pas une vieille amitié que Thane pouvait invoquer, alors s'il ne se souvenait pas de lui comme d'un jeune boutonneux, cela aidait Blake à préserver son autorité.

Il devait parler à Mme Clark, la directrice du département théâtre. Il n'aidait jamais l'équipe technique au printemps à cause des tests de fin de période et tout le cirque associé, mais s'il devait lui imposer deux adolescents difficiles et peut-être leur oncle, il devait être là pour donner un coup de main. Il vérifia rapidement l'emploi du temps de sa collègue et vit qu'elle avait un creux de planification dans son agenda, ce qui voulait dire qu'elle serait au théâtre en train de préparer les activités de la semaine suivante.

Il mit son ordinateur en veille, attrapa ses clés et prit la direction du théâtre. Il pourrait l'aider avec ce sur quoi elle travaillait pendant qu'ils parleraient.

Il entra dans le théâtre et trouva toutes les lumières éteintes à l'exception de celles dans les coulisses.

— Jenny ? appela-t-il, ne voulant pas la surprendre.

— Par ici.

Il suivit le son de sa voix jusqu'aux coulisses, puis jusqu'à la mezzanine qu'ils utilisaient pour entreposer le matériel quand ils ne travaillaient pas sur une pièce de théâtre.

— Pouvez-vous descendre pour discuter une minute ou dois-je monter ?

— Donnez-moi cinq minutes pour terminer. Ou vous pouvez monter.

Blake grimpa l'échelle jusqu'à la mezzanine au-dessus de la scène et trouva Jenny tout au fond, dans un coin, entourée de châssis – des panneaux modulables et réutilisables carrés ou rectangulaires, qu'ils assembleraient plus tard pour former les murs des décors.

— Je pensais que nous avions compté et trié ces châssis l'automne dernier.

— En effet, mais je n'arrive pas à mettre la main sur la fiche d'inventaire, or nous commençons lundi.

— En parlant de commencer lundi, j'ai deux nouveaux volontaires pour vous.

— Pourquoi je pense que ce n'est pas un bon signe ? demanda Jenny en faisant un autre décompte sur sa feuille.

— Parce que je ne serais pas venu jusqu'ici s'il n'était question que de deux enfants qui voulaient rejoindre la troupe ?

— C'est ce que je pensais. Racontez-moi ça.

Blake soupira.

— J'ai deux garçons qui viennent d'intégrer l'école et qui se font harceler, voire pire, par un groupe de sportifs. J'essaie d'empêcher ces frères d'avoir des ennuis. Je pensais qu'ils pourraient se faire des amis s'ils donnaient un coup de main avec les décors.

— Vous savez que je suis toujours prête à aider les enfants, répondit Jenny. Les garçons sont-ils partants pour cette activité ?

— Ils ont décidé que c'était mieux que d'être suspendus. Je n'ai pas vraiment eu le temps de les convaincre.

— Pourquoi cela ? Vous passez des heures à parler avec les enfants qui en ont besoin.

— Parce qu'ils ne parlaient pas et que leur tuteur ne m'a pas beaucoup aidé. Je ne sais pas s'il fera une apparition, mais je pensais que vous deviez être au courant, au cas où il se montrerait malgré tout.

— Il peut apprendre à utiliser un pinceau comme le font les enfants, dit Jenny en haussant les épaules.

— Je ne pense pas que cela posera un problème. Il possède Dalton Construction. Il est plus susceptible de se montrer et d'essayer de tout prendre en charge.

— C'est une production dirigée par des étudiants et je n'aurai aucun problème à le lui faire comprendre. Les adultes sont là pour donner des conseils et superviser, rien de plus.

— C'est la raison pour laquelle je suis venu vous voir. L'idée vient de moi à l'origine. Je serai là pour vous aider à gérer les choses. Je resterai simplement un peu plus tard après la fin de l'atelier théâtre pour terminer ce que je n'aurais pas eu le temps de faire pendant la journée.

— Vous n'avez pas à faire ça, Blake. Je peux m'occuper d'un parent bénévole.

— Je sais que vous en êtes capable, mais je veux aider. Vous savez comment ça se passe. De temps en temps, un gamin touche une corde sensible et tout ce que vous pouvez faire pour l'aider, vous le faites avec plaisir, parce que le gosse en vaut la peine.

— Ils en valent tous la peine.

— Bien sûr, acquiesça Blake, mais certains sont tout simplement spéciaux. Ces deux-là sont comme ça. Je veux que le programme fonctionne pour eux. Je veux les aider. Ce n'est pas comme si quelqu'un m'attendait à la maison. Mes orchidées se fichent de l'heure à laquelle je rentre du moment que je les arrose le week-end.

— Vous donnez déjà beaucoup de vous-même. Ne vous ruinez pas la santé pour ça.

— C'est promis.

Le téléphone de Jenny se mit à biper.

— C'est mon rappel. J'ai cinq minutes avant de retourner en classe. Si vous êtes vraiment décidé à aider, nous avons notre première réunion lundi à quinze heures.

— Je serai là.

Chapitre quatre

BLAKE entra chez *Enoteca* quelques minutes avant dix-sept heures. Le barman le salua d'un geste de la main alors qu'il s'asseyait à la table qu'Heidi et lui occupaient toujours si elle était disponible.

— Salut Blake. Qu'est-ce que tu bois ce soir ?

— Sers-moi un Fig 46, dit Blake en faisant référence à son cocktail préféré – un mélange de whisky, d'amers et de liqueur de noix.

— Heidi va t'allumer d'être encore une fois aussi prévisible, répondit Darian, le barman.

— Elle va m'allumer même si je commande autre chose, alors autant savourer ce que je bois pendant qu'elle s'en donne à cœur joie.

Darian éclata de rire.

— C'est vrai. Peut-être que tu auras de la chance et que Brent et Nav se pointeront après le boulot. Ils sont toujours doués pour la distraire.

Blake sourit comme cela avait été l'intention de Darian, mais il espérait presque que les autres habitués que ce dernier venait de mentionner ne viendraient pas. Il les aimait bien, mais ce soir, il avait besoin de parler à Heidi, même si elle devait le taquiner après coup. Il n'avait pas été capable de s'ôter Thane Dalton de la tête et elle était la seule personne qui pouvait le comprendre, ne serait-ce qu'un peu. Après tout, elle était assise juste à côté de lui quand il avait eu sa révélation.

Darian venait de poser son verre devant lui quand Heidi entra tranquillement. Ses cheveux étaient plus courts qu'à l'époque du lycée, mais sinon, elle n'avait pas du tout changé depuis la première fois qu'il l'avait vue, le jour où il s'était inscrit à Tates Creek. Il avait été désigné pour travailler avec elle sur une paillasse pendant les cours de biologie de M. Schweitzer. Elle lui avait jeté un regard et dit qu'elle ne ferait pas sa moitié du travail avant de s'affairer à sa tâche. Il était tombé un peu amoureux d'elle à cet instant même. À ce jour, elle était toujours ce qui se rapprochait le plus d'une sœur pour lui.

— Laisse-moi deviner, dit-elle en s'asseyant en face de lui et en dénouant son écharpe. Un Fig 46.

— Qu'est-ce qui te fait croire ça? répondit Blake.

Elle prit son verre, le renifla et le reposa avec un rictus aux lèvres.

— Parce qu'il n'y a que toi pour penser que ce truc sent bon.

— Mieux vaux ça que la concoction sucrée que tu appelles un verre, la taquina-t-il en retour.

Il y avait goûté une fois, après qu'elle s'était extasiée à n'en plus finir, mais cela lui avait rappelé le goût sirupeux d'une grenadine. Pas du tout le genre de chose qu'il voulait boire.

— En parlant de concoctions sucrées, intervint Darian en posant le verre d'Heidi devant elle. J'ai pris la liberté de t'en préparer une quand Blake est arrivé.

Heidi se pencha et l'embrassa sur la joue.

— Tu es le meilleur.

Il sourit et les laissa seuls.

— Comment s'est passée ta semaine?

—Chargée, répondit-elle. Nous avons un nouveau client très exigeant. Je comprends qu'il veuille lancer son nouveau site Web le plus rapidement possible, mais je ne peux travailler qu'un certain nombre d'heures d'affilée avant de commencer à faire des erreurs. Parce qu'alors, je perds mon temps à les corriger au lieu de m'attaquer à la pièce suivante du puzzle.

— Tu es une femme vraiment, vraiment effrayante. Il a intérêt à te laisser faire ton travail s'il ne veut pas découvrir à quel point, un jour, dit Blake en secouant la tête.

Heidi avait essayé de lui expliquer plus d'une fois ce qu'impliquait la création d'une plateforme de site Web, mais même s'il comprenait l'essentiel, les détails techniques lui passaient rapidement par-dessus la tête. Bien sûr, elle disait la même chose quand il se mettait à lui parler des théories psychologiques qu'ils utilisaient dans son travail avec ses étudiants.

— Il le découvrira bien assez tôt ou Eric lui expliquera les choses, et tu ne connais vraiment la façon de penser de quelqu'un que quand il se lâche sur toi. Je prends grand plaisir à le voir remettre les gens à leur place quand ils vont trop loin.

Blake n'avait jamais été capable de décider si Eric était le patron d'Heidi ou son partenaire. Eric semblait principalement s'occuper de faire marcher les affaires tandis qu'Heidi gérait la majeure partie de la programmation. Quoi qu'il en soit, ils avaient transformé leur agence de conception Web en l'entreprise la plus prisée de la ville.

Il leva son verre et trinqua avec elle.

—Au lancement réussi d'un autre site Web.

Elle prit une gorgée, s'adossa à sa chaise et le regarda avec une expression critique.

— Qu'est-ce qui te travaille ?

Blake soupira.

— Qu'est-ce qui m'a trahi cette fois ?

— Tu ne dois pas être ici depuis plus de dix minutes et ton verre est déjà à moitié vide. Tu ne bois aussi vite que quand quelque chose ne va pas.

— Je ne sais pas si quelque chose ne va pas, en fait. J'ai fait une rencontre inattendue aujourd'hui, avec quelqu'un que je pensais ne jamais revoir.

— Oh, je suis curieuse, maintenant. Qui était-ce ?

— Tu ne me croiras pas si je te le dis.

Il ne pouvait retarder l'inévitable indéfiniment, mais il pouvait déjà l'entendre jacasser quand il le lui dirait.

—Allez, dis-moi.

— Thane Dalton.

— Thane Dalton, comme dans le plus bad boy des bad boys de Tates Creek ? Le Thane Dalton sur qui je t'ai écouté soupirer pendant six mois avant qu'il soit enfin diplômé ? Ce Thane Dalton ?

— Ce Thane Dalton.

Son gloussement était encore plus diaboliquement ravi qu'il s'y était attendu.

— Où donc as-tu bien pu tomber sur lui ? Tu travaillais aujourd'hui.

— Nous allons en venir à la partie où tu vas devoir mettre ton incrédulité en veilleuse, la prévint-il.

Elle leva les yeux au ciel et lui fit signe de poursuivre.

— Il a la tutelle de ses deux neveux qui se sont inscrits à Henry Clay il y a un mois environ. Ils étaient scolarisés à Louisville avant ça. Ces deux garçons rencontrent des difficultés d'ajustement et nous avons dû organiser une réunion de parents aujourd'hui.

Heidi le fixa un instant avant d'éclater de rire.

— Oh, j'ai failli marcher, pendant une minute. Me demander de mettre mon incrédulité en veilleuse était bien bonne.

— Je ne plaisante pas, Heidi. Je te montrerais bien leur dossier, mais ils sont confidentiels. Les garçons sont victimes de harcèlement et j'essaie de les aider avant qu'ils se retrouvent dans des ennuis dont ils ne pourront se sortir.

Elle se calma aussitôt et étudia attentivement son visage.

— Ouah, je ne l'ai jamais imaginé dans un rôle de parents.

— Nous ne l'avons jamais imaginé dans un autre rôle que celui de bad boy. Il dirige une entreprise de construction maintenant, tu sais. Il n'est plus l'adolescent que nous avons connu à l'époque.

— Comme si nous le connaissions, en fait, dit Heidi. Lui avais-tu déjà parlé avant aujourd'hui ?

— Non, je n'ai jamais trouvé le courage de lui dire ne serait-ce que bonjour, au lycée, comme tu le sais très bien. Et l'occasion ne s'est jamais présentée depuis.

Jusqu'à aujourd'hui.

Elle but une autre gorgée de son cocktail et fit tambouriner ses doigts sur la table.

— Et ça ne pose pas de problème ?

Blake s'apprêtait à écarter la question, mais elle verrait clair dans son jeu s'il le faisait.

— Je ne sais pas. Enfin, je veux dire que je n'ai plus quatorze ans. J'ai dépassé mon penchant pour les bad boys depuis longtemps, maintenant.

— Vraiment, ou t'es-tu seulement convaincu que c'était un mauvais pari à faire et que tu devrais désirer autre chose ?

25

— Je m'occupe de tous les bad boys que je peux gérer à l'école, tous les jours, affirma Blake.

— Ce n'est pas pareil et tu le sais, insista Heidi. Tu t'occupes de garçons qui ont des problèmes tous les jours, mais ce n'est pas la même chose que le «mauvais garçon» qui fait battre ton cœur avec cette pointe de danger.

— Même si tu as raison – et ce n'est pas le cas, mais même si ça l'était – je ne peux pas m'impliquer avec un parent d'élèves dont je suis responsable. Ce serait contraire à l'éthique, à tout le moins, et pour le moment, ces garçons ont besoin de toute l'aide qu'ils peuvent recevoir.

Heidi plissa le front et croisa son regard implacablement, mais elle ne poussa pas la discussion plus avant, ce dont il lui fut reconnaissant. Elle le connaissait trop bien, parfois.

THANE sortit le plat du four et jura quand son pouce glissa de la manique et toucha le verre brûlant du récipient. Il réussit à le poser sans le lâcher, mais le verre se fendit contre le comptoir en granit, un autre signe du genre de journée qu'il avait passée. Il n'arrivait pas à décider s'il devait être heureux de s'être brûlé le pouce droit au lieu du gauche – sur lequel il avait frappé avec un marteau cet après-midi-là – ou s'il aurait préféré s'être brûlé le pouce gauche de sorte qu'une seule de ses mains soit foutue.

Il fixa la bouillie brune dans le plat et se demanda comment sa mère et sa grand-mère s'y étaient prises pour donner l'impression que c'était facile. Il avait suivi la recette de la boîte à recettes de sa grand-mère aussi attentivement que possible, mais cela ne ressemblait pas du tout à son gratin de courge.

— Je peux commander une pizza, proposa Phillip en entrant dans la cuisine.

— Nous avons mangé de la pizza hier soir, répliqua Thane.

— OK, alors je vais commander chinois. Je peux même aller chercher la commande pour que tu n'aies pas à ressortir.

Thane fronça les sourcils devant le plat peu ragoûtant et attrapa une cuillère. Ce n'était pas parce que cela ressemblait à de la bouillie que c'était forcément mauvais. Il prit une bouchée et la recracha promptement.

— Chinois, ce sera parfait. Ou nous pourrions aller chez *Ramsey*. Kit a aimé le rôti braisé la dernière fois que nous y sommes allés.

— Le burger était vraiment bon aussi, dit Phillip. Je vais dire à Kit que nous sortons.

— Attends, Phillip, l'interrompit Thane. Je veux te parler une minute sans ton frère.

Phillip se raidit visiblement.

— Je suis désolé de ne pas avoir réussi à mieux le protéger, oncle Thane.

Thane regarda son neveu avec tristesse. Phillip ressemblait tellement à son père, contrairement à Kit, qui avait hérité de presque tous les traits de Lily. Mais cela allait plus loin que l'apparence. Will était mort en Afghanistan alors que Phillip n'avait que trois ans, mais Thane pouvait facilement imaginer son beau-frère devant lui maintenant, au lieu de son neveu.

— Il y a tellement de ton père en toi, même si tu ne te souviens pas vraiment de lui, mais ce n'est pas ce que j'allais dire. Est-ce qu'ils s'en prennent à toi aussi ou seulement à Kit?

— Seulement à Kit, mais papa m'a dit que je devais m'occuper de maman et de Kit avant son déploiement. Ses amis me l'ont rappelé chaque fois qu'ils venaient nous voir. Je ne peux pas rester à l'écart et ne rien faire. Je ne peux pas.

La lèvre inférieure de Phillip trembla, faisant regretter à Thane d'avoir abordé le sujet. Il ne savait pas quoi faire quand les larmes entraient en jeu.

— Et tu as fait ce qu'il t'a demandé de faire, affirma Thane. Ils n'ont pas fait de mal à Kit, à moins que, tous les deux, vous ne me disiez pas tout.

Il marqua une pause pour donner à Phillip le temps de répondre, étudiant son expression pour y trouver l'indice d'une quelconque dissimulation, mais son neveu secoua la tête.

— Alors, tu as fait ce qu'il t'a demandé de faire jusqu'à présent. Tu n'as plus à être l'homme de la famille, désormais. Je suis là pour vous deux. Tu le sais, pas vrai?

— C'est moi qui ai demandé à M. Barnes de t'appeler aujourd'hui. Kit ne voulait rien te dire, mais je savais que tu voudrais savoir.

— Que penses-tu de M. Barnes?

Maintenant qu'ils n'étaient plus à l'école, il espérait qu'il obtiendrait une réponse honnête.

Phillip haussa les épaules.

— Il est bien. Il ne crie pas comme beaucoup de profs et de directeurs le font. Je crois qu'il le pense quand il dit qu'il veut nous aider. Je ne sais pas s'il le peut, mais je pense qu'il le veut.

— Je ne sais pas non plus s'il le peut, dit honnêtement Thane, parce que quoi qu'en dise Barnes, mentir à ses garçons ne résoudrait rien. Mais je ne vois personne d'autre à l'école essayer, alors je veux que Kit et toi fassiez de votre mieux avec ce qu'il suggère, d'accord?

Phillip hocha la tête.

— Kit et moi en avons parlé sur le chemin du retour. Il faut construire des décors. On peut faire ça. On pourrait même apprendre des choses à utiliser plus tard sur les chantiers avec toi. Peut-être que ça ne changera rien avec les gars qui nous cherchent, mais ça nous évitera des ennuis, et ça pourrait être amusant. On va faire de notre mieux.

— Ça m'a l'air d'être un bon plan, dit Thane. Je ne pourrais pas être présent tous les jours, mais si je peux donner un coup de main à un certain point, fais-le-moi savoir. Jackson ne devrait pas m'en faire trop baver si je rate un après-midi ou deux.

Phillip sourit.

— C'est ce que tu dis maintenant.

Thane éclata de rire, mais il devrait parler à son contremaître avant de faire la moindre promesse supplémentaire.

Chapitre cinq

LE lundi après-midi, Blake verrouilla la porte de son bureau et sortit ses vêtements de rechange. Jenny aurait sans doute déjà commencé la réunion d'organisation, mais Blake avait des obligations post-classes auxquelles il ne pouvait se soustraire uniquement parce qu'il voulait être là quand la réunion commencerait. Il ôta sa cravate et troqua son pantalon de costume contre un jean. Il ne s'attendait pas à le salir aujourd'hui, mais il avait un tee-shirt manche longue ample qu'il pouvait enfiler par-dessus sa chemise s'ils se mettaient immédiatement à l'ouvrage.

Il se glissa au fond du théâtre et s'installa derrière le dernier élève. Danny, le rôle principal de la production de l'automne dernier, se retourna en entendant le bois du siège craquer quand il en abaissa l'assise, mais Blake lui fit signe de reporter son attention vers l'avant du théâtre. Il était peut-être à nouveau le favori sortant pour le rôle-titre, mais il devait quand même savoir quand se montrer aux auditions, sinon il n'aurait pas de place.

Alors que Jenny continuait à lire sa liste de dates et d'heures, expliquant quelles étaient ses attentes, Blake regarda le reste de l'auditorium, cataloguant mentalement les présents et les absents. Emma et Zach, les régisseurs [1] de cet automne, étaient là tous les deux, mais il ne vit pas Kayla, le rôle féminin principal. Tous les élèves ne participaient pas à chaque représentation, bien entendu, mais il s'était attendu à ce qu'elle revienne. Il poserait la question à Jenny plus tard. Après quelques instants, il repéra Kit et Phillip assis au premier rang, écoutant attentivement tout ce que Jenny avait à dire. Bien. Ils n'agissaient pas comme s'ils étaient là sous la contrainte. Son regard se posa sur plusieurs autres élèves qu'il reconnut et pas mal d'autres qu'il ne connaissait pas. C'était toujours excitant. Emma et Zach seraient tous deux diplômés au printemps, alors ils chercheraient des étudiants pour reprendre leur rôle à l'automne prochain. Il en avait quelques-uns en tête, mais les nouveaux visages pouvaient changer les choses.

— Voilà, ce sont toutes les informations d'ordre général que j'ai, termina Jenny. Si vous avez l'intention de passer une audition, retrouvez-moi côté cour [2] de la scène pour récupérer vos textes. Si vous êtes là pour faire partie de l'équipe des machinistes [3], Emma et Zach sont vos régisseurs. Ils vous verront côté jardin avec M. Barnes, pour discuter des horaires de travail, de l'expérience et de ce qu'ils attendent de vous.

Blake se leva et rejoignit la scène du côté droit, suivi d'une bonne vingtaine de jeunes dont il ne connaissait que la moitié à peine. Ils verraient combien d'entre eux restaient sur le long terme, mais il prendrait tous ceux qui se présenteraient. Quand ils se furent tous rassemblés dans les coulisses, il fit un signe de tête à Emma et à Zach. Il était peut-être le tuteur officiel de l'équipe technique, mais il croyait aux productions dirigées par des étudiants autant que Jenny. Il était là uniquement pour s'assurer que tout restait sur la bonne voie et que tous les protocoles de sécurité étaient respectés.

— Bonjour, je suis Zach.

1 Chef de la régie.

2 Cour et Jardin sont des termes antonymes spécifiques au théâtre qui ont l'avantage d'éviter tout quiproquo, comme les expressions bâbord et tribord sur un bateau. Placé sur scène et regardant la salle, la Cour se trouve à gauche (côté cœur) et le Jardin à droite.

3 Ouvrier polyvalent qui participe à la construction, au fonctionnement, à l'entretien des décors et de la machinerie d'un théâtre. De façon plus générale ou dans le cadre du théâtre amateur, nous parlerons d'équipe technique ou d'équipe de montage.

— Et je suis Emma. Nous sommes les régisseurs de la pièce *Guys and Dolls*. C'est une grosse production. Une très grosse production. Avec beaucoup d'éléments mobiles, donc nous allons travailler plus d'après-midis que nous l'avons fait l'automne dernier pour *The Odd Couple*. Nous aurons également besoin de beaucoup plus de monde durant les représentations pour les changements de décor.

— Nous sommes heureux que vous soyez tous ici et nous espérons que vous êtes prêts à travailler, parce que ce ne sera pas une partie de plaisir. Amusant, oui, mais pas facile. Est-ce que tout le monde connaît M. Barnes ?

Blake fit un signe de la main. Il ne connaissait pas tous les étudiants, mais eux semblaient tous le connaître.

— C'est notre tuteur. Il fait du théâtre depuis le lycée, alors il sait vraiment de quoi il parle. Tout ce que vous avez besoin de savoir concernant l'outillage, les plans, n'importe quoi dans ce goût-là, demandez-lui. Personne ne s'attend à ce que vous sachiez tout sur tout dans l'immédiat. Nous nous attendons seulement à ce que vous ne montriez pas stupides si par hasard vous ne savez pas ce que vous êtes en train de faire. Compris ?

Tous les élèves pour qui ce n'était pas la première pièce sourirent. Les nouveaux acquiescèrent docilement.

— Bien, continua Zach. Normalement, nous nous arrêterions là après avoir donné les plannings puisque c'est le premier jour, mais nous n'avons pas de temps à perdre. Si vous ne pouvez pas rester aujourd'hui, pas de problème. Soyez là demain à quinze heures trente, prêts à bosser. Nous travaillons jusqu'à dix-huit heures, cinq jours par semaine, pendant que l'autre groupe passe les auditions, apprend ses lignes et répète la musique. Quand ils seront prêts à commencer la mise en place, nous devrons partager le temps de scène, il faudra donc avoir avancé autant que possible parce qu'ils auront besoin de toute la place disponible sur scène pour apprendre la chorégraphie.

— Si vous pouvez rester aujourd'hui, nous travaillons jusqu'à dix-huit heures, ajouta Emma. Nous avons six décors mobiles à construire, alors nous devons nous y mettre.

Parce qu'il n'avait pas eu l'intention de travailler sur la production du printemps, Blake n'avait pas lu le scénario ni discuté du décor avec Jenny, mais il était heureux d'avoir décidé de donner un coup de main, finalement. Habituellement, ils avaient un décor fixe, deux au maximum. Six, c'était dingue.

Certains enfants partirent, mais la plupart attendirent des instructions.

31

— Est-ce que je peux voir les plans ? demanda Blake à Emma.

Elle les lui remit avant que Zach et elle se mettent à organiser des groupes d'étudiants pour aller sur la mezzanine et descendre ce dont ils auraient besoin en matériel et fournitures. Il les laissa gérer cette partie. Ils savaient ce qu'ils faisaient. Lui devait encore se faire à l'idée des six décors.

Des six décors *mobiles*.

La mission – intérieur et extérieur – la rue, les égouts, La Havane et la boîte de nuit. Alors qu'il étudiait les plans, il devait admettre que Jenny ou les élèves – ou les deux – avaient fait un excellent travail en imaginant comment les manœuvrer. La mission serait une double plateforme – un praticable [4] – montée sur roulettes afin que celle-ci puisse circuler sur ou hors scène selon les besoins et pivoter sur elle-même pour montrer l'extérieur ou l'intérieur en fonction de la scène. La scène de la rue serait également montée sur une série de praticables roulants avec les bâtiments peints d'un côté du châssis et des tuyaux de l'autre pour les égouts. La Hot Box – la boîte de nuit où Adelaide dansait – serait représentée sur un des côtés du troisième ensemble de praticables avec le restaurant à La Havane de l'autre côté. C'était quand même un sacré boulot, mais pas autant qu'il l'avait craint.

Il mit les plans de côté et s'en alla aider à déplacer les plateformes et les châssis. Avec ce qu'il y avait à assembler, ils auraient besoin de tout ce qui était disponible sur la mezzanine et il faudrait encore probablement en construire de nouveaux.

THANE entra dans sa maison à Idle Hour – sa fierté et sa joie après toutes les rénovations qu'il avait faites après l'avoir achetée à la suite d'une saisie et alors qu'elle tenait à peine debout – et prit une minute pour savourer le calme. Cela ne durerait pas longtemps. Phillip lui avait envoyé un texto pour dire qu'ils étaient en route pour rentrer après leur première journée de travail au théâtre dans l'équipe technique, mais pour le moment, il avait la maison pour lui seul. Il avait longtemps hésité quand il l'avait achetée, mais après avoir grandi dans la partie pauvre de la ville, il s'était promis de vivre dans un meilleur quartier. Il n'était pas du genre famille, alors le meilleur <u>district scolaire</u> n'avait pas eu d'importance à l'époque, mais c'était la

---

4 Il s'agit d'une plateforme surélevée, dont la solidité permet le passage des comédiens.

bonne adresse. Aujourd'hui, il était heureux d'avoir cédé à son élan, parce que Kit et Phillip méritaient la chance d'aller dans une bonne école.

Il monta l'escalier silencieusement, en chaussettes, et ôta ses vêtements de travail. Il devait faire la lessive, mais cela devrait attendre. D'abord, il devait penser au dîner. Personne ne se souciait vraiment qu'il porte une chemise sale sur un chantier, mais Kit et Phillip ne seraient pas indifférents s'ils ne mangeaient pas. Il prit une minute pour se laver les mains et laissa l'eau chaude piquer ses doigts froids. Son équipe aurait probablement dû attendre deux semaines supplémentaires avant de démarrer ce nouveau chantier, car la température en ce début février n'était pas exactement chaude, mais le propriétaire était impatient et prêt à les payer généreusement pour commencer dès maintenant et terminer avant la date limite. Thane avait offert de partager le bonus avec toute personne désireuse de travailler dehors en dépit de la météo, et son équipe avait répondu présente, comme toujours. Il avait de la chance d'avoir des employés aussi dévoués. Ce n'était pas le cas de beaucoup d'équipes dans la construction.

Quand l'eau fut agréable sur sa peau au lieu de lui faire mal, Thane ferma le robinet et redescendit. Il pouvait faire des spaghettis, ce soir. Même lui pouvait faire griller du bœuf haché et mettre à bouillir une casserole de spaghetti. Il n'irait pas jusqu'à tenter une sauce maison comme en faisait la mère de Derek, mais celle en pot n'était pas mauvaise.

Il avait mis l'eau à bouillir et le bœuf grésillait comme il fallait lorsque la porte s'ouvrit à la volée et que Kit et Phillip entrèrent en trombe. Il n'avait pas réfléchi à la proximité du Lycée Henry Clay quand il avait acheté la maison, mais vivre assez proche pour que les garçons puissent aller et venir à pied avaient rendu l'ajustement moins douloureux pour tout le monde.

— Dans la cuisine, cria Thane.

Ils débarquèrent quelques minutes plus tard, les visages mouillés comme ils s'étaient passés de l'eau dessus et de grands sourires aux lèvres, expression qu'il n'avait pas vue chez eux depuis longtemps ; c'est-à-dire avant que Lily tombe malade.

— Bonne journée ?

— Excellente, même, répondit Kit. Je sais que le travail dans l'équipe technique est censé être un service communautaire, mais c'était vraiment génial, oncle Thane. Ils ont une immense mezzanine remplie de pièces qu'il faut assembler comme un Tetris pour faire des murs, des portes et tout ce que tu veux. Nous allons devoir en construire des nouvelles parce que nous en avons besoin de beaucoup pour la comédie musicale de cette année, qui sera cool. Tu savais que l'école a un magasin avec toutes sortes d'outils électriques ? M. Barnes a dit qu'il nous apprendrait à tous les utiliser si nous en avions besoin, même s'il ne croit pas que la scie sauteuse sera utile cette année. Mais il a dit que si on avait du temps, il nous apprendrait ça aussi. Et nous n'étions pas les seuls nouveaux dans l'équipe, alors ce n'était pas comme si nous étions mis de côté. Les régisseurs étaient vraiment sympas. Ils sont en terminale. Ils font ça depuis leur première année d'études, mais comme ils auront leur diplôme dans quelques mois, ils vont avoir besoin de nouveaux régisseurs pour l'année prochaine. Ce sera probablement Amber et Morgan parce qu'ils sont en première et que c'est déjà leur troisième année [5], mais ensuite, ça pourrait être moi, qui sait.

Thane éclata de rire. Il ne put s'en empêcher.

— Kit, respire. Je te promets d'écouter tout ce que tu as à dire. Tu n'as pas besoin de tout sortir en même temps.

— Désolé, mais c'était vraiment cool. Je suis un peu excité.

— Je suis content que tu sois aussi enthousiaste et je veux entendre tous les détails, mais tu parlais tellement vite que je n'ai pas réussi à tout saisir. Va mettre la table avec Phillip et allez vider le lave-vaisselle. Ensuite, vous me raconterez tout ça lentement, d'accord ?

— D'accord.

Thane faillit laisser tomber la spatule qu'il tenait quand Kit jeta ses bras autour de sa taille et le serra très fort.

— Merci.

Thane passa une main sur les cheveux foncés de Kit. Il ignorait totalement pourquoi il le remerciait, mais son neveu était heureux et c'était tout ce qui comptait.

— De rien.

Quand Kit le lâcha, Thane regarda Phillip.

— As-tu passé un bon moment, toi aussi ?

— Ouais, c'était cool, comme l'a dit Kit. Nous sommes une vingtaine à travailler dans l'équipe de montage et tout le monde a l'air sympa. Emma et Zach sont les régisseurs et ils semblent vraiment savoir ce qu'ils font. M. Barnes est le tuteur officiel, mais ce sont Emma et Zach qui ont donné toutes les directives. M. Barnes est intervenu seulement quand il y

5 Ndt : Aux USA le lycée compte 4 classes allant des grades 9 à 12 – correspondant à la troisième, la seconde, la première et la terminale – contrairement à la France où le lycée ne compte que 3 classes.

avait tellement de questions posées en même temps qu'Emma et Zach ne pouvaient pas y répondre. En fait, il a aidé tout le temps, mais il a juste travaillé avec tout le monde, comme s'il était un autre élève, pas comme s'il était responsable.

Il n'a probablement pas les couilles pour être responsable, pensa Thane. Il devrait probablement se porter volontaire une fois ou deux pour s'assurer que Barnes savait ce qu'il faisait avec des outils électriques. Quelqu'un pouvait se blesser s'il ne le faisait pas.

— La table est mise, annonça Kit. Tu savais que M. Barnes travaille sur des décors de théâtre depuis qu'il a notre âge ? Il a commencé quand il était au lycée. Sa première production était *The Foreigner*. Il a dit qu'il essayait de convaincre Mme Clark de la monter depuis plusieurs années, mais elle choisit toujours d'autres pièces.

Thane fronça les sourcils. Ils avaient monté *The Foreigner* à Tates Creek quand il était en terminale. Il ne s'était pas impliqué, il n'était même pas allé voir la représentation, mais il se souvenait de la controverse, quand tout le monde se demandait si la pièce serait autorisée à continuer après que l'une des directrices adjointes était arrivée lors d'une répétition générale et avait vu des élèves vêtus de robes du Ku Klux Klan. Il ne savait pas ce qui l'avait finalement convaincue de laisser la pièce se produire, mais le spectacle n'avait pas été annulé.

Ce devait être une coïncidence. De nombreux lycées jouaient probablement cette pièce-là.

— Le dîner sera prêt dès que la sauce sera chaude, dit Thane en ajoutant la sauce au bœuf haché. Vous pourrez m'en dire plus pendant le repas.

Les garçons prirent des boissons dans le réfrigérateur – des cocas pour eux et une bière pour Thane – et attendirent patiemment pendant qu'il remuait la sauce et servait le dîner. Lily leur avait appris les bonnes manières, c'était certain. Thane n'avait jamais été patient à ce point-là quand il avait leur âge.

— Très bien, je vous écoute, dit Thane quand il eut posé les assiettes devant eux et se fut lui-même installé à table.

Kit passa tout le dîner à s'épancher avec enthousiasme sur leur après-midi. Phillip hochait la tête, ajoutant de temps en temps une information, mais laissant surtout parler Kit. Thane émit des bruits appréciateurs appropriés chaque fois que Kit regardait dans sa direction, mais Kit ne semblait pas avoir besoin d'encouragements. Il rayonnait d'excitation alors qu'il parlait des plans pour les décors, de toutes les pièces mobiles et de la façon dont ils n'avaient jamais tenté quelque chose d'aussi complexe auparavant.

Thane ignorait toujours si cela résoudrait le problème de ses neveux avec les petites brutes qui les harcelaient, mais en voyant la joie sur le visage de Kit, il prit la résolution de faire tout ce qui était en son pouvoir pour les encourager. Tout ce qui rendait Kit heureux était une bonne chose.

Chapitre six

THANE enfonça le clou dans le tasseau d'un seul coup de marteau et en attrapa un autre. Derek entra dans la pièce où il travaillait, portant davantage de tasseaux pour l'ossature murale de l'extension sur laquelle ils travaillaient. Thane leva les yeux vers lui.

— Je vais partir plus tôt aujourd'hui et jeudi, dit-il.

Derek grogna en posant sa charge.

— D'accord. Quelle heure ?

— Je dois être à Henry Clay à trois heures et demie.

Derek attrapa un morceau de bois et le plaça sur la charpente. Il planta deux clous avant de demander :

— Tout va bien avec tes neveux ?

— Je pense, oui.

Thane ne regarda pas Derek. Ils avaient du travail à abattre, mais plus que cela, il ne verrait rien de plus dans son expression qu'il ne pouvait déjà entendre dans sa voix. Ils se connaissaient depuis qu'ils étaient gamins.

— Ils montent des décors pour la pièce de l'école. Je pensais leur donner un coup de main, m'assurer que les responsables savent ce qu'ils font.

— Je tiendrai le fort.

— Merci.

Il attrapa le tasseau suivant et le positionna. Derek enfonça le clou et voulut en prendre un autre, mais sa besace était vide.

— Merde.

Thane tira un clou de sa ceinture à outils et finit de caler le tasseau. C'est en équipe qu'ils avaient toujours le mieux travaillé.

— **HÉ,** l'interpella Derek alors que Thane enlevait son casque de chantier et se dirigeait vers le camion. S'il s'avère qu'ils ont besoin d'une autre paire de mains, fais-le-moi savoir. Je peux rendre service les jours où tu ne peux pas par exemple.

— Merci. J'espère qu'on n'en arrivera pas là. Kit était très enthousiaste hier, alors tout va probablement bien. Je veux juste voir ça par moi-même.

Derek le salua d'un geste de la main et retourna travailler. Thane rangea sa ceinture à outils dans le coffre fixé au plateau de son pick-up et se dirigea vers le lycée Henry Clay. Tout allait sans doute bien. L'école ne laisserait pas Barnes continuer en tant que tuteur s'il y avait le moindre problème de sécurité avec les décors ou le processus de construction, mais Thane était plutôt un bon juge de caractères – il fallait qu'il le soit sinon il aurait perdu son entreprise depuis longtemps – et rien chez Barnes n'inspirait confiance. Il était trop… effacé. Trop doux, trop ordinaire et trop modeste. Thane ne l'aurait jamais engagé pour faire partie d'une équipe de chantier et peut-être que bâtir des décors n'était pas aussi compliqué que bâtir des maisons, mais les enfants n'en allaient pas moins marcher dessus et les déplacer, peut-être même danser dessus, alors ils devaient être stables.

Il adressa à la secrétaire de l'école son sourire le plus séduisant, l'assurant qu'il était attendu au théâtre et qu'il avait seulement besoin qu'elle lui indique comment s'y rendre. Elle soupira et ne demanda même pas à voir une pièce d'identité avant de lui expliquer le chemin de l'auditorium. Il suivit un groupe d'élèves jusque dans le théâtre sombre. Sur scène, les lumières brillaient puissamment, comme elles l'auraient fait lors d'une performance, bien qu'aucune performance ne puisse avoir lieu pour le moment vu le désordre qui régnait partout sur la scène.

— C'est l'heure de commencer, cria une fille.

Emily, avait dit Kit. Euh, non. Evie... Ellie... non, Emma. Voilà, Emma la régisseuse. Thane resta où il était, essayant de se faire une impression de la dynamique qui régnait dans la pièce.

Emma distribua des tâches à droite et à gauche alors que les étudiants montaient sur scène. La plupart d'entre eux filèrent immédiatement se mettre à l'ouvrage, mais quelques-uns, dont Kit et Phillip, s'attardaient sur la scène, clairement incertains de ce qu'ils devaient faire. Thane fit un pas en avant pour aller les aider, mais avant qu'il puisse dire quoi que ce soit, un garçon avait pris en charge les retardataires et commençait à leur montrer quelque chose. Thane n'entendait pas ce qu'il disait par-dessus le vacarme général des conversations alors que les étudiants se mettaient à la tâche, mais ils l'écoutaient attentivement.

Alors que Zach – Thane se rappela finalement son nom – terminait ses explications, Barnes apparut enfin, vêtu d'un jean et d'un tee-shirt manches longues. Il traversa la scène en tenant une extrémité d'un long panneau rectangulaire. Thane leva les yeux au ciel. Il ne se déplaçait même pas avec autorité. Thane ne savait pas comment il comptait gérer un groupe d'élèves travaillant avec des outils électriques. Malgré les dires de Kit et Phillip quant au fait qu'il était le tuteur, il ne semblait pas être responsable de quoi que ce soit. Ce rôle reposait entièrement sur les épaules d'Emma et de Zach.

Il s'en doutait. Tous les directeurs d'établissements scolaires qu'il avait connus avaient été exactement pareils, refilant toujours les tâches – et les responsabilités – à quelqu'un d'autre.

Décidant qu'il était grand temps qu'un adulte fasse preuve d'un peu d'initiative, il descendit l'allée à grands pas jusque dans le puits de lumière provenant de la scène.

— Oncle Thane !

— Salut, Kit, répondit Thane. Je pensais venir voir si vous aviez besoin d'une autre paire de mains.

— Monsieur Dalton, je ne m'attendais pas à vous voir.

Thane leva les yeux vers Barnes qui s'était approché du bord de la scène et s'était accroupi afin de se mettre le plus possible à son niveau. S'ils s'étaient trouvés dans une situation différente – et si Barnes avait été un homme différent – Thane aurait pu penser qu'il flirtait, vu que son entrejambe était pratiquement sous son nez, mais Barnes était bien trop prétentieux pour cela.

— C'est vous qui l'avez suggéré.

— Je n'ai pas dit que vous n'étiez pas le bienvenu, seulement inattendu. Je suis sûr que Kit et Phillip seraient heureux de vous montrer les lieux si cela vous dit de voir ce que nous faisons.

Thane voulait insister pour que ce soit Barnes qui lui fasse faire la visite afin qu'il puisse mieux jauger du savoir de l'autre homme, mais l'invitation de Barnes à être présent avait tourné autour du fait qu'il passe du temps avec Kit et Phillip, non pour que Thane puisse évaluer les compétences du proviseur adjoint. Il suivrait Kit et Phillip pour l'instant et garderait un œil sur Barnes. Il dirigeait une équipe entière de construction. Il pouvait garder un œil sur une seule personne, même avec ses neveux le distrayant.

Il sauta sur la scène et se tourna vers Kit.

— Sur quoi travaillez-vous aujourd'hui ?

— J'aide à construire le décor de la mission, lui expliqua Kit. Tu vois ? Nous posons les châssis à plat – ce sont les pièces modulables que nous utilisons pour faire des murs. Ils sont rectangulaires et nous les assemblons pour leur donner la forme que nous voulons : portes, fenêtres, tout ça, et ensuite nous les vissons ensemble. Et pour finir, nous les redressons et les fixons au praticable. Lorsque le spectacle est terminé, nous pouvons tout dévisser et les réutiliser pour le prochain spectacle. C'est comme jouer à Tetris. Seulement, c'est en 3D.

Thane hochait la tête tandis que Kit lui montrait un panneau rectangulaire recouvert d'une fine feuille de contreplaqué en bois de lauan en guise de placage. Cela ne conviendrait pas pour bâtir des maisons, mais il comprenait que cela puisse fonctionner pour des décors temporaires. Il devrait se rappeler que ces montages n'avaient pas besoin de suivre les normes de la construction, simplement qu'ils soient suffisamment sûrs pour ne pas s'effondrer autour des gamins pendant qu'ils jouaient.

BLAKE poussa un soupir de soulagement quand Thane suivit Kit et qu'ils traversèrent la scène jusque derrière les rideaux qui dissimulaient les coulisses au public. Il avait un travail à faire, et celui-ci n'impliquait pas d'être troublé devant un groupe d'étudiants.

— Excusez-moi, monsieur Barnes.

Blake leva les yeux et vit l'une des nouvelles élèves de l'équipe technique – il n'avait pas encore retenu tous leurs prénoms.

— Oui ?

— Emma m'a dit de commencer à faire les pieds pour les praticables, mais je ne sais pas trop comment faire. Pourriez-vous m'aider ?

— Bien sûr, dit Blake. Rappelle-moi comment tu t'appelles ? Je n'ai pas eu l'occasion de parler avec toi hier.

— Je m'appelle Darcy.

— OK, Darcy, allons voir de quoi nous avons besoin pour faire les pieds.

Il la suivit jusqu'à la plateforme sur laquelle elle était censée travailler.

— Emma t'a-t-elle dit de quelle longueur ils devaient être ?

— Elle a dit que pour ce praticable, ils devaient mesurer quinze centimètres, mais que quelques-uns des pieds des autres praticables devraient être plus longs ; ils vont servir pour les égouts et ils ont besoin de différents niveaux pour la danse.

— Regardons ça, alors. Est-ce que tu peux m'aider à le retourner ?

Darcy attrapa un côté tandis que Blake attrapait l'autre et ils le firent pivoter de sorte que le contreplaqué soit posé sur la scène et que les tasseaux de 50 par 100 millimètres se retrouvent sur le dessus.

— Regarde le coin.

Darcy se déplaça vers le coin où un morceau additionnel de tasseau de même calibre formait une armature triangulaire.

— Ça ?

— Oui. C'est ce triangle qui crée le trou où nous voulons insérer les pieds. Ceux-ci s'intègrent dans cet espace et l'armature permet de renforcer la stabilité des pieds ainsi que du praticable lui-même. Alors, qu'avons-nous qui s'intégrera ici ?

— Je pense que nous pourrions utiliser plus de tasseaux de 50 par 100 mm, dit Darcy.

— Un à chaque coin ?

— Vous ne pouvez pas simplement ajouter un unique tasseau à chaque coin et vous attendre à ce qu'il soutienne le moindre poids.

Le ton railleur de Thane lui parvint à travers le brouhaha sur la scène.

Blake se mordit la lèvre pour garder son calme.

— Je n'ai pas dit que cela suffirait, dit-il lentement, serrant les dents pour garder son irritation sous contrôle. J'ai demandé à Darcy de se demander si cela suffirait. Faire partie de l'équipe technique ne consiste pas uniquement à utiliser des marteaux et des scies, monsieur Dalton. J'essaie aussi d'apprendre aux élèves à réfléchir aux problèmes qui se posent.

Il se tourna à nouveau vers Darcy, ignorant le martèlement dans ses tempes. Il n'arriverait pas à convaincre Thane de sa façon de faire les choses – il le savait déjà – mais cela ne voulait pas dire qu'il allait changer sa méthode pour autant.

— Alors, Darcy, qu'est-ce qui rendrait le praticable plus stable puisqu'un seul tasseau de 50 par 100 par coin n'est pas suffisant, comme l'a fait remarquer monsieur Dalton ?

— Pourquoi pas deux ? demanda Darcy.

— Ça pourrait fonctionner. Où les mettrais-tu ?

Darcy ramassa deux planches et les cala dans le coin, essayant différentes configurations. Elle opta finalement pour avoir les deux planches contre les bords intérieurs de la plateforme, deux tiers du triangle créés par l'armature.

— Comme ça ?

— Ça marche, dit Blake. Il ne te reste plus qu'à prendre les mesures, couper le bois et les clouer ensemble avant de les fixer au praticable. Tu penses pouvoir le faire ou as-tu besoin d'un coup de main ?

— Je m'en charge.

— Bien. Si tu changes d'avis, demande à quelqu'un de t'aider. Moi ou quelqu'un qui l'a déjà fait plusieurs fois.

— Merci, monsieur Barnes.

— Vous allez juste l'envoyer comme ça utiliser les scies ?

Blake prit une autre inspiration.

— Zach est au magasin aujourd'hui, pour la journée. Il supervisera toute personne qui viendra utiliser l'un des outils. Ils sont lycéens. Ils peuvent travailler sans que je regarde constamment par-dessus leur épaule.

— Et quand quelqu'un est blessé ?

— *Si*, monsieur Dalton, le corrigea Blake les dents serrées. *Si* l'un d'eux est blessé, nous nous en occuperons, mais je fais ça depuis douze ans et aucun élève n'a jamais souffert de rien de pire qu'un pouce meurtri par un coup de marteau mal placé. Aucune supervision de ma part ne peut l'empêcher. Maintenant, si vous voulez bien m'excuser, je dois voir avec Emma ce qui doit être fait ailleurs.

— Je pensais que vous étiez le tuteur. Ne devriez-vous pas être au courant de ces choses-là ? se moqua Thane.

Blake s'avança jusqu'à lui d'un pas raide, refusant de laisser la proximité le décontenancer.

— Si je le faisais, qu'apprendrait-elle sur le leadership? Ce n'est pas une équipe de chantier. Ce sont les techniciens d'une pièce de théâtre dirigée par des étudiants pour des étudiants. Mon rôle – mon seul rôle – consiste à encadrer ceux qui en ont besoin. Tout le reste devrait venir et vient effectivement de mes étudiants meneurs. Si vous avez un problème avec ça, vous devriez reconsidérer votre venue, parce que ce seront les étudiants qui vous diront ce qui doit être fait, quand et comment. C'est clair?

Thane baissa les yeux et lança un regard noir à Blake, ce qui rappela à ce dernier combien l'autre homme était grand en comparaison de sa propre taille relativement petite et mince, mais il ne céda pas. Il ne pouvait pas. Thane ne le respecterait jamais s'il le faisait.

— Ne vous attendez pas à ce que je reste là sans rien faire si je vois quelqu'un faire quelque chose de dangereux.

— Si c'est réellement dangereux et non une simple erreur de calcul de laquelle ils peuvent tirer une leçon – comme avec le tasseau de Darcy – alors oui, bien sûr, arrêtez-les! Si c'est une erreur de calcul, apprenez-leur leurs erreurs, plutôt.

L'expression de Thane devint encore plus sombre, mais il acquiesça sèchement avant de retraverser la scène à grandes enjambées pour rejoindre Kit et Phillip là où ils travaillaient. Blake devrait se satisfaire de cette réponse. Il n'obtiendrait certainement pas de plus grande concession de la part de Thane.

Il se frotta le front avec la paume de sa main et pria qu'on lui accorde la patience. La mise en place allait être longue.

Chapitre sept

BLAKE retira son tee-shirt sale et le remplaça par un pull avant de quitter le lycée Henry Clay, le vendredi. S'il avait de la chance, il arriverait chez *Enoteca* avant la fin des happy-hour, à dix-huit heures trente, mais c'était sans doute prendre ses désirs pour la réalité. Heidi serait déjà là à leur retenir une table, cependant, alors il se dépêcha de rejoindre sa voiture, ignorant la morsure du vent de février. S'il avait dû aller plus loin que le parking, il aurait enfilé un manteau, mais il transpirait d'avoir travaillé et l'air froid lui fit du bien.

Il trouva à se garer non loin du restaurant et marcha dans la rue aussi vite que possible, mais même cela ne fut pas suffisant pour l'empêcher de trembler au moment où il arriva à l'intérieur. Il jeta un œil alentour jusqu'à ce qu'il trouve Heidi assise dans un coin, au fond du bar avec Brent. Navashen, le petit ami de Brent, n'était nulle part en vue.

— Nav est d'astreinte ? demanda Blake en les rejoignant.

— Non, mais il a un bébé malade sur les bras et tu sais comment il est, dit Brent. J'aurai de la chance si je le vois avant minuit. Comment vas-tu ?

— La semaine a été chargée, répondit Blake. L'atelier théâtre a repris du service. J'ai plusieurs nouveaux élèves dans l'équipe technique, de vrais bosseurs pour la plupart, mais j'ai également un tuteur légal protecteur à l'excès.

Heidi ricana, alors Blake leva les yeux au ciel.

— Ouais, celui-là même.

— Qui ça ? demanda Brent.

— Thane Dalton. Ses neveux ont été récemment transférés à Henry Clay et ils ont eu du mal à prendre leurs marques. Nous avons eu une réunion la semaine dernière et, cette semaine, il a commencé à se montrer pour donner un coup de main aux élèves.

— Thane Dalton comme dans Dalton Construction ? demanda Brent.

— Ouais, tu le connais ?

Brent rigola.

— J'ai travaillé avec lui à plusieurs reprises pour des clients qui veulent acheter des maisons qu'il a construites ou rénovées. C'est un homme d'affaires avisé. J'ai du mal à me le représenter en tant que parent.

— On est deux, murmura Blake.

Le téléphone de Brent vibra, attirant son attention. Quand il releva les yeux, il sourit et se leva.

— Nav rentre à la maison, mais c'était une mauvaise journée. Je vais le retrouver là-bas. Tu viens à la fête de la Saint-Patrick le mois prochain, pas vrai ?

— Tout dépendra de la façon dont ça se passera avec les décors, mais oui, je prévois de venir, dit Blake.

— Moi aussi, répondit Heidi.

— Bien. Amenez quelqu'un si vous voulez. Toutes les invitations sont pour deux.

Brent s'en alla avant que Blake puisse répondre.

— Vas-y, dit Heidi quand ils furent seuls. Raconte. Je peux pratiquement voir la vapeur sortir de tes oreilles.

— C'est un emmerdeur autoritaire et suffisant, marmonna Blake. Il vient sur ma scène, dans mon école, et il essaie de me dire que je ne fais pas les choses comme il faut. Je construis des décors depuis vingt ans. Je pense que je sais ce que je fais.

— Je sais que tu sais ce que tu fais. J'ai travaillé avec toi pendant quatre ans, dit Heidi. Que croit-il que tu fais mal ?

— Tout. Je ne supervise pas assez bien, je ne suis pas assez interventionniste, je fais tout faire aux gamins – et ainsi de suite, il n'a pas arrêté de me rebattre les oreilles avec ça cette semaine.

— Tu sais que rien de tout ceci n'est vrai et que ce n'est rien de nouveau non plus. Tu as déjà entendu toutes ces réflexions et tu n'as jamais eu aucun problème à passer outre. Pourquoi est-ce différent cette fois ?

Blake s'arrêta net. Heidi avait raison. Pourquoi se souciait-il de ce que Thane pensait ?

— Parce qu'il ne se contente pas de venir, de donner un avis et de repartir. Il reste pour aider, ce qui est génial pour Kit et Phillip, mais qui l'est beaucoup moins pour moi.

— Je pensais que tu n'avais plus le béguin pour lui, dit Heidi.

— C'est le cas. Je ne m'intéresse pas à lui au-delà du fait d'aider ses neveux, mais il semble que je n'arrive pas à former une phrase complète quand il me regarde. C'est stupide. J'ai dépassé ce stade il y a des années.

— En effet. Je t'ai observé. La question maintenant est de savoir ce que tu vas faire à ce sujet ?

— Je vais continuer à l'ignorer, décréta Blake. Je l'ai invité – et je pense toujours que ce sera bénéfique pour Kit et Phillip de l'avoir à leurs côtés – alors je ne peux pas le faire partir. Il peut râler autant qu'il veut. Je sais ce que je fais. Et dans quelques mois, ce sera terminé et je n'aurai plus jamais à le revoir parce que l'année prochaine, Kit et Phillip seront sous la responsabilité d'un autre proviseur adjoint. En tout cas, ça répond à la question persistante de savoir ce qui aurait pu se passer s'il m'avait remarqué à l'époque. C'est déjà assez dur aujourd'hui, alors est-ce que tu imagines s'il m'avait accordé la moindre attention quand j'avais quinze ans ?

Heidi éclata de rire.

— Je peux l'imaginer, oui. Il était agréable à regarder, mais nous savions déjà à l'époque qu'il n'était pas vraiment un mec agréable. Les connards alpha font de grands héros romantiques. Ils ne font pas de grands petits amis dans la vraie vie.

Thane était toujours agréable à regarder, mais cela n'irait jamais plus loin que ça. Il pouvait encore figurer dans ses fantasmes nocturnes occasionnels, comme il l'avait fait depuis que Blake s'était rendu compte qu'il était gay, mais la réalité avait détruit tout désir persistant au-delà.

— Exactement.

— **ARRÊTONS-LÀ** pour aujourd'hui, lança Thane en retirant son casque de chantier et en rangeant son marteau dans sa ceinture à outils. Il commence à faire noir et je suis fatigué.

— Tu es fatigué? rétorqua Derek. Tu as pris deux après-midis de congé cette semaine.

— De congé ici. J'ai travaillé là-bas.

— Bien sûr! Du vrai travail?

— Rien qui réponde aux normes de la construction, mais transporter du bois d'œuvre est un travail, indépendamment de ce que tu construis avec quand tu as terminé.

Thane haussa les épaules.

— Je suis bien d'accord. Tu veux une bière?

— Je devrais vraiment rentrer à la maison et préparer à manger pour Kit et Phillip, répondit Thane.

Derek grogna.

— Commande une pizza – deux, même – et laisse-leur l'argent pour les payer. Je sais que tu fais ton possible pour faire ce qui est bien en ce qui les concerne, mais tu vas finir par craquer en cours de route si tu ne fais pas attention.

Les préoccupations de Derek réchauffèrent le cœur de Thane, mais il devait rentrer chez lui.

— Pourquoi tu ne viendrais pas à la maison? Je peux commander une pizza et nous boirons quelques bières. Les garçons finiront probablement par jouer à des jeux vidéo et nous pourrons décompresser.

— Pas question que je te suce au nom d'un moment de détente.

— Je ne te l'ai pas demandé.

Ils l'avaient fait une fois, dans une brume d'ivresse euphorique. Et, alors qu'ils avaient tous les deux choisi de se définir bisexuels, ils avaient également convenu que leur relation s'apparentait trop à une relation fraternelle pour que celle-ci ne soit autre que bizarre, mais cela n'empêchait pas Derek de le titiller là-dessus à l'occasion. Après tout, Thane était connu pour renvoyer les plaisanteries à la pelle, alors il ne pouvait pas vraiment se plaindre.

— Tant que les choses sont claires entre nous.

Derek passa un bras autour des épaules de Thane.

— Et pas d'anchois sur la pizza.

Thane ne l'avait jamais fait, peu importe le nombre de fois où il avait proféré la menace, car s'il le faisait, il devrait les manger lui aussi.

— **ON** est rentrés, oncle Thane.

— Dans la cuisine, lança Thane.

Kit et Phillip entrèrent tranquillement dans la pièce avec de grands sourires aux lèvres. Kit avait une trace de saleté sur la joue et les cheveux de Phillip étaient pleins de sciure de bois.

— Vous avez l'air d'avoir travaillé dur aujourd'hui.

— Emma nous a appris à utiliser la scie circulaire sur table, dit Kit. Nous avons pu couper le lauan pour tous les nouveaux châssis.

— Ce qui explique la sciure, mais pas comment elle s'est retrouvée dans les cheveux de Phillip, souligna Derek.

— Bonjour, monsieur Jackson, le salua Kit.

— Tu peux m'appeler Derek, gamin. Je ne suis pas ton professeur.

— Comment la sciure s'est-elle retrouvée dans les cheveux de Phillip ? demanda Thane. Je pensais que M. Barnes était censé garder un œil sur vous.

— On faisait les idiots, dit Kit, honteux. M. Barnes nous a passé un savon parce qu'on jouait dans le magasin, même si aucun outil ne fonctionnait. Je sais que tu ne l'aimes pas, mais il fait vraiment attention à qu'on fait. Il nous laisse faire de petites erreurs parce que c'est comme ça qu'on apprend, mais pas si elles sont dangereuses.

— Allez vous nettoyer. La pizza sera bientôt livrée.

Kit et Phillip s'en allèrent comme demandé, les épaules voûtées de Kit donnant l'impression à Thane d'avoir envoyé balader un chiot d'un coup de pied.

— Quel est le problème ? demanda Derek.

— Barnes, le proviseur adjoint qui est responsable d'eux, est également le tuteur de l'équipe technique du théâtre, expliqua Thane. Ce n'est pas un fonceur. De ce que j'ai vu, les gamins font tout le travail et les plus vieux s'occupent en grande partie de l'enseignement. Pas exactement la façon dont je fais les choses.

— Je sais, dit Derek avec un sourire ironique. J'ai traîné tes fesses hors de chantiers aux petites lueurs de l'aube quand il faisait un froid de canard, parce que tu étais déterminé à finir le boulot, même si tu avais renvoyé tout le monde chez eux.

— Je ne demanderai à personne de faire quelque chose que je ne suis pas disposé à faire moi-même, répliqua Thane.

— Il y a une différence entre travailler à côté d'eux et rester quand tu n'y es pas obligé.

— Peut-être.

Il sortit une autre bière du réfrigérateur et la lança à Derek.

— Rien de tout ça ne me fait me sentir mieux concernant Barnes.

— Kit dit qu'il les a empêchés de faire quelque chose de dangereux, alors à l'évidence, il est doté de bon sens. Pourquoi est-ce que ça t'ennuie autant ?

— Il est responsable de la sécurité de Kit et Phillip, énonça Thane immédiatement.

— À d'autres.

Derek leva les yeux au ciel.

— Kit et Phillip ne sont pas stupides et Lily ne l'était pas non plus, alors je dirais qu'ils n'ont pas besoin de beaucoup de supervision.

— Tu as entendu ce que Kit a dit : ils faisaient les idiots dans le magasin.

— Oui, et j'ai aussi entendu que Barnes était intervenu pour les arrêter, alors je ne pense pas que tu aies du souci à te faire à ce niveau-là.

Derek lança un regard perçant à Thane, du genre qui lui donnait envie de se tortiller, même s'il ne le montrerait jamais. Mais bon, ce n'était pas comme si Derek ne pouvait pas voir clair en lui, de toute façon.

— Est-ce qu'il est mignon ?

— De quoi tu parles ?

Essayer de gagner du temps n'avait jamais fonctionné quand Derek avait flairé quelque chose, mais Thane ne cessait jamais d'essayer.

— Barnes. Est-ce qu'il est mignon ?

— Je suppose, si tu aimes le genre « costume en polyester froissé », ce qui, comme tu le sais, n'est *pas* mon genre, répondit Thane.

— Il n'aurait pas son costume si tu le mettais dans ton lit.

Thane lança un regard noir à Derek, qui l'ignora complètement. Il essaya de repousser cette pensée, mais maintenant que Derek l'avait énoncée, Thane ne pouvait pas faire comme s'il ne l'avait pas entendue. Pourquoi est-ce qu'il traînait avec lui déjà ?

Avant qu'il puisse rétorquer avec une réponse appropriée – ou pas si appropriée – Phillip revint dans la cuisine, le visage fraîchement nettoyé et les cheveux encore humides.

— Kit va descendre dans une minute. Est-ce que tu restes pour le dîner, Derek?

— Je ne voudrais pas rater ça, répondit l'intéressé. Je veux tout savoir de ce que Kit et toi faites à l'école.

Il y avait une place spéciale en enfer au nom de Derek et Thane allait l'y envoyer le plus tôt possible s'il continuait comme ça.

Chapitre huit

— LÀ, Kit, dit Thane lorsque celui-ci frappa le clou et qu'il se tordit pour la troisième fois.

Il refusait de laisser les plaisanteries de Derek sur le fait de passer la Saint-Valentin avec ses neveux, sur scène, l'atteindre. C'était beaucoup plus important que sa vie amoureuse inexistante.

— Fais comme ça.

Il chercha à atteindre la planche que tenait Kit avec l'intention de lui montrer la bonne façon d'enfoncer un clou, quand Kit la jeta par terre et s'en alla.

— Christopher John Parkins, reviens ici tout de suite !

Kit continua à marcher.

Thane laissa tomber son marteau et allait s'élancer derrière lui quand Phillip intervint :

— Ne fais pas ça, dit-il. Tu es trop en colère et il est exactement comme toi.

— Ne fais pas quoi ? demanda Thane.

— Ne lui parle pas maintenant. N'essaie pas de t'expliquer, d'arranger les choses ou de lui apprendre quoi que ce soit ou peu importe ce que tu essayais de faire. Laisse-le juste tranquille.

— Je voulais seulement lui montrer la bonne façon de planter un clou.

— Mais c'est là le problème, dit Phillip. Il sait comment planter un clou. Il n'a pas besoin que tu te penches derrière son épaule, que tu le rendes nerveux. Il a besoin que tu le laisses faire, même si ça prend dix clous avant qu'il en plante un comme il faut. Même s'il n'en plante jamais un comme il faut. Je parie que tous les clous de la moitié des châssis de ce décor ne sont pas bien enfoncés. Le but n'est pas que ce soit parfait. Le but est de l'avoir fait nous-mêmes, erreurs et tout le reste compris.

— C'est inefficace.

— Et alors ? C'est vrai que nous avons une échéance, mais M. Barnes prend en considération le fait que nous soyons des étudiants qui ne savent pas toujours ce qu'ils font. Nous sommes en avance sur le calendrier, même avec le clou tordu de Kit et tout le reste.

— Es-tu en train de dire que je ne devrais pas essayer de vous apprendre à faire les choses aussi bien que possible ?

— Apprends-nous des choses que nous ne savons pas déjà lorsque nous avons besoin d'aide, et laisse-nous nous débrouiller seuls pour le reste. C'est ce que fait M. Barnes.

Thane regarda de l'autre côté de la scène où Barnes était en train de parler avec Kit. Son air renfrogné avait disparu et il regardait Barnes avec un mélange d'adulation et d'indulgence. Thane ignorait ce qui amenait l'une ou l'autre de ces expressions sur son visage, mais l'autre homme semblait tout accepter sans sourciller.

— Vous le respectez vraiment.

Phillip haussa les épaules.

— Il ne nous a pas sévèrement punis alors qu'il l'aurait pu et depuis que nous avons commencé à travailler sur les décors, nous n'avons plus été harcelés. C'est probablement une coïncidence ou de la chance, mais c'est aussi la vérité, alors peut-être que son plan fonctionne. Ouais, je l'aime bien. Il est drôle et intelligent et il nous raconte parfois des histoires sur des pièces sur lesquelles il a travaillé. Et il semble toujours savoir quand nous avons réellement besoin d'aide, et hop, il apparaît. Le reste du temps, il travaille et passe du temps avec nous sans constamment nous dire quoi faire. C'est comme s'il était heureux que je sois là. Moi, pas juste n'importe quel gamin.

— Kit et toi n'êtes pas n'importe quels gamins pour moi non plus, dit Thane. Tu le sais, n'est-ce pas ?

— Oui, mais tu nous as accueillis parce que c'est ce que maman voulait. M. Barnes n'a aucune raison de nous aimer, mais il le fait quand même.

Thane attrapa Philip par les épaules et le secoua légèrement.

— Regarde-moi.

Phillip leva la tête avec hésitation, mais Thane accrocha son regard et ne le laissa pas détourner les yeux.

— Oui, je vous ai accueillis parce que vous êtes mes neveux, et, oui, j'aurais souhaité que les choses n'en arrivent pas là parce que ça voudrait dire que votre mère serait encore en vie et que vous pourriez être avec elle, mais ne pense jamais une seule seconde que je regrette de vous avoir avec moi. Kit et toi êtes à moi maintenant et c'est aussi réel que si vous étiez mes fils et non mes neveux. Compris ?

— Compris, dit Phillip d'une voix étranglée.

Thane attira Phillip dans ses bras pour l'étreindre.

— Tout va bien ?

La voix de Barnes fit sursauter Phillip qui s'écarta, les joues roses. Thane lança un regard noir à Barnes.

— Tout va bien. Phillip avait juste besoin qu'on lui rappelle qu'il avait une famille.

— Je suis désolé qu'il ait eu besoin de ce rappel – pas vraiment surpris, mais quand même désolé – mais c'est bien que vous le lui ayez donné. Je travaille avec beaucoup d'adolescents en difficulté et pour beaucoup d'entre eux, ce rappel – s'il vient – vient trop tard.

Un étudiant appela le proviseur adjoint et celui-ci s'éloigna. Thane l'observa en silence. Il avait été si sûr de savoir exactement qui était Barnes et à quoi s'attendre de sa part, mais quelque chose ne collait pas.

QUAND le samedi soir arriva, Blake était prêt à faire une pause. Tous les châssis formant les murs de la scène de rue et de la mission étaient d'aplomb et montés sur les praticables – c'était bien plus de progrès que ce à quoi il s'était attendu en deux semaines – et le lundi, ils commenceraient à poser les adhésifs et à peindre afin de voir ce qui devait être fait ensuite, mais il n'avait pas eu une minute à lui depuis qu'ils avaient commencé. Il avait passé le week-end dernier à la conférence d'hiver de l'association des proviseurs du secondaire du Kentucky et, bien que cela ait été incroyablement intéressant, il n'avait pas eu un jour de repos. Il était plus que prêt.

Il n'était pas un habitué du *Bar Complex*, mais il s'y rendait tous les deux-trois mois, quand le besoin de laisser tomber le personnage du proviseur respectable devenait trop fort pour être ignoré. Il aimait son travail et il n'avait jamais eu l'impression de faire des sacrifices à cause de lui, mais en même temps, il avait une image à préserver lorsqu'il était à l'école ou partout ailleurs où il était susceptible de croiser des élèves ou même leurs parents. Il l'avait accepté en même temps que ce travail, mais de temps en temps, l'autre côté de sa personnalité avait besoin d'un moment pour s'amuser.

Il fouilla dans son placard, derrière les costumes qu'il portait tous les jours pour aller travailler, à la recherche de ses habits de boîte de nuit. Le fait qu'il ait à retourner son placard était un rappel silencieux du temps écoulé depuis la dernière fois qu'il était sorti. Raison de plus pour le faire maintenant.

Il fit courir ses doigts avec appréciation sur le cuir noir de son pantalon. Il pouvait l'associer avec une chemise en soie un peu lâche qui laisserait respirer sa peau, ou il pouvait enfiler un tee-shirt trop serré et frimer un peu. Il n'avait peut-être pas le corps des strip-teaseurs qui dansaient au club certains soirs, mais il était raisonnablement bien bâti. Certainement assez en forme pour attirer l'attention dans les bons vêtements. Il repoussa la pensée de l'homme dont il souhaitait attirer l'attention. Certaines choses ne valaient ni le temps ni l'effort, en particulier alors qu'il ignorait si Thane était gay. Son explosion à la cafétéria du lycée, des années auparavant, prouvait seulement qu'il aimait le sexe anal, pas qu'il l'aimait avec des hommes.

Il prit le pantalon et sortit du placard. Il le porterait avec son tee-shirt rouge préféré, celui dont Heidi disait qu'il accentuait la couleur cuivrée de ses cheveux et faisait ressortir ses yeux verts – un peu d'eye-liner aiderait à souligner cet effet aussi. Il irait au club, danserait et se rappellerait qu'il était attirant et célibataire par choix, non par nécessité.

THANE présenta sa pièce d'identité, paya le prix demandé et entra au *Bar Complex* peu après vingt-trois heures, le samedi soir. Il avait presque changé d'avis au sujet de sortir, mais il avait besoin d'un break. Il aimait ses neveux de tout son cœur, mais il n'avait pas eu une minute à lui depuis qu'ils avaient emménagé. S'il n'était pas au travail, il était chez lui à essayer de les aider à s'intégrer ou il était à l'école à essayer de les tenir à l'écart des ennuis. Il ne savait pas comment Lily avait fait toute seule, toutes ces années. C'était peut-être la raison pour laquelle elle ne s'était jamais remariée : elle ne pouvait s'éloigner assez longtemps pour rencontrer quelqu'un.

Il attira l'attention de l'un des serveurs et commanda un shot de tequila. Il passerait à la bière ensuite, mais il avait besoin de la brûlure de l'alcool pour lui rappeler qu'il était bien là et vivant. Il se pencha sur l'une des tables hautes pendant qu'il attendait son verre et fit un tour d'horizon du bar à la recherche de perspectives intéressantes. Il allait se trouver un partenaire de danse ou deux auxquels se coller et se frotter un peu, puis il verrait comment se déroulerait la soirée. Nul besoin de chercher davantage. Il y avait quelque chose de libérateur dans le fait de bouger au rythme de la musique de cette façon, même si cela n'allait pas au-delà de la danse. Bien que, si son partenaire de danse était partant pour un peu plus…

Cela faisait trop longtemps qu'il n'avait pas eu de compagnie autre que sa propre main.

De son point de vue, la piste offrait ce qu'il fallait de silhouettes parmi lesquelles faire son choix. Denim, cuir, daim de toutes les couleurs, enserrant des postérieurs de toute taille et forme. Il n'avait qu'à en choisir un et, avec un peu de chance, il se frotterait contre lui pendant les prochaines heures. Le pur paradis.

Le serveur revint avec la tequila, le sel et un citron. Thane le paya rapidement et retourna à son inspection de la salle. Quand il surprit le regard de l'un des danseurs, il lécha la peau entre son pouce et son index avec sensualité. Il soutint le regard de l'homme tandis qu'il salait sa main et la léchait à nouveau avant d'avaler le shot. Alors qu'il portait le citron à sa bouche, son observateur se lécha les lèvres.

Je te tiens.

Il posa le verre vide et le citron sur la table et se dirigea vers sa proie. Thane vit les yeux de l'homme s'agrandir quand il s'approcha, mais il ne ralentit pas. La nervosité de l'homme déclencha la sienne.

— Comment tu t'appelles ?

— Corey.

— Tu veux danser ?

La pomme d'Adam de Corey oscilla alors qu'il déglutissait. Thane se pencha davantage.

— Je ne mords pas. À moins que tu le demandes très gentiment.

Le morceau changea avant que Corey puisse répondre, non que Thane se soucie de ce qui se jouait. Corey, cependant, sembla reprendre ses esprits.

— Je dois retrouver les amis avec lesquels je suis venu.

Thane le laissa partir. Il avait apprécié le flirt, mais il avait beaucoup d'autres options. Il regarda à nouveau autour de lui. Comme l'homme en pantalon de cuir et tee-shirt rouge. Il ne voyait pas son visage, mais le cuir enserrait un cul rond parfait et le tee-shirt était suffisamment moulant pour dévoiler une taille mince, des épaules pas mal du tout et des bras musclés. Définitivement un corps qui valait la peine qu'on s'y intéresse. Il s'approcha du bar, à côté de sa nouvelle cible, et fit signe au barman. Lorsque l'homme arriva, Thane dit :

— Une bière Bourbon Barrel pour moi et resservez à mon nouvel ami la même chose.

— Ça vient.

L'homme à côté de Thane se retourna.

— C'est un peu présomptueux, non ?

Thane cligna des yeux alors qu'il fixait un visage par trop familier.

— Barnes ?

— Nous ne sommes pas à l'école et vous venez de m'offrir un verre. Je pense que vous pouvez m'appeler Blake.

Thane continua de le dévisager. Quelque chose était différent, quelque chose de plus que le simple changement de vêtements – bien que, qui aurait cru qu'*un tel corps* se cachait sous les costumes ridicules et les tee-shirts amples à manches longues qu'il portait au théâtre ? Barnes… Blake avait l'air mignon à croquer. Thane le détailla du regard, essayant de repérer ce qui l'avait troublé. Ses cheveux étaient un peu ébouriffés au lieu d'être soigneusement peignés, bouclant aux pointes d'avoir transpiré un peu plus tôt, parce qu'il avait dansé ou à cause de la chaleur dans le club. Ses yeux semblaient énormes. Thane l'étudia de plus près.

De l'eye-liner. Blake portait de l'eye-liner.

Le barman les interrompit avec leurs boissons, une bière pour Thane et quelque chose dans un verre à martini pour Blake. Thane leva la bouteille pour porter un toast silencieux. Blake trinqua son verre contre la bière de Thane et but une gorgée.

— Je ne m'attendais pas à tomber sur vous ici.

Blake haussa les épaules.

— Je pourrais dire la même chose. Si j'avais pris le temps d'y penser, j'aurais peut-être dit que *Crossings* était davantage votre style, mais ça n'aurait pas été la première fois que je me trompe.

— Qu'est-ce que vous faites ici? demanda Thane, essayant toujours de se faire à l'idée d'un Blake Barnes en pantalon de cuir, tee-shirt moulant et avec un trait d'eye-liner.

Blake prit une autre gorgée de son verre.

— Comme tout le monde, j'imagine. Décompresser, lâcher prise, être moi-même dans l'un des rares endroits où je peux l'être.

Il inclina son verre en direction de Thane.

— Merci pour le verre. Si vous voulez bien m'excuser, j'aperçois un ami que je veux saluer.

Il glissa du tabouret et disparut dans la foule, laissant Thane fixer son cul tandis qu'il s'éloignait.

Nom de Dieu, qui l'aurait cru?

Chapitre neuf

BLAKE attrapa son téléphone aussitôt qu'il se réveilla le dimanche et envoya un message à Heidi. *Appelle-moi dès que tu te réveilles. Je dois te parler.*

Dix minutes plus tard, son téléphone sonnait.

— Qu'est-ce qui ne va pas?

Elle le connaissait trop bien.

— Je suis sorti hier soir. Les dernières semaines ont été chargées et j'avais besoin de me dépenser un peu.

— Oui, nous en avons parlé vendredi. Il s'est passé quelque chose? Tu vas bien?

— Je suis chez moi. Je vais bien. C'est juste...

Il ne savait pas comment exprimer son trouble, même avec elle.

— Blake, arrête ça. Tu me fais peur. Que se passe-t-il?

Blake prit une profonde inspiration et essaya de mettre de l'ordre dans ses pensées.

— J'ai suis tombé sur Thane Dalton au *Bar Complex* hier soir.

— Eh bien, maintenant tu sais qu'il est gay, plaisanta Heidi.

Elle avait raison, mais cela ne fit rien pour apaiser les inquiétudes de Blake.

— Il m'a offert un verre avant de réaliser qui j'étais, mais c'est devenu gênant après ça, alors je n'ai pas traîné.

— Sans doute le choix le plus sûr.

— Peut-être, sauf que, je te jure, chaque fois que je détournais les yeux de la personne avec qui je dansais, je le trouvais en train de me regarder.

Même quand Blake n'avait pas regardé, il avait senti les yeux de Thane comme une marque au fer rouge dans son dos.

— J'aime aller au *Bar Complex*. Je n'ai pas envie de devoir trouver un nouveau bar.

— Qui a dit quoi que ce soit à propos d'un nouveau bar ? demanda Heidi. Tu vas là-bas depuis je ne sais combien de temps et tu n'es jamais tombé sur lui avant, parce que tu l'aurais remarqué même si lui ne l'avait pas fait. C'était une rencontre fortuite.

— Je fais tellement attention à garder ma vie personnelle séparée de ma vie professionnelle, essaya de lui expliquer Blake tant bien que mal. J'ai accepté cette nécessité quand j'ai choisi l'éducation pour carrière. Pour mes étudiants, je suis monsieur Barnes, proviseur adjoint, tuteur du département théâtre et défenseur de l'Alliance des Genres et des Sexualités. Ils n'ont pas besoin de savoir que je suis aussi le Blake qui voit sa meilleure amie pendant les happy-hours du vendredi et qui va parfois danser au *Bar Complex*, tout comme ils n'ont pas besoin de savoir que je préfère le bourbon à la vodka ou que j'ai fumé de l'herbe plusieurs fois quand j'étais à l'université. Ces choses n'ont pas leur place à l'école. Tomber sur Thane brouille ces lignes.

— Si je me souviens bien, ton directeur sait que tu es gay, non ? demanda Heidi.

— Oui, il le sait, mais quel est le rapport ?

— As-tu fait quoi que ce soit la nuit dernière à part danser ?

— Non. Je suis allé là-bas pour danser, pas pour tirer un coup. Tu le sais.

— Je doute sérieusement que tu puisses avoir des problèmes pour être allé danser en boîte, dit Heidi. Quelle que puisse être la clause de moralité de ton contrat.

— Quoi ?

— Tu agis comme si rencontrer Thane au club mettait ton travail en danger d'une quelconque façon, dit Heidi. Je suis en train de t'expliquer pourquoi tu as tort. Ou n'ai-je pas compris le problème ?

— Pas mon travail, répondit Blake. Je devrais faire beaucoup plus que danser pour que ce soit un problème, mais j'ai une réputation à tenir. Que les étudiants découvrent que j'aime danser ne me coûtera pas mon travail, mais cela pourrait changer la façon dont ils me voient et ce n'est pas ce que je veux. Je dois avoir leur respect si je veux pouvoir faire mon travail.

— Tu supposes que Thane va dire à tes élèves qu'il t'a vu. Je doute qu'il aille courir au lycée pour attraper des gamins au hasard et leur dire que tu vas en boîte de nuit.

— Tout ce qu'il a à faire, c'est le dire à ses neveux, répliqua Blake. Ils en parleront à quelqu'un qui le dira à quelqu'un d'autre. Je sais que tu te souviens comment fonctionnent les commérages au lycée.

— Ça pourrait jouer en ta faveur, tu sais. M. Barnes pourrait soudain devenir le proviseur cool. Tu portais ton pantalon en cuir ?

— Je ne veux pas être le proviseur cool, rétorqua Blake, ignorant complètement sa question. Je veux être le proviseur qu'ils écoutent et c'est rarement la même personne.

— Bien. Fais comme si tu ne m'avais pas entendue. Tu portais le pantalon en cuir ?

Blake soupira.

— Oui.

— Bien. Au moins Thane t'a vu sous ton meilleur jour.

Ou sous le pire.

THANE grogna alors que la lumière du soleil traversait sa fenêtre et venait le frapper au visage. Il avait eu l'intention de fermer les rideaux la veille quand il était rentré se coucher, mais à l'évidence, il avait oublié. Il avait été trop concentré sur le souvenir de Barnes en cuir moulant et tee-shirt encore plus moulant pour prêter attention à tout le reste. Il avait été incapable d'arracher ses yeux de lui de toute la soirée, essayant de réconcilier ce qu'il voyait avec tout ce qu'il savait de lui. Quelque chose ne collait toujours pas.

Être moi-même. C'est ce que Barnes avait dit quand Thane lui avait demandé pourquoi il était au club.

60

Il comprenait le besoin de lâcher du lest et de s'exprimer, mais si tel était le cas, pourquoi Barnes avait-il choisi un emploi où il devait se cacher ? Thane n'avait jamais compris comment les gens pouvaient faire ça. Il était qui il était et il se foutait bien de savoir qui était au courant. Cela lui avait valu sa part de détracteurs, mais cela lui avait aussi valu le respect des hommes qui travaillaient avec lui. Il n'avait pas à s'inquiéter de garder des secrets parce qu'il n'en avait aucun.

Il roula sur le côté pour échapper aux rayons du soleil et enfouit son visage dans l'oreiller. Il était sorti pour relâcher un peu la pression et s'amuser. Un flirt léger et inoffensif qui laissait tout le monde heureux à la fin de la nuit. Au lieu de quoi, il avait passé la soirée à mater le cul de Blake Barnes de l'autre côté de la piste. Il n'avait pas pu s'en empêcher. De toutes les personnes présentes dans le club, Barnes était le seul homme à être complètement hors limites parce que tout ce que Thane faisait avec lui de près ou de loin pouvait avoir des répercussions sur Kit et Phillip, or Thane ne pouvait le permettre. Aucun petit cul, aussi attirant soit-il, ne valait la peine de risquer leur bonheur.

Si seulement Thane n'avait pas à travailler avec lui… Mais il avait promis à Kit et Phillip qu'il continuerait de venir aider l'équipe de montage chaque fois que son emploi du temps le permettrait. Il pouvait repousser jusqu'au jeudi, mais il ne pouvait pas abandonner complètement. Il avait fait une promesse à ses garçons et il ne la romprait pas. Ils commençaient enfin à croire qu'il pensait sincèrement ce qu'il leur avait dit. Il ne compromettrait pas ça maintenant.

— **BONJOUR,** les garçons, lança Thane lorsque Kit et Phillip rentrèrent à la maison après l'activité théâtre de ce lundi après-midi. Comment était l'école ?

— C'était super !

L'enthousiasme perceptible dans la voix de Kit surprit Thane.

— Je suis heureux de l'entendre. Il s'est passé quelque chose de particulier ?

Kit sautait dans la cuisine en agitant un papier devant lui.

— Regarde !

— Je le ferai si tu te tiens tranquille assez longtemps pour que je puisse lire, répondit Thane avec un sourire pour adoucir ses mots.

Kit se calma et tendit le papier à Thane qui n'eut besoin que d'une seconde pour comprendre pourquoi Kit était si excité.

— Quatre-vingt-treize à un test de science ? C'est fantastique.

Kit était loin d'être stupide, mais ses notes étaient bien supérieures à celles de l'année précédente.

— M. Barnes a dit que nous devions avoir de bonnes notes sinon nous n'étions pas autorisés à aider à monter les décors, expliqua Kit. Nous devons nous asseoir au fond du théâtre et étudier si nous n'avons pas au moins un C dans toutes nos classes. Je ne voulais pas rester assis à ne rien faire, alors j'ai étudié super dur à la maison.

— C'est ce que je vois, dit Thane. Il faut célébrer ça. Et si nous sortions pour le dîner ? Tu peux choisir le restaurant.

— C'est vrai ? s'exclama Kit.

— Oui.

Thane ébouriffa ses cheveux noirs, comme sa sœur avait l'habitude de le faire.

— Tu as travaillé dur. Tu le mérites. Où veux-tu aller ?

— Est-ce qu'on peut aller à *Rincon Mexicano* ? Ça fait longtemps qu'on n'a pas mangé mexicain.

— Si c'est là que tu veux aller, alors c'est là que nous irons. Phillip et toi voulez vous doucher avant de partir ? Tu as de la peinture dans les cheveux.

Kit haussa les épaules.

— Emma et Zach disent que c'est une médaille d'honneur. Tu devrais voir les mains d'Emma. Elle a des tonnes de peinture sous les ongles. Elle dit que ça finira par partir, mais que pour l'instant, tous ceux qui les voient savent qu'elle n'a pas peur d'un peu de travail manuel.

Thane sourit.

— Tu l'as prouvé avec ta note et la peinture. Va chercher ton frère. Nous partirons dès que vous serez prêt.

Kit sortit de la cuisine en courant, criant après Phillip dans la foulée. Thane alla chercher son portefeuille dans la chambre où il l'avait jeté quand il avait troqué ses vêtements de travail pour d'autres, plus décontractés. Le jean et le sweat-shirt qu'il avait enfilés n'étaient pas du dernier chic, mais ils étaient propres et le restaurant que Kit avait choisi n'était pas formel question code vestimentaire. Cela irait parfaitement, surtout à côté des cheveux tachés de peinture de Kit.

Quand il revint dans la cuisine, Kit et Phillip l'attendaient. Ils avaient également changé de vêtements et, même s'il voyait que Kit avait passé un coup de brosse sur la tignasse qu'il appelait cheveux, cela n'avait pas servi à grand-chose pour déloger la peinture.

— Prêt ?

Ils se levèrent, des sourires aux lèvres. Il ne put résister. Il les attrapa chacun avec un bras, dans une clé de cou affectueuse.

— Savez-vous à quel point je suis fier de vous, les garçons ?

Ils lui sourirent puis, comme un seul homme, lui chatouillèrent les côtes. Il les lâcha en faisant un bond en arrière, surpris.

— C'est votre mère qui vous a appris ce tour ?

Leurs expressions redevinrent sérieuses et Thane aurait voulu se donner un coup de pied aux fesses pour avoir gâché l'ambiance.

— Vers la fin, quand elle était trop faible pour faire autre chose, elle nous racontait des histoires, dit Philip. Sur votre enfance et tous les problèmes dans lesquels tu te fourrais. Je pense qu'elle voulait que nous te connaissions mieux, puisqu'elle savait que nous finirions ici une fois qu'elle serait partie.

La gorge de Thane se noua à la pensée de Lily allongée dans un lit d'hôpital, racontant des histoires à ses garçons pour essayer d'améliorer les choses.

— Elle racontait toujours les meilleures histoires, même si la moitié d'entre elles étaient inventées.

— Embellies, le corrigea Kit.

Le tremblement dans sa voix attira l'attention de Thane. Kit souriait, mais Thane voyait l'humidité briller dans ses yeux.

— Elle disait que toutes les bonnes histoires méritaient un petit embellissement.

— Elle avait raison. Allons nous faire quelques souvenirs supplémentaires pour embellir les choses.

BLAKE ENTRA dans son appartement le lundi soir, après l'atelier théâtre. Il devait penser au dîner et passer en revue les changements dont Jenny et lui avaient discuté quant aux plans originaux pour les décors et il devait se préparer pour les deux surveillances qu'il devait faire le lendemain. Mais en réalité, il ne désirait qu'une douche chaude et aller dormir. Il avait passé toute la journée sur des charbons ardents à s'inquiéter de ce qui se passerait si Thane se montrait pour aider l'équipe et il était épuisé.

Il devait arrêter de se prendre la tête. Cela ne faisait de bien à personne, que ce soit à ses étudiants ou à lui-même. Cela n'avait aucune importance, de toute façon. Thane n'aurait jamais aucun intérêt pour lui, indépendamment de l'attention qu'il lui avait portée au club. Thane était hors du commun, le bad boy fini. Il voudrait sans doute quelqu'un qui soit son pendant, pas le proviseur coincé d'un lycée qui ne pouvait se laisser aller que dans des circonstances très spécifiques.

Blake devait se montrer rationnel. Il avait un travail à accomplir et des étudiants qui comptaient sur lui. Il ne pouvait se permettre d'être distrait par un beau visage, peu importait combien Blake le trouvait captivant.

Et c'était bien là le cœur du problème. Malgré toutes les paroles courageuses qu'il avait servies à Heidi, malgré toutes les raisons pour lesquelles les connards alpha faisaient de mauvais petits amis, Blake trouvait Thane captivant. Il rayonnait d'un magnétisme purement animal et il y avait encore assez de l'adolescent geek en Blake pour y réagir, exactement comme quand il s'était mis à craquer pour Thane la première fois. La pensée de toute cette puissance maîtrisée concentrée sur lui le faisait chavirer. Si Thane le désirait – s'il le désirait vraiment, pas seulement une aventure – Blake ne serait pas capable de résister. Heureusement – ou malheureusement, selon la façon dont il voyait les choses – Thane ne voudrait jamais de lui de cette façon, car même s'il avait trouvé Blake attirant au club, son opinion sur lui en dehors de la boîte de nuit avait clairement été exprimée plus d'une fois. Non, Thane Dalton était un rêve aussi inaccessible maintenant qu'il l'avait été vingt ans plus tôt, paressant négligemment à la cafétéria de l'école et annonçant insolemment à tout le corps étudiant qu'il avait eu des relations anales avec la meneuse des pom-pom girls.

Le monde de Blake avait pivoté sur son axe ce jour-là, mais c'était son problème, pas celui de Thane. Rien n'en était sorti à l'époque et rien n'en sortirait aujourd'hui.

Chapitre dix

— QU'EST-CE que tu fais encore ici ? demanda Derek.

Thane leva les yeux du carreau de carrelage qu'il était en train de poser.

— Je pose ce carreau.

— Petit malin. Je le vois bien. Pourquoi tu ne pars pas ? Il est presque quinze heures trente.

Thane était tout à fait conscient de l'heure qu'il était, merci. Il avait choisi ce boulot précisément parce qu'il ne pouvait pas le terminer avant quinze heures trente.

— Le carrelage n'est pas fini. Je ne peux pas partir avant d'avoir terminé.

— Tes mensonges valent que dalle, Dalton. Pourquoi tu ne pars pas ?

— Je te l'ai dit. Le carrelage n'est pas fini.

— Et il y a une demi-douzaine de gars à portée d'oreilles qui pourraient venir le finir pour toi si tu voulais partir, alors à d'autres, rétorqua Derek.

65

— Ils ont tous d'autres responsabilités, dit Thane.

Il n'aurait pas cette discussion au travail, même pas avec Derek.

— Peut-être, mais ça ne répond pas à ma question.

— Va te faire foutre.

— Ah, c'est ça le problème ? gloussa Derek. Je pensais que tu étais sorti samedi pour t'occuper de ça.

— Qu'est-ce que c'est censé vouloir dire ?

— Ça veut dire que tu n'as eu aucune action depuis que les garçons sont venus vivre avec toi – ce qui est totalement compréhensible – mais tu n'es pas habitué à faire dans l'abnégation, dit Derek avec un sourire jusqu'aux oreilles. Et en plus de ça, tu es sur des charbons ardents avec le mignon proviseur que tu veux prétendre détester. Que s'est-il passé ? Tu t'es fait jeter samedi ?

— Je ne me suis pas fait jeter, protesta Thane, mais il ne put croiser le regard de Derek. Personne n'a attiré mon attention.

— Menteur.

Thane se leva d'un bond, les poings serrés.

— Fais attention, Jackson. Nous sommes amis depuis longtemps. Je n'ai vraiment pas envie de t'en coller une.

Derek renifla avec suffisance.

— Comme si ton coup allait porter même si tu en décochais un. Tu cherches à gagner du temps. Que s'est-il passé ?

— Laisse tomber, d'accord ? J'ai du travail.

— Bien, ne me dis rien, mais fais-nous une faveur et ne te mens pas à toi-même. Quel que soit le problème, tu ne feras qu'empirer les choses si tu fais ça.

Thane leva les yeux au ciel et reporta son attention sur le carrelage à ses pieds. Il ne se mentait pas à lui-même. C'était juste qu'il n'y pensait pas.

Derek quitta la salle de bain après son intervention, privant Thane de la distraction de leur joute verbale. Thane étendit l'enduit épais sur une autre section du sol et posa un nouveau carreau. Derek avait tort sur toute la ligne. Il ne s'était pas fait jeter samedi. Il n'avait fait aucune proposition à personne. Il avait juste… regardé.

Comme un adolescent avec un béguin qu'il ne savait pas comment gérer.

Merde. Même quand il était adolescent, il n'avait pas été ce genre de gars. Qu'est-ce qui n'allait pas chez lui, maintenant ? S'il n'avait pas su qui était Barnes, il n'aurait pas réfléchi à deux fois avant de le suivre

66

sur la piste de danse, même après ce qui s'était passé au comptoir. Il aurait pris cela pour du flirt, comme une invitation à la chasse et non comme un congédiement. Un non n'était pas une réponse pour lui, ni dans les affaires ni dans le plaisir. Il se lançait après ce qu'il voulait jusqu'à l'obtenir. Il l'avait toujours fait.

Sauf que cette fois, il y avait plus en jeu que les affaires ou le plaisir. Cette fois, il devait penser à Kit et Phillip. Pour le moment, Barnes les aidait à sa manière. Ce n'était peut-être pas celle que Thane aurait choisie, mais les notes de Kit avaient progressé, les deux garçons aimaient travailler dans l'équipe du théâtre et aucun d'eux n'avait mentionné de problèmes avec ceux qui les harcelaient depuis qu'ils avaient commencé le service communautaire. Les quatre semaines n'étaient pas écoulées, mais Thane ne les voyait pas s'arrêter à la fin de leur punition, pas vu comment ils parlaient tout le temps et avec tant d'enthousiasme de ce qu'ils faisaient. Non, ils iraient jusqu'à la fin de cette année scolaire et rempileraient probablement l'année prochaine.

Il pouvait vivre avec ça. Il n'était peut-être pas d'accord avec la façon dont Barnes dirigeait les choses, mais Kit et Phillip étaient heureux, donc son opinion n'avait pas d'importance. Tant que travailler au théâtre mettait un sourire sur leurs visages, il l'encouragerait de toutes les manières possibles. Il devait seulement trouver une façon d'encourager leur intérêt sans que cela implique qu'il travaille avec Barnes tout le temps. Ce ne serait que trop gênant.

La vision d'un tee-shirt en coton rouge étiré autour de bras étonnamment musclés lui traversa l'esprit.

Gênant. Parce que même s'il faisait suffisamment froid en ce moment pour que Barnes porte des tee-shirts manches longues quand ils travaillaient, le temps finirait par se réchauffer, et quand ce serait le cas, il les échangerait contre des tee-shirts à manches courtes et Thane se retrouverait à fixer ses bras. Sans parler de son cul.

Il attrapa un autre carreau, mais ses doigts glissèrent sur la surface et le bord lui entailla la paume.

— Putain, jura-t-il alors que le sang se mettait à couler. Jackson, j'ai besoin de quelqu'un pour finir de poser ce carrelage.

Derek jaillit trop rapidement dans la salle de bain au goût de Thane.

— Tu as changé d'avis à propos d'aller à Henry Clay ?

— Non, je vais aux urgences. Je vais avoir besoin de points de suture. Trouve quelqu'un pour terminer ici, ou au moins pour utiliser l'enduit que j'ai préparé pour ne pas le perdre. Si nous devons en préparer davantage demain, ce n'est pas un problème.

Derek regarda la main de Thane d'un œil critique.

— Est-ce que tu peux conduire dans cet état? Je peux demander à Glenn de t'emmener à Central Baptist. Il vient juste de prendre une pause clope.

Thane pouvait conduire jusque là-bas, mais selon ce qu'ils lui donneraient pour la douleur, rentrer ensuite jusqu'à la maison en voiture pouvait s'avérer plus compliqué.

— C'est sans doute une bonne idée.

— Va récupérer tes affaires, je vais chercher Glenn. Et donne-moi tes clés. Nous ramènerons ton pick-up chez toi.

Thane les chercha dans sa ceinture à outils et les lança à Derek.

— Tu pourras dire aux garçons ce qui se passe s'ils rentrent à la maison avant moi?

— Fiche le camp d'ici. Je m'occupe de tout, y compris des garçons.

Thane acquiesça avec reconnaissance et s'en alla chercher ses affaires. Derek le rendait peut-être dingue, mais Thane pouvait toujours compter sur lui en cas de problème.

THANE rentra chez lui quatre heures plus tard. Le médecin des urgences avait fait six points de suture dans sa paume et lui avait donné quelque chose de suffisamment fort contre la douleur pour qu'il se sente plutôt bien à l'heure qu'il était.

— Oncle Thane!

Il se prépara physiquement en entendant jaillir son nom. Kit déboula dans le couloir et jeta ses bras autour de sa taille.

— Derek a dit que tu étais blessé. Est-ce que ça va?

— Je me suis coupé la main. Le doc m'a recousu. Tout sera à nouveau opérationnel dans plus ou moins une semaine. Je suis désolé de ne pas avoir pu vous aider aujourd'hui.

— Nous nous sommes inquiétés, dit Phillip, mais j'ai dit à Kit que tu aurais une bonne raison de ne pas venir.

— Est-ce qu'un détour aux urgences est une bonne raison? plaisanta-t-il.

Vu l'expression sur leurs visages à tous les deux, la blague tomba à plat.

— Pardon. J'aurais dû vous appeler sur vos portables pour vous dire pourquoi je ne venais pas et pour que vous ne vous inquiétiez pas. Je ne suis toujours pas habitué à ce truc de parent-tuteur.

— Tu te débrouilles plutôt bien pour quelqu'un qui à moins de deux mois de pratique, dit Kit en resserrant ses bras autour de lui. Qu'est-ce qu'on peut faire pour t'aider ?

— Pour l'instant, je veux juste manger un morceau et aller dormir pour faire disparaître les effets des médicaments que le médecin m'a donnés. Demain, nous verrons comment se porte ma main. Je dois faire attention à ne pas mouiller les points, mais je peux l'utiliser à moins que ça ne me fasse trop mal.

— Nous avons à manger, dit Phillip. Derek a fait des spaghettis.

Thane reprit du poil de la bête à cette pensée.

— Avec la sauce secrète de sa mère ? demanda-t-il.

— Oui, idiot, lança Derek depuis le seuil de la cuisine. Avec quoi d'autre je pourrais les servir ?

— Connard.

— Enfoiré.

Kit et Phillip rigolèrent, arrachant un sourire à Thane. Il ne savait toujours pas ce qu'il faisait, mais s'il pouvait faire rire ses garçons, c'est qu'il ne devait pas trop mal s'en tirer.

BLAKE venait de mettre les enfants au travail, leur demandant de poser du ruban adhésif sur les jointures des châssis servant au décor des égouts, quand il entendit des pas pesants sur la scène, derrière lui. Aucun des étudiants ne se déplaçait aussi lourdement, ce qui signifiait qu'il avait de la compagnie.

Il afficha un sourire et se tourna pour faire face à Thane.

— Monsieur Dalton, je n'étais pas certain de vous voir aujourd'hui.

— Désolé de ne pas être venu mardi, dit Thane. J'ai dû faire un détour par les urgences.

Blake blêmit quand Thane montra son bandage.

— Que vous est-il arrivé ?

— Je me suis coupé la main sur un carreau de carrelage. Je n'étais pas assez attentif à ce que je faisais.

— Êtes-vous sûr d'être d'attaque pour travailler aujourd'hui ? demanda Blake. Pas que vous ne puissiez pas observer, si c'est ce que vous préférez, mais je ne voudrais pas aggraver votre blessure.

— C'est ma main gauche qui est blessée, pas la droite. Je peux toujours tenir un pinceau. Kit et Phillip ont dit que c'était en grande partie l'activité de cette semaine, répondit Thane d'un ton égal.

— Ce qui est vrai, je suppose.

Blake fit passer son poids d'une jambe sur l'autre, se sentant incroyablement gêné. Il sentait le regard scrutateur de Thane sur lui de la même façon qu'il l'avait fait au club, mais cette fois, ils n'avaient pas la barrière des lumières disco, de la musique et d'une masse de corps en mouvement pour agir comme tampon.

— Oui, alors, la peinture. Il y a des pinceaux côté cour. Nous peignons tout en noir pour l'instant. Nous ajouterons les tuyaux et canalisations en gris plus tard. Les étudiants en art de dernière année viendront les dessiner à la craie quand nous aurons terminé le fond. Choisissez une plateforme qui a été préparée avec de l'adhésif pour être peinte et allez-y.

Il fit un geste vague vers l'endroit où ils avaient poussé les murs terminés.

— Je serai… là-bas. En train de poser du ruban adhésif.

Blake se dépêcha de s'éloigner, les joues en feu alors qu'il maudissait son incapacité à prononcer une phrase cohérente en présence de Thane. Il devait se reprendre sinon les étudiants qui le connaissaient bien se mettraient à poser des questions auxquelles il ne pourrait répondre.

Il prit une minute pour traverser le couloir jusqu'au magasin et jeter un œil aux étudiants qui y travaillaient, sous la supervision attentive de Zach. Tout était sous contrôle, cependant, alors il n'avait aucune raison de s'attarder. Il pouvait aller voir si tout allait bien du côté de Jenny, qui s'occupait de faire réciter leurs textes aux acteurs dans sa classe, mais elle n'apprécierait pas la distraction, surtout qu'il n'avait pas de réelles questions à lui poser. Il l'avait déjà informée de leurs progrès avec les décors et du fait qu'ils auraient suffisamment avancé d'ici la fin de la semaine suivante pour qu'elle puisse démarrer les répétitions sur scène. Le décor de la mission était presque terminé et ils pouvaient travailler en coulisses sur les autres pendant qu'elle commençait à chorégraphier les scènes de la mission sur scène.

Cela ne lui laissait guère le choix que de retourner au théâtre pour travailler sur les décors qui n'étaient pas encore terminés. De retourner là où se trouvait Thane. Il tira sur l'ourlet de son tee-shirt à manches longues, heureux qu'il soit si grand qu'il était lâche sur lui. Il ne pouvait empêcher Thane de le regarder, mais il pouvait contrôler ce que l'homme voyait. Il devrait se rappeler de déterrer tous ses tee-shirts les plus longs et les plus lâches afin d'être prêt, quel que soit le jour où Thane choisirait de venir donner un coup de main. Il pouvait en grande partie gérer le fait d'être maté au club quand il s'habillait pour attirer l'attention, mais il laissait tout cela derrière lui quand il venait au lycée.

Il retourna au théâtre en se faufilant discrètement par la porte menant au côté jardin de la scène, aussi loin que possible de l'endroit où Thane serait en train de travailler – sauf à monter dans la régie [6] lumière – mais il ne pouvait rien faire là-haut tant que Jenny n'aurait pas orchestré toutes les chorégraphies ; il pourrait alors commencer à travailler avec Amber sur la meilleure façon de mettre en évidence les parties importantes de chaque tableau scénique. Les coulisses jardin étaient bienheureusement vides pour le moment, alors Blake passa les rideaux qui séparaient celles-ci de la scène et observa simplement l'endroit. Deux élèves avaient déplacé les praticables au centre et Thane se tenait sur l'un d'eux, un pinceau à la main, riant avec Morgan pendant qu'ils peignaient.

Bon sang, Thane n'était pas censé se faire aimer des enfants. Il était censé être le connard arrogant afin que Blake puisse continuer à lui en vouloir. Il était tellement plus facile d'ignorer son attirance pour lui quand il pouvait honnêtement dire qu'il n'aimait pas l'homme. Alors qu'il observait la scène, Kit s'approcha gaiement de son oncle, un sourire aux lèvres. Thane tendit sa main bandée et lui ébouriffa les cheveux. Son sourire s'élargit et devint radieux. Le changement par rapport au garçon maussade qu'il avait vu dans son bureau quelques semaines plus tôt était flagrant. Blake aurait voulu s'en attribuer une partie du mérite, mais il soupçonnait que la majeure partie des progrès réalisés venaient de Thane. Blake arracha son regard de la scène et se mit au travail avant de faire quelque chose de stupide – comme essayer de se joindre au tableau parfait.

---

6 Désigne l'organisation matérielle du spectacle – lumière (conduite), son (mixages façade et retours), plateau (machinerie de scène) – mais aussi le poste de commande des différentes régies (qui se trouve en salle pour les régies lumière et son et sur scène pour les régies plateau et retours).

Chapitre onze

THANE regarda sa montre pour la énième fois au cours de la dernière heure. Il ne voulait pas partir trop tôt et avoir à patienter des heures pour voir si Barnes se montrerait, mais il ne voulait pas non plus attendre jusqu'à une heure trop tardive. Il ne savait pas à quelle heure Barnes était arrivé le week-end précédent, mais il était parti peu après minuit bien que le bar ne fermât pas avant deux heures et demie du matin. Dix-neuf heures, c'était encore tôt, cependant. Il aurait l'air trop empressé si Barnes était là-bas et cela augmenterait la probabilité de le faire passer pour un imbécile s'il ne se montrait pas. Il attendrait jusqu'à vingt-et-une heures. C'était une heure respectable pour commencer à faire la fête un samedi soir, et si Barnes n'était pas déjà là, Thane profiterait de la vue pendant qu'il attendait. De toute façon et même si Barnes était là, il ne ferait rien d'autre que regarder. Les choses étaient déjà bien assez gênantes comme ça entre eux. Thane n'avait pas besoin de les empirer en lui faisant du rentre-dedans.

Il ne lui restait plus qu'à remplir l'heure à venir jusqu'à ce qu'il soit assez tard pour s'habiller et sortir. Et trouver quoi dire à Kit et Phillip quant à l'endroit où il allait et pourquoi. Ils n'étaient plus des bébés. Il pouvait leur dire qu'il sortait en boîte, même dans une boîte gay. Qu'ils imaginent ce qu'ils voulaient à partir de là. Il n'avait pas à confirmer ou à nier leurs présomptions, ni même à leur donner la moindre indication quant à l'idée qu'il avait de ce qu'étaient leurs soupçons. Leurs suppositions seraient sans doute justes en grande partie, mais ils n'avaient aucune raison d'imaginer qu'il sortait dans l'espoir de revoir leur M. Barnes en cuir. Ils n'avaient pas besoin de penser à Barnes de cette façon. Thane n'était peut-être pas un expert en matière d'éducation, mais ses neveux respectaient Barnes et il ne voulait rien faire qui changerait ça.

— Oncle Thane ?

La voix de Phillip tira Thane de ses pensées. Il leva les yeux et sourit, mais Phillip ne lui retourna pas son sourire.

— Qu'est-ce qui ne va pas ? demanda Thane.

— Je… j'aurais besoin d'un petit conseil.

— Quel genre de conseil ?

Phillip s'assit sur le canapé à côté de Thane et tritura l'ourlet de son pull.

— Je ne sais rien des filles.

— Tu as seize ans. Personne ne s'attend à ce que tu saches tout, répondit Thane.

Il n'était pas préparé pour cette conversation.

— Garde ça en tête, tu veux. Je vais chercher un truc à boire. Tu veux quelque chose ?

Phillip secoua la tête alors Thane alla chercher une bière dans la cuisine et revint s'asseoir à côté de lui. Il prit une longue gorgée pour se donner du courage.

— D'accord, qu'est-ce que tu veux savoir ?

— Comment suis-je censé savoir si elle m'aime bien ? demanda Phillip.

— C'est une question générale ou parle-t-on de quelqu'un en particulier ?

— De quelqu'un en particulier, marmonna Phillip.

— Quelqu'un que je connais ? demanda Thane.

Il ne connaissait que quelques adolescents de l'équipe de montage, mais il pouvait avoir de la chance.

— Darcy, du théâtre. Elle est trop drôle, jolie et intelligente. Je l'aime beaucoup, mais je ne sais pas si elle ressent la même chose pour moi, lâcha Phillip d'une traite.

Thane mit une minute à recenser mentalement les personnes qu'il connaissait pour trouver qui était Darcy. Mince, brune, queue de cheval. Il voyait pourquoi Phillip l'aimait bien.

— Les filles sont compliquées. Les garçons sont plus faciles à cerner.

— Ouais, mais j'aime les filles, répliqua Phillip. Enfin, ça m'est égal de savoir qui les autres aiment. Ça les regarde, mais moi, j'aime les filles.

— Rien de mal à ça, répondit Thane. Tant que tu ne juges pas les gens sur leur sexualité.

— Qu'y a-t-il à juger ? Tu es bi et je suis presque sûr que Kit aussi, et je pense que M. Barnes est gay et c'est mon professeur préféré. Qu'est-ce que je fais pour Darcy ?

— Cela dépend de toi, en fait, dit Thane. De ce que tu veux. Tu cherches une aventure ou tu cherches une relation ?

— Oncle Thane, gémit Phillip.

— Si tu ne peux pas m'en parler, comment vas-tu lui en parler ? demanda Thane.

— Je veux lui demander de sortir avec moi, je veux l'emmener dans un endroit sympa. Seulement, je ne sais pas si elle ressent la même chose, dit Phillip. Elle a peut-être déjà un petit copain pour ce que j'en sais.

— Alors, c'est la première chose que tu dois découvrir, dit Thane. Parce que s'impliquer avec la petite amie de quelqu'un d'autre n'est pas cool. Demande-lui ce qu'elle fait ce week-end. Est-ce qu'elle sort ? Donne-lui la chance de mentionner un petit ami si elle en a un. Ou une petite amie. Si elle ne parle de personne en particulier, tu auras au moins cette information. Et cela te dira ce qu'elle aime faire, aussi, comme ça tu sauras quoi suggérer si tu décides de lui demander de sortir avec toi.

— Ouais, je peux faire ça.

Phillip s'apprêtait à se lever.

— Attends, nous n'avons pas fini.

Thane l'attrapa par le bras, l'empêchant de s'en aller.

— Il y a des préservatifs à l'étage, dans ma salle de bain. Gardes-en un dans ton portefeuille et utilise-le si vous en arrivez à ce point.

Phillip devint écarlate.

— Oncle Thane ! Je ne sais même pas encore si elle m'aime bien. Je ne pense pas à avoir des relations sexuelles avec elle.

— Tu as seize ans. Gardes-en un dans ton portefeuille. Tu ne l'utiliseras peut-être pas dans un avenir proche et c'est très bien. Je ne te dis pas d'aller coucher avec la première personne qui passe. Je te dis d'être intelligent sur le sujet. Et pendant que nous parlons de ça…

— Nous ne parlons pas de ça, gémit Phillip.

— Phillip, c'est sérieux. Tout ce qui n'est pas un oui enthousiaste signifie non et tu demandes avant de toucher – Darcy ou n'importe quelle fille. À n'importe quel moment, chaque fois. Compris?

— Je sais, oncle Thane. Je ne ferais jamais rien de tel.

— J'en suis sûr, mais il est facile de se laisser prendre dans l'instant, surtout à ton âge, et d'oublier de demander, et il est facile pour la personne avec laquelle tu te trouves d'être emportée dans l'instant et de ne pas réaliser avant qu'il soit trop tard d'avoir souhaité y penser d'abord.

Thane se souvenait trop bien de cette époque. Il aimait à penser qu'il n'avait jamais forcé qui que ce soit à faire quoi que ce soit sans que la personne le réalise, mais il n'avait pas été aussi prudent qu'il aurait pu l'être non plus. Il ne voulait pas que Phillip ait ces mêmes regrets plus tard.

— Je serai prudent. Promis.

— Bien.

Il attira Phillip dans ses bras.

— Tu peux toujours me parler, peu importe le sujet, d'accord?

Phillip lui rendit son étreinte.

— D'accord. Je t'aime, oncle Thane.

Thane resserra son étreinte et se demanda quand le fait d'entendre ces mots était devenu si important pour lui.

Quand Phillip se leva cette fois, Thane le laissa partir et s'affala contre le dossier du canapé. Et une conversation sur les rapports sexuels protégés, une! Il faudrait qu'il en ait une avec Kit tôt ou tard, mais elle pouvait attendre une autre soirée. Il regarda sa montre à nouveau. Suffisamment de temps avait passé pour penser à se préparer pour sortir, mais la conversation avec Phillip lui fit se poser des questions sur ses intentions. Était-il à ce point hypocrite pour se donner tant de mal pour, au final, agacer Barnes, sachant que celui-ci n'était pas intéressé et que rien n'en sortirait?

Si Barnes avait montré le moindre signe d'intérêt, les choses auraient été différentes. Toujours une mauvaise idée, mais une mauvaise idée partagée. En l'état, cela frôlait le harcèlement. Il ne pouvait donner ce genre d'exemple à ses garçons. Il grogna et se frotta le visage, sa barbe irritant ses paumes. Il supposait qu'il allait rester à la maison ce soir et se familiariser à nouveau avec sa main.

Merde. Comment sa vie en était-elle arrivée là ?

BLAKE finit de dîner et s'interrogea sur ce qu'il allait faire de la soirée. En temps normal, s'il n'avait pas d'autres projets, il allait au *Bar Complex* parce qu'il s'y passait toujours quelque chose, que ce soit un spectacle de drag-queen, de gogo dancers ou simplement la possibilité de sortir et de danser. Bien plus souvent, il sortait manger avec des amis ou allait voir un film ou une représentation à l'Opéra ou au Philharmonique de Lexington, mais il finissait généralement au club une fois tous les trois ou quatre mois. D'une certaine manière, cependant, voilà qu'il se retrouvait deux week-ends de suite sans aucun autre projet.

Avant le week-end précédent, il n'aurait pas hésité, mais se retrouver nez à nez avec Thane avait changé la donne. Il pensait qu'il s'était sorti de leur rencontre avec une grâce crédible. Il ne s'était pas complètement ridiculisé, mais là s'arrêtait sa seule consolation. Il ne serait peut-être pas aussi chanceux la prochaine fois. Ou Thane pouvait se trouver là-bas et ne lui montrer absolument aucun intérêt cette fois-ci. Il n'était pas certain de savoir ce qui serait le pire.

Il lava sa vaisselle et la posa à sécher à côté de l'évier. Il pouvait jeter un œil aux sorties cinématographiques. Il y avait probablement quelque chose qui valait la peine d'être vu, au Kentucky, s'il n'y avait rien dans les cinémas ordinaires. Ou il pouvait finir de relire *La Puissance du Mythe* après avoir passé une heure à en parler avec Zach pendant qu'ils travaillaient. Il avait des options qui n'impliquaient pas de se rendre au club.

Mais s'il le faisait, s'il laissait Thane lui dicter ses choix, il serait incapable de se regarder dans le miroir le lendemain matin. Il passait tant de temps à parler à ses étudiants de l'importance de prendre leurs propres décisions, pour les bonnes raisons plutôt qu'à cause de quelqu'un d'autre. Il ne pouvait laisser la possibilité que Thane soit au club lui ôter tout pouvoir de décision. Il était beaucoup de choses, et pas que des bonnes, mais il n'avait jamais été hypocrite et il ne commencerait pas maintenant.

Il entra d'un pas déterminé dans sa chambre afin de trouver quelque chose à porter. Pas de cuir ce soir. Il en avait porté la semaine précédente. Un jean peut-être ? Ou son pantalon en lin noir, celui qui lui collait aux jambes. Il pouvait l'associer avec une de ses chemises amples en soie. Ce serait un look différent de la dernière fois, mais il avait reçu plus d'une offre, habillé de cette façon. Si Thane était là, qu'il regarde. S'il n'était pas là, Blake pourrait se détendre et passer un bon moment.

Il s'habilla rapidement, décidé à ne plus tarder maintenant qu'il avait pris sa décision, et appela un taxi pour le déposer. Il n'avait pas prévu de s'enivrer, mais de cette façon il n'aurait pas à s'arrêter de boire après un verre si quelqu'un proposait de lui en offrir un autre.

Qui essayait-il de convaincre ? Si *Thane* était là et proposait de lui en offrir un autre. Non qu'il le ferait. Il lui en avait offert un la semaine précédente parce qu'il n'avait pas réalisé qui était Blake avant d'avoir commandé la boisson.

Blake se secoua mentalement alors qu'il attendait que le taxi arrive. S'il sortait avec ce genre d'attitude contre-productive, il ne s'amuserait pas, peu importe qui était ou qui n'était pas au club. Il était plus intelligent que ça.

Le chauffeur le déposa devant le *Bar Complex* avec un hochement de tête, un sourire et rien d'autre. Certains chauffeurs Uber étaient bavards, mais celui-ci ne l'avait pas été. Blake aurait apprécié la distraction. Il paya la somme et entra dans le club, l'estomac noué alors qu'il balayait la salle des yeux à la recherche de visages familiers.

À la recherche de Thane.

Bon sang, il n'allait pas faire ça ! Il était là pour s'amuser, pas pour passer la soirée à chercher Thane comme un adolescent au bal de l'école, espérant que son premier coup de foudre se montrerait – et pas avec quelqu'un d'autre.

Ses lèvres se relevèrent en un sourire désabusé alors qu'il appréciait l'ironie de cette déclaration. Cela n'avait peut-être pas été un bal, mais Blake avait passé plus d'une pause déjeuner pendant sa première année de lycée à espérer apercevoir Thane quelque part à la cafétéria. Heidi l'avait taquiné sans pitié.

Il se fraya un chemin jusqu'au bar et commanda un whisky sour. Il ne reconnut pas le barman, mais le personnel changeait avec une certaine régularité. Alors qu'il prenait une gorgée, il se tourna à nouveau vers la piste de danse. Il allait savourer son verre, danser avec quelques hommes mignons et considérer cette soirée comme un succès.

Et au diable Thane Dalton pour lui gâcher ce plaisir aussi.

Chapitre douze

— **ALLEZ** au pick-up, lança Thane alors qu'ils bouclaient l'après-midi au théâtre, le mardi suivant.

Il jeta les clés à Phillip.

— Je passe aux toilettes. Je vous rejoins dans une minute.

Thane fit un détour par les toilettes, s'occupa de sa petite affaire, et prit la direction du parking où il avait garé son véhicule. Il venait de franchir les portes extérieures quand il entendit des cris. Il marcha un peu plus vite, car cela ressemblait à la voix de Kit.

Il tourna le coin du bâtiment à temps pour voir Barnes se faufiler dans un groupe d'adolescents et en saisir un par l'oreille. Il n'entendait pas ce qu'il disait – il semblait ne pas avoir besoin d'élever la voix pour tous les faire taire – mais le garçon prisonnier de sa poigne grimaçait et se tortillait. Voyant Kit et Phillip juste derrière Barnes, Thane se mit à courir.

— Que se passe-t-il? demanda-t-il quand il fut assez près pour être entendu.

Les deux garçons se rapprochèrent immédiatement de lui, mais Barnes ne tourna pas la tête.

— Je suis en train d'expliquer à ces jeunes hommes ce que l'on attend des sportifs et des gentlemen dans cette école et ce que seront les conséquences en cas d'oubli de ces attentes.

Thane baissa les yeux vers Kit et Phillip.

— Est-ce que vous allez bien ?

— M. Barnes les a arrêtés avant qu'ils puissent faire plus que nous bousculer un peu, dit doucement Kit.

Thane regarda Barnes à nouveau. Il avait lâché l'oreille du garçon, mais il n'avait libéré aucun d'eux de l'emprise de son regard.

— Je vais vous le demander encore une fois, dit-il d'une voix égale, mais Thane entendit la note d'acier dans ce ton, acier dont il n'avait pas réalisé l'existence jusqu'à présent. Pourquoi vous en êtes-vous pris à Kit et Phillip ?

Le silence lui répondit.

— Rien à dire ? Ce n'est pas grave. Je n'ai pas besoin que vous disiez quoi que ce soit. J'ai vu ce qui s'est passé, que c'est vous qui avez commencé et que Kit et Phillip n'ont rien fait pour vous provoquer. Mais « rien » est tout ce que vous leur direz à partir de maintenant, poursuivit Barnes. Parce que si je surprends ne serait-ce qu'un murmure disant que vous les avez approchés pour une raison quelconque, je vous ferai tous suspendre de l'école et de vos entraînements de sport. En ce qui concerne les faits actuels, je vous mets en suspension intra-scolaire et vous êtes inadmissibles à l'entraînement ou aux matches pendant les trois prochaines semaines.

Les coupables gémirent et protestèrent, mais Barnes les réduisit au silence d'un regard.

— Êtes-vous en train d'ajouter l'insubordination à vos méfaits ? Parce que je serais heureux d'ajouter du temps à la punition, si c'est le cas.

— Non, monsieur Barnes, dit l'un des garçons, que Thane ne put voir.

— C'est bien ce que je pensais.

Barnes fit un pas en arrière et se tourna vers Thane.

— Monsieur Dalton, ce sont vos neveux qu'ils harcelaient. Êtes-vous satisfait des conséquences qui en découlent ?

Thane fixa Barnes sans rien dire pendant un moment, essayant de réconcilier l'homme résolu devant lui avec l'homme non-interventionniste et en retrait qu'il était au théâtre.

— Ils vont bien, grâce à vous. Votre décision semble juste.

Sa voix sembla éteinte à ses propres oreilles, mais il ne pouvait pas y faire grand-chose. Barnes se tourna à nouveau vers les caïds qui avaient mené la vie dure à Kit.

— J'informerai vos parents ce soir. Présentez-vous directement en retenue chaque matin. Si vous ne le faites pas, vous serez accusés de transgression et renvoyés.

— Mais les recruteurs de baseball assisteront aux matchs la semaine prochaine.

— Vous auriez dû y penser avant de chercher à vous battre, dit Barnes. Vous êtes conscients des attentes en ce qui concerne le comportement des athlètes étudiants. Chacun de vous a signé le code de conduite avant d'être autorisé à porter un maillot Henry Clay. Vous aurez de la chance si les entraîneurs vous laissent retourner sur le terrain après la fin de votre suspension obligatoire. Et juste au cas où vous auriez des coéquipiers qui partageraient vos opinions sur le sujet, mais qui ne se sont pas là aujourd'hui, je veux que quelque chose soit très clair. Kit et Phillip sont sous ma supervision directe ; si quoi que ce soit leur arrive, je découvrirai qui a fait ça et je ferai regretter leurs actes aux auteurs. Suis-je clair ?

La menace dans la voix de Barnes n'aurait pas dû être le moins du monde attirante, mais à l'instant, Thane n'avait jamais rien entendu de plus excitant de sa vie. Il avait été prêt à mettre un terme à son intérêt passager pour Barnes après l'avoir vu au club un peu plus d'une semaine auparavant, mais ceci... ceci était quelque chose d'entièrement différent. C'était Barnes qui défendait ses garçons, qui les défendait d'une façon que Thane ne l'aurait jamais imaginé prêt à faire. C'était Barnes qui les revendiquait, qui enveloppait son manteau d'autorité autour d'eux pour les protéger. Ce n'était pas la façon dont lui-même les aurait défendus – sa méthode aurait impliqué des poings – mais les gamins devant Barnes avaient l'air tout à fait intimidés. Et même s'ils oubliaient les paroles de Barnes à un certain point, ce dernier serait là pour les leur rappeler. Quels que soient les doutes que Thane avait le concernant, ils venaient d'être complètement dissipés.

— Oui monsieur.

— Vous avez cinq minutes pour quitter le campus avant que j'appelle la sécurité.

Barnes posa les mains sur ses hanches et attendit que les garçons se dispersent. Thane resta où il était, observant avec une impatience à peine maîtrisée le proviseur adjoint qui continuait à faire barrière entre eux et les athlètes qui s'en allaient. Ce n'est que quand ils eurent tous disparu qu'il se retourna.

Au moment où il bougea, Kit et Phillip s'élancèrent vers lui, passant leurs bras autour de sa taille.

— Vous avez été incroyable, monsieur Barnes, j'ai cru qu'il allait se pisser dessus quand vous lui avez attrapé l'oreille comme ça, s'exclama Phillip. Tu as vu ça, oncle Thane ?

Thane fit un pas en avant pour les rejoindre.

— J'ai vu. Très impressionnant, monsieur Barnes. J'ignorais que vous aviez cela en vous.

Barnes haussa les épaules.

— Je l'aurais fait plus tôt si ça n'avait pas été la parole de Kit contre la leur. Ils ne peuvent pas nier cette fois, pas alors que je les ai vus moi-même.

Thane n'avait pas vu ce qui s'était passé – ce qui valait sans doute mieux étant donné qu'il ne pouvait les cogner comme il l'aurait fait quand il était au lycée – mais il n'avait pas besoin de voir pour se faire une idée. Cela n'avait pas d'importance, cependant. Barnes l'avait devancé en prenant la défense des garçons, peu importe la satisfaction que Thane aurait tirée de tous leur en coller une.

Barnes adressa aux garçons un regard affectueux.

— Ramenez votre oncle à la maison, les garçons. Kit a un test de sciences pour lequel il doit étudier, si je ne m'abuse.

— Je suis prêt à le passer, monsieur Barnes, dit Kit. J'ai étudié toute la semaine. Ce sera un autre A, c'est sûr.

— Je suis heureux de l'entendre.

Il leur ébouriffa les cheveux.

— Passez une bonne soirée. J'ai des parents à notifier. Je vous verrai demain au théâtre, les garçons.

— Bonne soirée, monsieur Barnes, répétèrent en chœur Kit et Phillip avant de se diriger vers le pick-up, laissant Thane seul avec Barnes.

— Merci, répéta Thane. Je sais que nous ne sommes pas partis sur de bonnes bases et qu'une grande part est due à mon attitude, mais vous avez tenu parole en faisant exactement ce que vous aviez dit.

Il lui tendit la main.

— Amis ?

Barnes la serra avec un sourire triste.

— Amis.

Thane sourit pendant tout le trajet jusque chez eux.

BLAKE entra dans son bureau et se laissa tomber dans son fauteuil en poussant un lourd soupir. Son cœur n'avait cessé de battre la chamade à cause de l'adrénaline qui l'avait poussé à interrompre la bagarre juste avant qu'elle n'éclate, puis à s'occuper des petits caïds et de Thane.

Amis.

Thane voulait qu'ils soient amis.

Qu'était-ce censé vouloir dire ? Blake n'imaginait même pas comment il était censé naviguer dans ces eaux troubles. Ils n'avaient rien en commun à l'exception de Kit et Phillip. *Et le fait qu'il est gay*, murmura l'agaçante voix tout au fond de son esprit.

Blake repoussa cette pensée. Peu importait que Thane soit hétéro, gay, bi ou tout à fait autre chose. Il était le tuteur de deux de ses étudiants. Il ne pouvait s'impliquer avec Thane au-delà des limites d'une relation professionnelle. Peut-être pourraient-ils réussir à être amis, mais même cela leur faisait courir le risque de franchir une ligne et de remettre en question l'impartialité de Blake. Ce soir, la question ne s'était pas posée. Il avait vu Kit et Phillip sortir du bâtiment et se diriger vers le parking. Il avait vu leurs agresseurs changer de direction pour les approcher. Il était déjà en route pour les rejoindre quand le meneur avait poussé Kit, le renversant presque. Les railleries n'étaient pas allées au-delà du fait d'essayer de pousser Kit et Phillip à riposter, ce qu'ils n'avaient pas fait, heureusement, avant que Blake les rejoigne et intervienne, coupant court à l'altercation.

Il espérait avoir mis un terme à cette affaire, maintenant que les coupables avaient été pris sur le fait et punis, mais il ne le saurait avec certitude qu'après la fin de leur suspension et leur retour dans le corps étudiant régulier. S'ils recommençaient, Blake agirait, mais il devait être capable de le faire sans être entravé par des questions concernant sa relation avec les garçons. À certains égards, être leur tuteur à l'atelier théâtre franchissait déjà les limites, mais il ne le regrettait pas un seul instant. Avoir une quelconque relation avec leur représentant légal en dehors de l'école, en revanche, compliquerait encore plus les choses.

Et pourtant…

Il n'avait qu'à fermer les yeux pour se représenter le visage de Thane. Il avait quelques cheveux gris au niveau des tempes maintenant, des fils couleur argent tissés aux cheveux noirs qu'il nouait en queue de cheval, à la base de sa nuque. Blake se demandait à quoi ceux-ci ressembleraient libérés de leur entrave et tombant sur ses épaules. Déjà au lycée, Thane les avait presque toujours portés attachés. Il n'avait pas de barbe à cette époque, un autre changement apporté à ses souvenirs. Sa barbe recouvrait désormais son menton et sa mâchoire, mais ne faisait rien pour en cacher les lignes, car elle était soigneusement taillée. Au contraire, cela attirait l'attention sur ses pommettes et ses yeux et ajoutait de la force à ses traits. Ou peut-être était-ce le temps qui avait façonné cela plutôt que la barbe. Peu importait l'image que Blake s'était dépeinte de l'adulte que deviendrait Thane quand il était au lycée, Thane n'avait que dix-huit ans alors et il tirait davantage du garçon que de l'homme avec le recul. À présent, il ne restait rien du garçon, juste l'homme. Il ne pensait pas avoir été surpris par qui que ce soit en train de l'observer, mais il avait vu Thane déplacer des planches, des châssis et même des plateformes sur scène. Il s'était délecté de la vue de ses muscles puissants jouant sous les tee-shirts légers qu'il portait pendant qu'il travaillait, malgré la température extérieure.

Il s'obligea à sortir de sa rêverie. Il lui restait des choses à faire avant de pouvoir rentrer chez lui et il était déjà dix-huit heures passées. Et l'idée de rentrer à son appartement ne l'enchantait guère, mais il ne sortait pas les soirs où il devait travailler le lendemain. Peut-être qu'Heidi serait partante pour des plats à emporter et venir chez lui. Elle saurait le distraire, à défaut d'autre chose, même si elle verrait sans doute parfaitement ce qu'il cachait. Non, il était préférable qu'il mange seul.

Il se demandait ce que Thane et les garçons faisaient pour dîner. Il les imaginait facilement tous ensemble dans une cuisine quelque part, en train de partager un repas en famille. Ce serait bruyant, peut-être même un peu tapageur, mais son commentaire à Thane sur le fait que les garçons l'admiraient n'avait fait que s'affirmer au cours des dernières semaines. Ils adoraient leur oncle et à la façon dont ce dernier avait accouru ce soir, c'était clairement réciproque.

Bon sang, pourquoi Thane devait-il être parfait sous son attitude revêche de premier abord ? Cela donnait envie à Blake d'oublier toute convenance et d'envoyer la prudence aux orties.

Rien de tout cela ne le rapprochait de la fin de sa tâche et de l'heure de rentrer chez lui. Il grimaça et ralluma son ordinateur. Il n'était pas impatient de passer les appels téléphoniques, mais plus vite il s'en débarrasserait, plus vite il pourrait passer à autre chose.

Comme trouver comment être ami avec Thane sans compromettre tout le reste.

Chapitre treize

— **SALUT,** Derek, lança Thane en arrivant sur le chantier le lendemain matin.

Derek grogna par-dessus sa tasse de café. Thane sourit sans commentaire et enleva son manteau. Ils avaient terminé l'agrandissement sur lequel ils travaillaient la veille et sans le vent sifflant à travers l'espace ouvert, il n'aurait pas besoin de son vêtement chaud.

— Tu es de bonne humeur, observa Derek.

— En effet. Ceux qui s'en prenaient à Kit et Phillip ont été pris la main dans le sac hier soir. Tu aurais dû voir Barnes leur tomber dessus. Ils vont regretter de s'être attaqués à mes garçons pendant un long moment.

— Je pensais que tu avais dit que ce gars n'était qu'un prétentieux inefficace qui ne faisait qu'empirer les choses, répliqua Derek.

Thane rougit sous sa barbe. Il n'avait probablement pas été aussi poli.

— Il s'avère que je l'ai un peu mal jugé. Nous ne faisons pas les choses de la même façon, mais il a fait ce qu'il fallait hier soir, et au final, c'est tout ce qui compte.

— Est-ce que ça veut dire que tu vas recommencer à bosser un peu ici et faire ta part du travail ?

Thane le gratifia d'un doigt d'honneur.

— Je travaille plus dur quand je suis là que la plupart des gens en deux semaines, alors ne me sers pas ces conneries. En fait, je pensais aller donner un coup de main plus souvent. Barnes et les gamins font un excellent travail, mais ils se sont attaqués à un gros morceau avec ce spectacle, et chaque paire de mains est la bienvenue. Je travaillerai les samedis sur les chantiers pour me rattraper.

— Bon Dieu, Dalton, je te charriais, je ne te demandais pas de faire des heures sup. C'est toi le patron de la boîte. Si tu voulais passer toute la journée dans le bureau à souffler des boulettes en papier au plafond, personne ne dirait rien. Tu n'as pas à renoncer à tes samedis avec tes neveux.

— Je n'ai pas construit cette entreprise en soufflant des boulettes en papier au plafond, dit Thane, sur la défensive. J'amènerai les garçons avec moi. Ce sera instructif de voir la différence entre ce qu'ils font à l'atelier et un vrai chantier de construction. Ils apprennent beaucoup, mais ils peuvent prendre des raccourcis sur les décors qu'ils ne pourraient jamais prendre dans la réalité. Un jour, je prendrai ma retraite et l'un d'entre eux pourrait vouloir prendre la relève. Si ça arrive, il faut qu'ils sachent ce que cela implique.

— C'est la deuxième fois aujourd'hui que tu compliments Barnes, même si c'était de façon détournée. Tu te sens bien ?

Thane sourit malgré lui. Il essaya de le masquer en prenant une gorgée de son thermos, mais Derek le connaissait trop bien, l'enfoiré.

— Qu'est-ce qui se passe avec Barnes ? Tu souris jusqu'aux oreilles.

— C'est un mec bien, dit Thane. Il a défendu Kit et Phillip. Je ne pense plus à lui comme à un ennemi.

— Mmh-mmh, à d'autres. Tu l'aimes bien.

— Je viens de te dire que c'est un mec bien. Ça implique donc que je l'aime bien.

Derek lui lança un regard dédaigneux.

— Tu m'aimes bien. Lui, il t'*intéresse*.

Thane ouvrit la bouche pour le nier, mais le flash d'attraction qu'il avait ressenti la veille, quand Barnes s'était dressé pour défendre Kit et Phillip, n'avait en rien ressemblé à de l'amitié, peu importe ce qu'il avait dit à voix haute.

— Je ne le connais pas assez bien pour qu'il m'intéresse.

— Connerie. Tu n'as pas besoin de le dire à haute voix, mais tu ne peux pas me duper. Tu peux te duper toi-même, peut-être, mais pas moi. Il t'intéresse. Est-ce que c'est pour ça que tu ne voulais pas aller à l'école le jour où tu t'es blessé à la main, la semaine dernière? Tu t'en es rendu compte, mais tu ne voulais pas l'admettre?

— Laisse tomber, Derek.

— Est-ce qu'il est gay? demanda Derek.

Thane fut tenté de lui lancer son thermos à la figure, mais cela ne résoudrait rien.

— Oui. Je suis tombé sur lui samedi, il y a une semaine. Et hier, il défend mes garçons. Et ouais, je l'aime bien. C'est juste que je ne sais pas quoi faire.

— Demande-lui de sortir avec toi, bien sûr. Tu l'aimes bien. D'après tout ce que les garçons ont dit, ils l'adorent, alors ils n'en auront rien à cirer. Un peu d'action régulière te fera du bien. Tu seras peut-être moins casse-couilles par ici si un chéri t'attend à la maison.

— Il doit d'abord dire oui, tempéra Thane, et après ma façon d'agir, j'aurai de la chance s'il ne me rit pas au nez.

— Je t'ai observé quand tu es en chasse. Passe en mode charme. Il dira oui tôt ou tard.

Thane se passa une main sur le visage.

— S'il dit non, je te reprocherai de m'avoir convaincu que c'était une bonne idée.

— S'il dit non, tu découvres pourquoi et tu le convaincs de changer d'avis, répliqua Derek. Non n'est pas une réponse pour toi. C'est comme ça que tu as bâti cette entreprise.

— Les relations personnelles sont un peu plus compliquées.

— Seulement si tu les compliques. Il est gay, il est célibataire – il est célibataire, n'est-ce pas?

Thane hocha la tête. Barnes n'avait pas été accompagné au club. S'il avait un petit ami, il ne serait certainement pas venu seul.

— Bien, donc il est gay, célibataire et suffisamment séduisant pour attirer ton attention. De quoi d'autre as-tu besoin ?

Qu'il s'intéresse à moi.

— **MONSIEUR** Dalton. Je ne m'attendais pas à vous voir aujourd'hui, le salua Blake quand Thane entra dans le théâtre cet après-midi-là.

— Je pense que vous pouvez m'appeler Thane maintenant, dit ce dernier. Amis, vous vous souvenez ?

— Je me souviens, dit Blake avec un petit sourire qui réchauffa Thane de l'intérieur. Je crains de devoir vous demander de continuer à m'appeler monsieur Barnes s'il y a des étudiants alentour, mais, s'il vous plaît, appelez-moi Blake si nous sommes entre nous.

C'était une ouverture ou bien Thane ne s'y connaissait pas.

— En parlant de ça…

— Monsieur Barnes ?

— Excusez-moi, dit Blake. Je dois aller voir ce qu'ils veulent.

— Je viens vous aider.

S'il travaillait aux côtés de Blake, les chances de pouvoir lui parler en privé seraient plus grandes et il aurait peut-être l'occasion de lui demander de sortir avec lui. Et même s'il ne l'avait pas, il pourrait passer du temps en sa compagnie dans l'espoir de changer l'impression que Blake avait de lui, en mieux. Sa colère avait peut-être été justifiée lors de leur première rencontre, mais il n'avait pas fait grand-chose depuis pour changer la façon dont Blake le voyait.

Ce dernier lui sourit alors qu'ils marchaient ensemble vers la scène. Il se dirigea côté cour pour prendre les marches et accéder à la scène, mais Thane ne put résister à l'envie de frimer un peu. Il posa les mains sur l'avant-scène et poussa fermement, sautant sur les planches. Quand il se tourna pour regarder Blake monter les marches, il crut surprendre une lueur d'intérêt sur son visage, mais le temps que celui-ci se déplace dans la lumière, son expression était redevenue neutre. Cela n'avait pas d'importance. Thane avait le temps. Il n'avait pas à convaincre Blake aujourd'hui. Il n'avait même pas besoin de l'inviter tout de suite, s'il ne trouvait pas le moment opportun. Il pouvait mener sa campagne avec subtilité pour l'instant et aborder franchement le sujet plus tard.

— Emma ? Tu m'as appelé ?

— Coulisses cour, cria-t-elle.

Thane suivit Blake vers les coulisses, essayant de ne pas mater son cul de façon trop évidente. Le tee-shirt à manches longues était plus court aujourd'hui, à son plus grand plaisir, et le jean était assez près du corps pour rappeler à Thane l'allure avantageuse de Blake au club.

Il franchit les rideaux de scène un pas derrière lui et attendit de savoir ce qu'Emma voulait.

— Que se passe-t-il ? demanda Blake.

— Les murs de la mission sont finis. Je voulais vous demander votre avis sur le toit. Est-ce que vous envisagez toujours d'essayer de monter quelque chose d'élémentaire pour donner l'impression qu'il y a un toit d'un côté et un plafond de l'autre ?

— C'est toujours le plan. Il nous reste plus d'un mois et nous sommes en avance sur les prévisions, dit Blake.

— Qu'est-ce que vous aviez en tête ? demanda Thane, essayant d'imaginer quelque chose de fonctionnel et relativement simple à la fois.

— C'est une mission de l'Armée du salut de l'époque de la prohibition, expliqua Blake. Ça n'a pas besoin d'être sophistiqué. Juste un angle qui se décroche du mur sur l'extérieur avec quelque chose pour imiter un toit en bardeaux et assez de finitions sur l'intérieur pour que cela ressemble à un plafond.

— Vous avez besoin de deux solives, dit Thane. En fait, une devrait même suffire. Vous pourriez la couper en deux et disposer une moitié de chaque côté pour soutenir le toit. Ensuite, vous pourriez placer le lauan comme sous-couche pour le plafond et peut-être des bardeaux de bois pour faire le toit. Ou... vous savez, il se peut qu'il nous reste des bardeaux du projet sur lequel nous travaillons actuellement. Si vous pouvez attendre une semaine ou deux pour finir le toit, je peux faire un don de tout ce qui nous reste.

— Je pensais que vous aviez une entreprise à faire tourner, dit Blake, mais il souriait, alors Thane lui rendit son sourire.

— En effet, mais je ne peux pas faire grand-chose avec un demi-paquet de bardeaux. Je peux vous procurer une solive d'une vente en gros, aussi, ou apprendre à vos élèves comment en fabriquer une eux-mêmes, même si je suis quasiment certain de pouvoir en obtenir une préfabriquée pour le même prix que le bois d'œuvre nécessaire pour en faire une.

— Voyons déjà si nous avons les bonnes longueurs de planches ici pour fabriquer ce dont nous avons besoin, sinon, nous accepterons votre offre, dit Blake. Rappelez-vous seulement qu'il n'est pas nécessaire de respecter les normes à la lettre. Il faut juste que l'ensemble ne s'effondre pas avant la fin du spectacle.

Thane rit.

— En d'autres termes, nous pouvons utiliser tout ce qui a la bonne forme pour la fabrication au lieu d'avoir à utiliser des tasseaux de 50 par 100 ou quelque chose de mieux ?

— Exactement.

— Montrez-moi où vous gardez le bois supplémentaire. Je vais voir ce que je peux faire.

DEUX heures plus tard, Thane avait réussi à assembler des solives fonctionnelles avec l'aide de Kit et Phillip et d'une Emma et d'un Zach très enthousiastes, mais Blake avait disparu quelque part.

— Allons trouver M. Barnes pour lui dire ce que nous avons fait, dit Thane, voulant surprendre Blake avec la nouvelle.

— Il est retourné à son bureau, l'informa Emma. Il a dit qu'il devait aller chercher quelque chose.

Deux semaines plus tôt, Thane aurait été furieux à l'idée de laisser les étudiants sans surveillance, mais il en était venu à apprécier les compétences d'Emma et Zach.

— Je vais aller le trouver si vous voulez continuer à travailler ici.

Il était certain qu'ils perceraient son excuse à jour immédiatement, mais ils se contentèrent de hausser les épaules et de passer à la tâche suivante. Il s'éclipsa du théâtre et longea les couloirs vides vers le bureau de Blake. Il tomba sur lui à peu près à mi-chemin de là.

— Est-ce qu'il y a un problème ? demanda Blake immédiatement.

— Aucun, le rassura Thane. Les enfants ont une surprise, alors je leur ai dit que j'allais venir vous trouver.

— Vous auriez pu attendre. Je revenais.

— Je vois ça, mais ce n'est pas grave. Je voulais une occasion de vous parler seul à seul, dit Thane.

— À propos des garçons ? Vous n'avez pas à vous inquiéter. Je me suis entretenu avec leurs entraîneurs aujourd'hui. Ils n'étaient pas ravis de ce qui s'est passé et m'ont assuré qu'ils s'occuperaient des fauteurs de troubles une fois qu'ils en auraient terminé avec la suspension. Ils n'ennuieront plus Kit et Phillip.

— C'est bon à savoir, mais ce n'est pas de ça que je voulais vous parler, en fait.

— Oh?

Blake leva les yeux vers Thane, l'expression visiblement confuse.

— De quoi vouliez-vous discuter?

— Dînez avec moi samedi, lâcha Thane précipitamment.

La surprise de Blake était évidente à ses lèvres entrouvertes et ses yeux écarquillés. Thane fut tenté de se pencher et de l'embrasser, mais il n'avait pas encore le droit de faire ça. Bientôt, espérait-il, mais pas encore.

— Je suis flatté, Thane. Sincèrement, et si vous m'aviez demandé de sortir avec vous quand nous étions au lycée, j'aurais dit oui sur-le-champ, mais je ne peux pas. Je suis navré.

Chapitre quatorze

BLAKE arpentait le salon de son appartement, encore trop énervé pour rester tranquille. Thane lui avait demandé de sortir avec lui. *Thane Dalton* lui avait demandé de sortir avec lui.

Et il avait refusé.

Oh, il n'avait pas eu le choix. Il ne pouvait pas sortir avec Thane. Mais cela ne l'empêchait pas d'avoir l'impression d'être le plus stupide des hommes de la ville. Il aurait pu jouer les idiots et considérer cette invitation comme celle d'un ami, mais cela n'aurait fait que prolonger l'inévitable et compliquer les choses plus tard. Thane n'avait pas employé un ton amical. Non, il avait été carrément séducteur. Blake aurait peut-être apprécié ce moment pour apprendre à mieux le connaître, mais quand le dîner aurait pris fin – peut-être pas au premier rendez-vous, mais très vite – Thane aurait attendu un baiser, peut-être même plus.

Blake ne doutait pas qu'il aimerait ça. Il aimerait n'importe quel contact que Thane choisirait d'initier, mais cela ne pourrait pas durer, peu importait les fantasmes de Blake. Thane devait penser à ses neveux et faire tourner son entreprise, et Blake… Blake avait son travail et toutes les contraintes qui en découlaient. Si Thane n'avait pas été le tuteur des étudiants dont Blake était responsable, s'il n'avait eu aucune association avec l'école et avait voulu quelque chose de durable, Blake aurait pu y réfléchir, mais il ne se faisait aucune illusion. L'attitude de Thane envers lui avait commencé à changer depuis qu'il l'avait vu au club, vêtu pour attirer l'attention. Cela avait fonctionné, à l'évidence – il s'autorisa un frisson de plaisir à l'idée que Thane le trouve suffisamment attirant pour se lancer après lui, même temporairement – mais ce n'était pas la base d'une relation durable, loin de là. Beaucoup d'hommes le trouvaient assez attirant pour aller plus loin au club. Aucun d'eux n'avait encore voulu plus.

— L'auto apitoiement est inapproprié, murmura-t-il. Tu ne désirais pas la plupart d'entre eux non plus.

Il désirait Thane, cependant, et pas seulement parce qu'il était exactement le genre de Blake. Beaucoup d'hommes l'attiraient sur le plan physique, mais il avait besoin de plus pour nourrir son intérêt. Il avait besoin d'un homme avec un cœur aussi fort que son corps. Si on lui avait demandé un mois plus tôt si Thane répondait à ses critères, il aurait éclaté de rire. Puis il avait vu Thane débarquer dans son bureau tel un ange vengeur déterminé à protéger ses neveux à n'importe quel prix. Il l'avait observé s'absenter du travail pour s'impliquer dans leur vie – d'accord, en partie sans doute pour s'assurer que Blake n'empirait pas les choses, mais il l'avait fait quand même – et il avait vu Kit et Phillip s'épanouir sous son attention. Ils ne ressemblaient plus aux adolescents maussades qui étaient entrés dans son bureau un mois plus tôt, se trouvant au cœur des ennuis pour la énième fois et refusant de lui dire ce qui s'était passé. Oui, il avait des aperçus d'un chagrin persistant quand d'autres élèves mentionnaient leurs parents, leurs mères en particulier, mais alors Thane intervenait, faisait un commentaire ou une blague et le chagrin disparaissait grâce à sa présence.

Il serait si facile de tomber amoureux de lui rien que pour ça, mais Blake ne pouvait se permettre de prendre cette direction. Il finirait avec un cœur brisé et cela n'aiderait personne. Cela n'avait sans doute plus d'importance maintenant. Blake avait refusé sa proposition et il connaissait assez Thane pour savoir que cela aurait piqué sa fierté. Thane ne perdrait pas davantage de temps avec lui.

Si seulement cela ne faisait pas aussi mal.

THANE était assis à la table de la cuisine, une bière dans la main, alors qu'il ressassait sa conversation avec Blake. Il avait précipité les choses. Il aurait dû savoir que Blake serait réticent. Ils ne se connaissaient que depuis un mois et Thane avait passé la moitié de ce temps à le contrarier.

Les choses s'étaient un peu améliorées au cours des deux dernières semaines alors qu'il en était venu à constater qu'il y avait plus en Blake que Thane l'avait pensé en premier lieu. Le voir au club avait été une révélation, mais peut-être pas pour Blake. Le voir avec les gamins à l'atelier avait été encore plus révélateur une fois qu'il avait réalisé pourquoi Blake faisait les choses comme il les faisait. Le voir prendre la défense de Kit et Phillip avait bouleversé toutes ses idées préconçues. Il avait fait l'erreur de supposer que Blake était exactement comme les proviseurs adjoints qui avaient fait de sa propre vie un enfer au lycée, mais il ne commettrait plus cette erreur.

Blake avait dit quelque chose à propos du lycée. Thane fronça les sourcils. Il avait supposé – merde, il avait fait tout un tas de suppositions en ce qui concernait Blake – que leur entrevue dans le bureau du proviseur était leur première rencontre, mais le commentaire de Blake semblait lui indiquer le contraire. Blake était-il à Tates Creek en même temps que lui? Il aurait certainement dit quelque chose plus tôt s'ils s'étaient connus. Thane se serait certainement souvenu de lui. Même si Blake avait changé au fil des ans, Thane n'avait pas été aveugle au lycée. Il l'aurait remarqué. Pas vrai?

Il avait un annuaire de promotion quelque part. Non que cela changerait quoi que ce soit, mais au moins il saurait. Il posa sa bière et se mit en quête de la boîte où il gardait ses souvenirs de lycée. Il n'en avait pas beaucoup, ne s'étant pas impliqué en sport ou avec d'autres organisations qui décernaient des trophées ou des prix, mais il avait conservé des choses du bal des finissants, de la remise des diplômes et de quelques autres événements, ainsi que des photos, principalement de Derek et lui en train de faire des grimaces. Il trouva la boîte au fond du grenier, enfouie sous des décorations de Noël rarement utilisées – cela devrait changer maintenant qu'il avait les garçons – et une pile de couvertures mangées par les mites. Peut-être qu'il devrait penser à nettoyer le grenier un de ces prochains jours.

Il faisait trop froid pour trier la boîte dans le grenier, alors il la ramena au salon. Il en fouilla le contenu jusqu'à trouver son album de terminale. Blake ne devait pas être plus vieux que lui, donc sa meilleure chance de le trouver serait dans celui-là. Il chercha d'abord sa classe, même s'il ne pensait vraiment pas qu'ils avaient été diplômés la même année. Il avait connu la majorité de ses camarades de promotion. Il trouva les B, mais Blake n'y figurait pas. Il se sentit un peu mieux : il pouvait être pardonné de ne pas connaître les étudiants des années derrière lui. Tates Creek n'était pas une très grande école – 1500 étudiants en moyenne – mais c'était suffisant pour qu'il soit difficile de connaître tout le monde.

Il vérifia ensuite les classes suivantes, les premières, mais Blake n'était pas dans cette série de photos non plus ni dans celle des secondes. Lorsqu'il arriva aux classes de troisième, il trouva un très jeune Blake Barnes lui souriant. Il étudia la photo, essayant de rapprocher le visage devant de ses souvenirs. Blake n'avait pas tellement changé depuis le lycée. L'inévitable acné juvénile avait disparu, mais il avait les mêmes boucles sur la tête et le même sourire discret.

Il reconnut la photo comme étant une version plus jeune de l'homme qu'il connaissait aujourd'hui, mais il ne pouvait invoquer ses souvenirs de Blake tel qu'il avait été alors. Pas vraiment surprenant étant donné la différence d'âge. Il avait eu quelques classes, principalement facultatives, avec des étudiants de différents niveaux, mais aucun de ses cours en tant qu'élève de terminale n'avait inclus d'élèves de troisième. Quelques secondes, mais pas de troisièmes. Si Blake se souvenait de lui, c'était parce qu'il l'avait vu dans les couloirs ou à la cafétéria.

Ils n'auraient eu aucune raison d'être amis à l'époque et Thane commençait à peine à accepter sa bisexualité. Il n'était passé à l'acte que plus tard, alors au mieux, il aurait fait semblant de ne pas remarquer Blake de toute façon parce qu'il n'était pas prêt à faire autre chose que regarder. Sans parler du fait qu'il était suffisamment superficiel à l'époque pour ne pas voir le garçon au-delà de l'acné et du pull conservateur. Il aimait à penser qu'il avait dépassé cette tendance malheureuse, mais sa réaction initiale envers Blake faisait de cette assertion un mensonge.

C'était du passé. Aujourd'hui, il avait eu un aperçu du véritable Blake et il aimait ce qu'il voyait. Il devait simplement le convaincre de lui laisser une chance, maintenant.

Il ferma la boîte et s'adossa au fauteuil. Il avait besoin d'un plan. Demander à Blake de sortir avec lui ne l'avait mené nulle part, cela nécessiterait clairement plus qu'une simple invitation. Il avait fait une mauvaise impression la première fois qu'il l'avait rencontré, vu comment il avait furieusement débarqué dans son bureau. Il ne le regrettait pas, cependant – il ne s'excuserait jamais de prendre la défense de Kit et

Phillip – mais il aurait pu être plus diplomate. Seulement, il n'avait jamais imaginé que l'opinion de Blake à son sujet lui importerait, alors il n'avait pas réfléchi à la façon dont il croiserait son chemin. Il avait *voulu* lui faire peur afin qu'il coopère. Cela s'était retourné contre lui, assurément.

Sa première tâche, dans ce cas, devait être de changer cette impression, et la meilleure façon de le faire était de passer autant de temps que possible avec lui tout en étant le plus honnête possible. Il ne pouvait obliger Blake à l'apprécier, mais il pouvait lui montrer le reste de la personne qu'il était vraiment et pas seulement l'oncle surprotecteur et grande gueule.

Il pouvait aussi lui faire savoir en termes clairs qu'il ne s'avouerait pas facilement vaincu. Le commentaire de Blake n'avait pas seulement concerné le lycée. Il avait spécifiquement dit qu'il aurait accepté son invitation si Thane lui avait posé la question au lycée. Cela impliquait un certain niveau d'attraction. Il pouvait faire avec ça. Il ne prêtait peut-être pas beaucoup d'attention à son apparence la plupart du temps – tout le monde se moquait de ce à quoi il ressemblait sur les chantiers – mais il recevait des regards appréciateur quand il se donnait la peine. Il devait être subtil. Il pouvait difficilement se montrer au théâtre pour travailler en étant habillé pour impressionner, mais il pouvait attiser l'attraction de Blake pendant qu'il cherchait quelles étaient ses raisons de dire non.

Cela pourrait prendre un moment, mais ils avaient le temps. Il n'était pas un homme particulièrement patient, mais certaines choses valaient la peine qu'on s'y prenne bien et Blake valait définitivement l'effort.

Chapitre quinze

— **ONCLE** Thane !

Thane leva les yeux de l'endroit où il aidait Zach à passer en revue les plans pour les plateformes de décor des égouts. Contrairement à la plupart des autres praticables qui étaient très près du sol ou utilisés dans une position unique, ceux-ci devraient être déplacés sur la scène et en dehors et être suffisamment robustes pour que les danseurs puissent assurer leur performance dessus tout au long de la représentation. Les pieds habituels qu'ils ajoutaient pour surélever les praticables du sol ne suffiraient pas.

— Regarde ! dit Kit derrière lui en courant sur la scène et en agitant un papier. J'ai eu un autre A à mon test de sciences.

— Bon travail, Kit, répondit Blake avant que Thane puisse parler.

Thane ne l'avait pas vu approcher, mais il lui adressa son plus beau sourire alors même qu'il prenait le papier.

— Ce n'est pas juste un A, dit-il quand il le parcourut des yeux. Quatre-vingt-dix-huit. C'est encore mieux que la dernière fois. Tu sais ce que ça veut dire.

— Pizza !

— Oui, mais pas avant la fin de l'atelier. Il vaudrait mieux que tu t'actives, sinon M. Barnes nous virera tous les deux.

Kit pâlit et se dépêcha de ranger le papier dans son sac pour se mettre au travail alors même que Blake riait.

— Je ne vous virerais pas vraiment, vous savez.

Thane lui sourit.

— Même pas pour mon langage grossier ?

— J'entends bien pire que ça tous les jours, répliqua Blake d'un ton pincé.

Thane lutta contre l'envie de lui donner un petit coup dans les côtes, juste pour faire disparaître cette expression de son visage.

— Je devrais vous remercier d'avoir pris Kit et Phillip sous votre aile. Je fais de mon mieux avec eux, mais je n'avais pas exactement prévu d'être père.

— La vie a une façon bien à elle de se mettre en travers de nos plans, répondit Blake. Il y a une raison pour laquelle les gens citent Burns : « Les plans les mieux conçus des souris et des hommes… » [7] Pour ce que ça vaut, je pense que vous avez fait une chose tout à fait admirable en les prenant avec vous. Tout le monde ne l'aurait pas fait.

Thane secoua négativement la tête de manière automatique.

— Je n'aurais rien pu faire d'autre. Même si ça avait été un accident plutôt qu'une chose dont ma sœur et moi avons parlé quand elle est tombée malade, je n'aurais pas pu les laisser partir.

— Au contraire, c'est encore plus admirable, pas moins, décréta Blake. Venez. Nous devrions donner le bon exemple à tous les enfants et nous mettre au travail aussi.

— Zach était en train de me montrer les plateformes et me demandait comment les rendre plus stables pour les danseurs, dit Thane, déterminé à travailler aux côtés de Blake autant que possible dans la journée.

---

7 « Mais pauvrette, tu n'es pas la seule / Dont le destin témoigne que la prévoyance peut être vaine ; / Les plans les mieux conçus des souris et des hommes / Avortent bien souvent, / Et ne laissent, au lieu de la joie escomptée, / Que peine et que douleur. » Robert Burns, Poèmes (1795), à une souris qu'il vient de mettre en fuite en labourant.

Il ferait tout ce qui avait besoin d'être fait, mais il avait besoin de Blake à proximité s'il comptait mener sa campagne pour le faire changer d'avis à propos d'un rendez-vous.

— J'ai réfléchi à ce qui pourrait fonctionner sans leur ajouter trop de poids.

— Qu'est-ce donc ?

Blake se dirigea vers la zone où ils stockaient les praticables mis de côté pour les égouts.

— Vous devez stabiliser les pieds afin qu'ils puissent supporter les performances des danseurs, n'est-ce pas ? résuma Thane.

— C'est exact. Normalement, quand nous avons des comédies musicales avec de gros numéros de danse, les élèves dansent sur la scène même et lorsque nous avons des praticables surélevés, ils sont fixés à quelque chose, généralement à d'autres praticables, ou ils ne sont que décoratifs et pas prévus pour qu'on marche dessus. Celui-ci est une exception, expliqua Blake.

— Si je comprends bien, dit Thane, les jambes de force doivent juste empêcher les pieds de bouger. Un tasseau de 25 par 50 le long de chaque bord et au niveau du sol renforcera les pieds sans ajouter trop de poids. C'est une solution temporaire, mais je pense que ça tiendra.

— Tout est temporaire au théâtre, lui rappela Blake. Je ne suis pas sûr que nous ayons quelque chose d'aussi petit, cependant. Nous utilisons des battants [8] de 25 par 100 pour les châssis et des 50 par 100 pour les praticables. Et nous avons déjà bien entamé notre budget sur celui-là en raison du nombre de décors que nous avons.

— Vous avez un mètre ? Voyons combien il nous en faut. Je peux faire un détour par *Congleton Lumber* demain avant de venir ici.

— Je ne peux pas vous demander de faire ça, Thane, protesta Blake.

Thane sourit.

— Prenez votre mètre. Vous n'avez pas demandé. C'est moi qui vous l'ai proposé.

DEUX heures plus tard, Thane cherchait Blake des yeux en attendant que Kit et Phillip rassemblent leurs affaires. Il l'aperçut dans la régie en train d'éteindre les lumières de la scène.

---

8 Barre de sapin utilisée pour construire les décors et les châssis. De façon plus générique, nous parlerons de tasseaux.

— Où veux-tu aller manger ta pizza, Kit? demanda-t-il quand les garçons le rejoignirent devant la porte de la régie.

— Est-ce qu'on peut aller au *Mellow Mushroom*? demanda son neveu.

— Bien sûr, répondit Thane. C'est ton test de sciences.

Blake sortit de la régie et verrouilla la porte derrière lui.

— Oh, je pensais que tout le monde était déjà parti. Je n'avais pas l'intention de vous laisser dans le noir.

— Ce n'est rien, répondit Thane. Nous vous attendions.

— Aviez-vous besoin de quelque chose?

— Rien de tel. Nous allons manger une pizza au *Mellow Mushroom*. Vous devriez vous joindre à nous puisque c'est vous qui avez motivé Kit à étudier si dur pour réussir son test de sciences.

Il voyait pratiquement Blake essayer de trouver un moyen de refuser, mais Kit et Phillip intervinrent immédiatement.

— Ouais, s'il vous plaît venez, monsieur Barnes, dit Kit.

— Ce sera amusant, ajouta Phillip.

— Très bien, si vous insistez, je viens, accepta Blake. Je suis garé dans le parking. Je dois aller chercher mon manteau dans mon bureau, mais je vous retrouverai au restaurant dans une vingtaine de minutes.

— Ça marche, déclara Thane. Nous réserverons une table si nous arrivons les premiers.

Blake hocha la tête et leur fit signe de le précéder hors du théâtre. Thane fut tenté de s'attarder pendant qu'il fermait tout, peut-être même de l'accompagner à son bureau, mais Kit et Phillip attendaient eux aussi, et Thane n'était pas prêt à partager son intérêt pour Blake avec eux. Ils le découvriraient bien assez vite, et si Blake acceptait un rendez-vous, il faudrait que Thane en discute avec eux, mais Blake et lui n'en étaient pas encore là. Au moins, ils aimaient déjà «M. Barnes». Cela faciliterait grandement les choses.

Ils s'entassèrent dans le pick-up de Thane et prirent la direction du centre-ville, vers le restaurant.

— Est-ce que je peux emprunter la voiture samedi, oncle Thane? demanda Phillip une fois qu'ils furent sur la route.

— Pourquoi? demanda-t-il.

— Je, euh, j'ai suivi ton conseil, expliqua Phillip. J'ai invité Darcy à sortir avec moi et elle a dit oui. Nous allons au cinéma et je veux aller la chercher. Ça ressemblera plus à un rendez-vous comme ça.

— Phillip a un rendez-vous. Phillip a un rendez-vous, chantonna Kit. Phillip lui donna un coup de coude.

— Pas dans la voiture, lança Thane d'un ton sec. Si tu agis de cette façon, je ne suis pas certain de pouvoir te faire confiance pour conduire.

— Désolé, s'excusa Phillip. Kit fait juste son chieur.

— Eh ! protesta Kit.

— Les garçons, soupira Thane. Je viens de vous demander de bien vous tenir. Est-ce que je vais regretter de vous emmener manger une pizza ?

— Désolé, oncle Thane. On va se calmer, dit Kit.

Thane y croyait moyennement, mais il s'en contenterait pour le moment.

Ils trouvèrent une place pour se garer dans la rue – le parking était déjà plein – près du *Mellow Mushroom*. Cela ne présageait rien de bon pour avoir une table, mais la queue à l'intérieur n'était pas trop longue. Thane inscrivit son nom sur la liste et s'installa pour patienter. Les garçons s'adossèrent au mur du fond, tournés l'un vers l'autre pour parler de quelque chose qu'ils ne voulaient manifestement pas qu'il entende. Il pouvait aller les rejoindre et s'immiscer dans la conversation, mais cela n'aiderait en rien. Ils lui parleraient quand ils seraient prêts.

Blake entra quelques minutes après eux, les joues rougies par le vent ou de s'être dépêché, difficile à dire, mais cela lui seyait. Il sourit à Thane en défaisant son manteau. Il avait troqué son grand tee-shirt contre un pull vert qui faisait ressortir la couleur de ses yeux. Thane lui rendit son sourire alors qu'il se délectait de la vue de Blake vêtu de façon décontractée, mais pas pour travailler au théâtre ni pour aller danser. Il voyait là le véritable Blake, soupçonnait-il, celui qu'il voulait apprendre à connaître.

— Une table devrait se libérer pour nous dans quelques minutes, l'informa-t-il.

— Je ne suis pas particulièrement pressé, répondit Blake. À moins que les garçons aient beaucoup de devoirs à terminer ?

— Je n'ai pas demandé, admit Thane. Je devrais probablement le faire.

— Vous aurez du temps pour leur poser la question après le dîner, dit Blake. Nous sommes là maintenant et vous ne pouvez pas revenir sur la promesse d'une récompense après l'avoir faite.

— Je ne connais pas grand-chose sur le rôle de père, mais je sais au moins ça.

Le sourire de Blake s'élargit.

— Je pense que vous faites un travail formidable, surtout sachant que ça ne fait pas longtemps qu'ils sont avec vous.

— Leur père est mort quand ils étaient très jeunes. Il était dans l'armée pendant la seconde guerre du Golfe. Une bombe en bordure de route a fait exploser sa Jeep. Je sais que Kit ne se souvient pas de lui et je ne pense pas que Phillip s'en souvienne vraiment lui non plus, expliqua Thane. J'ai essayé d'être aussi présent que possible. Lily vivait à Louisville, alors je pouvais aller lui rendre visite le week-end ou entre deux chantiers, et définitivement pour les anniversaires et les vacances. Je n'ai jamais essayé de remplacer leur père, mais au moins je leur étais familier quand Lily est tombée malade.

— Il y a une grande différence entre être un oncle, peu importe combien il est aimé, et être la personne responsable, dit Blake. Ne minimisez pas ce que vous avez déjà accompli avec eux.

Kit attrapa Phillip par le cou, se battant avec lui.

— Nous avons encore un long chemin à parcourir. Les garçons, pas à l'intérieur !

Blake rit.

— Ce sont des adolescents. C'est un comportement parfaitement normal.

— Pas dans un restaurant.

— J'ai dit normal, pas acceptable. Honnêtement, je suis heureux de les voir agir ainsi. Ça veut dire qu'ils sortent de l'ombre de leur chagrin. Ils ne s'amusaient pas beaucoup quand ils ont commencé à travailler avec l'équipe technique, dit Blake.

— Dalton, une table pour quatre.

S'asseoir et commander mit fin à la conversation, au grand soulagement de Thane. Il n'était pas à l'aise pour s'accorder le moindre mérite concernant tout ce qui touchait aux garçons. Ils étaient géniaux et incroyables, mais c'était de leur fait – et celui de Lily. Il n'avait fait que leur donner un toit et leur parler avec autant de franchise que possible. Ce qui valait difficilement l'admiration de Blake.

Celui-ci ne sembla pas remarquer son silence, discutant plutôt avec Kit et Phillip de leur journée et de leurs tâches à venir. Les garçons répondirent avec des sourires joyeux et beaucoup de taquineries, surtout quand Kit se mit à parler de Darcy.

— Je pensais bien t'avoir vu passer du temps avec elle, commenta Blake en souriant à Phillip. C'est une fille très gentille. J'espère que vous passerez un bon moment au cinéma.

Rien dans la conversation ne sortait de l'ordinaire, mais c'était peut-être ce qui lui donnait sa force, car alors que Thane était assis là à regarder Blake avec ses neveux, un soudain élan de nostalgie le frappa comme un coup de massue. Il voulait ça. Ce moment simple avec ses garçons et Blake. Rien d'extraordinaire. Rien de bouleversant. Juste un moment en famille.

Il n'y avait jamais pensé pour lui-même. Il avait été occupé avec son entreprise, trop pris par le fait de la développer pour prendre le temps de sortir sérieusement avec quelqu'un, parce que personne ne pouvait rivaliser avec son bébé. Dalton Construction était bien établie maintenant, cependant. Il pouvait passer du temps avec les garçons sans avoir à se soucier de remporter le contrat suivant et de ce que cela signifierait sur le résultat de l'entreprise. Ces temps-ci, il avait plus de propositions de contrats qu'il pouvait en accepter, même en engageant un deuxième contremaître et une deuxième équipe.

Il essaya de se replonger dans la conversation, de parler autant à Blake qu'aux garçons, mais son esprit était encore ébranlé par ce qu'il venait de réaliser. Si Blake le remarqua, il n'en montra aucun signe, toute son attention tournée vers Kit et Phillip. Avec qui que ce soit d'autre, Thane aurait pu se sentir négligé, mais Blake ne l'ignorait pas. Il appréciait les garçons, et c'était toute autre chose.

Thane était complètement mordu.

Le serveur apporta l'addition à la fin du dîner et il sortit son portefeuille pour payer. Blake tendit la main vers la note, mais Thane la fit glisser hors de sa portée.

— Je paie, décréta-t-il. Je vous ai invité.

— Ce n'est vraiment pas nécessaire.

— Peut-être pas, mais je paie quand même pour le dîner.

— Nous allons nous laver les mains, s'exclama Kit en glissant hors du box, Phillip sur les talons.

— Ce n'est pas un rendez-vous, répliqua Blake dès qu'ils furent hors de portée de voix.

— Je sais. Je ne vous inviterais pas à un premier rendez-vous avec mes neveux, répondit Thane.

Blake pouvait dire ce qu'il voulait. C'était un rendez-vous.

— Alors pourquoi ne pas me laisser payer ma moitié?

— Parce que vous avez mangé deux parts. Kit et Phillip ont chacun mangé les deux tiers d'une pizza. Votre « moitié » coûte environ deux dollars et je ne suis pas radin.

— Très bien, dit Blake en soufflant, ce que Thane trouva ridiculement adorable, mais la prochaine fois, c'est moi qui paie.

Thane sourit. Il pouvait vivre avec ça – parce que cela voulait dire qu'il y aurait une prochaine fois.

— Marché conclu.

Chapitre seize

LE temps que Blake réussisse à quitter Henry Clay le vendredi, il ne savait pas s'il voulait crier, pleurer ou se jeter sur Thane et ne jamais le laisser partir. Il n'aurait pas dû accepter de dîner avec Kit, Phillip et lui la veille. Il avait su que c'était une mauvaise idée en acceptant, mais il y était allé quand même et avait passé un bon moment. Et puis, comme si cela ne suffisait pas, Thane s'était à nouveau montré aujourd'hui pour travailler au théâtre et avait apporté suffisamment de bois pour caler tous les praticables avec des chutes supplémentaires – au cas où quelqu'un aurait mal pris les mesures la première fois, avait-il dit quand Blake avait protesté devant le supplément – et avait refusé tout net de donner la facture à Blake afin que celui-ci puisse le rembourser après la représentation, quand ils auraient à nouveau de l'argent sur leur compte.

Il conduisit jusqu'en ville et trouva une table chez *Enoteca*. Darren lui apporta un verre sans qu'il l'ait commandé. Il devait avoir l'air d'en avoir besoin.

— Merci, Darren.

— De rien. Ça va ? Tu as l'air un peu lessivé.

— Rien qu'un verre et des tapas ne sauraient arranger. Je vais attendre qu'Heidi arrive avant de commander, mais tu peux m'apporter un peu de fromage de chèvre et du pain à grignoter pendant que je l'attends ?

— Je te ramène ça, dit Darren.

Blake prit une gorgée de son verre et essaya de se rappeler s'il avait eu le temps de déjeuner aujourd'hui. Il ne croyait pas, ce qui voulait dire qu'il ferait mieux d'y aller doucement sur la boisson ou il ne rentrerait pas chez lui en conduisant ce soir. Il n'avait vraiment pas besoin d'une amende pour conduite en état d'ivresse ou d'être impliqué dans un accident.

Il but de l'eau à la place et essaya de réfléchir à son prochain mouvement. Blake s'était attendu à ce que Thane soit distant après son refus du mercredi, mais il n'avait montré aucun signe d'irritation le jeudi ni aujourd'hui. Bien sûr, c'était peut-être parce que Blake était sorti avec eux la veille, même s'il avait insisté sur le fait qu'il ne s'agissait pas d'un rendez-vous.

— Pourquoi cette expression sur ton visage ? demanda Heidi en s'asseyant en face de lui. Dalton te cause encore des problèmes ?

— On pourrait dire ça, répondit Blake, bien que l'honnêteté l'oblige à ajouter : mais pas comme tu le penses.

— Alors que se passe-t-il ?

— Il m'a invité à sortir mercredi, dit Blake. J'ai refusé, bien sûr, mais je me suis retrouvé à aller manger une pizza avec ses neveux et lui hier soir, sans trop savoir comment.

— Ça pourrait être le nouveau record du revirement le plus rapide de la planète, le taquina Heidi.

Blake soupira.

— Ce n'était pas un rendez-vous. Kit, le plus jeune neveu, avait quelques difficultés avec ses notes, principalement parce qu'il ne s'appliquait pas. Je lui ai dit qu'il devait se mettre à faire mieux sinon il ne pourrait pas continuer à travailler au théâtre et il a obtenu des A à ses deux derniers tests. La pizza, c'était pour fêter ça.

— Et ?

— Et quoi ?

Elle lui donna un coup de pied sous la table.

— Ne joue pas les idiots. Je te connais mieux que ça. Est-ce que tu t'es amusé ?

— Bien trop. Je sais que la plupart des gens pensent que l'adolescence est la pire période possible pour côtoyer des enfants, mais j'adore les adolescents. Je ne travaillerais pas dans un lycée si ce n'était pas le cas. Kit et Phillip sont des garçons brillants qui auraient pu être totalement abattus par la perte de leurs parents, les changements de ville et d'école et ensuite d'avoir affaire à des intimidateurs, mais pas du tout. Je sais que Thane a beaucoup à voir avec ça. Il a travaillé dur pour les aider à s'adapter et ça se voit. Je ne me souviens plus de la dernière fois où j'ai ri autant qu'hier soir en écoutant Kit et Phillip raconter des histoires sur les visites de leur oncle quand ils étaient plus jeunes. Ils l'adorent, et malgré toutes ses protestations pour les empêcher de raconter certaines d'entre elles, c'était très bon enfant. Ça ne m'aide pas à garder mes distances.

— Je ne sais pas pourquoi tu ne t'es pas marié pour fonder une famille il y a des années, dit Heidi. Et ne me sors pas la carte de ton homosexualité. Tu sais comme moi qu'il y a des options : l'adoption, la maternité de substitution, l'accueil d'enfants en difficulté. Ça fait des années que je pense que tu ferais un père génial.

— Je travaille trop pour être un père célibataire, en particulier pour un enfant en bas âge, et je n'ai jamais rencontré quelqu'un qui voulait les mêmes choses que moi et qui me plaisait assez pour prendre ce risque, répondit Blake. J'ai vu trop d'enfants déchirés par des foyers brisés pour tenter ma chance avec rien de moins qu'un pari sûr.

— Il n'y a pas de paris sûrs, lui rappela Heidi. Ce n'est peut-être pas un divorce, mais Dalton s'occupe de ses neveux. Je vais parier que personne n'avait prévu ça.

— Lui encore moins.

— C'est bien là que je veux en venir. Il n'a pas décidé d'être père, mais il en est un maintenant à cause d'un quelconque coup du sort qui a amené ses neveux dans sa vie. Ce même coup du sort pourrait t'enlever, ou ton partenaire, à la vie d'un enfant, sans égard pour tes meilleures intentions. Si les gens ne prenaient pas de risques, tu serais sur le carreau dans quelques années.

— Faut-il encore que je rencontre quelqu'un que j'aime assez pour envisager de fonder une famille, dit Blake.

Heidi rit.

— Je pense que tu as déjà quelqu'un. Et encore mieux, il est livré avec une famille.

— Je ne peux pas sortir avec lui.

— Pourquoi pas ? Tu es sorti avec lui hier soir.

— Hier soir, je suis sorti avec deux de mes étudiants du club de théâtre et leur famille. C'est déjà à la limite du comportement acceptable. Si je commence à fréquenter le tuteur d'élèves dont je suis responsable dans une affaire disciplinaire active, j'aurai de la chance de voir leur dossier remis à une autre personne plutôt que d'être renvoyé purement et simplement pour conflit d'intérêts, expliqua Blake. Je me moque qu'il soit attirant ou de mon affection pour Kit et Phillip. Je ne peux pas me permettre de perdre mon travail.

— S'ils n'étaient pas en seconde, mais en première sous la responsabilité d'un autre proviseur adjoint, serait-ce différent ? demanda Heidi.

— Ouais, mais il ne me demande pas de sortir avec lui l'année prochaine. Il me le demande maintenant.

— Tu pourrais essayer de lui dire ce que tu viens juste de me dire. S'il est vraiment intéressé, il serait peut-être prêt à attendre trois mois jusqu'à la fin de l'école.

— Peut-être.

— Tu vas laisser ça t'échapper. Tu es un idiot, Blake. Je t'aime comme un frère, mais tu es un idiot.

Blake secoua la tête, mais ne protesta pas. Bon Dieu, elle avait probablement raison, mais il ne pouvait prendre le risque d'avoir le cœur brisé pour quelque chose qui ne signifierait jamais autant pour Thane que pour lui.

BLAKE passa la journée du lundi partagé entre l'espoir que Thane viendrait travailler au théâtre et celui qu'il ne viendrait pas. S'il venait, Blake pourrait le voir et passer du temps avec lui d'une manière que personne ne pourrait remettre en question, mais plus ils passeraient de temps ensemble, plus il serait difficile de résister à la tentation qu'il représentait. Le temps que sonne la fin des classes pour la journée, il était complètement exaspéré par lui-même. Il avait un travail à faire, pendant et après l'école, et être obsédé par Thane ne l'aidait pas à accomplir quoi que ce soit.

Il changea de vêtements et se dirigea vers le théâtre. Jenny travaillerait à la mise en place de la scène des égouts toute la semaine, alors son équipe et lui travailleraient sur autre chose, probablement sur la boîte de nuit de La Havane. C'était un décor plus simple – des murs dans le fond et des tables et des accessoires pour le reste – mais ils devaient encore construire et peindre les murs.

Il entendit la voix de Thane à l'instant où il entra dans le théâtre. Autant pour ce qui était de garder ses distances ! Il était tenté d'utiliser le travail de Jenny sur scène comme excuse pour se retirer dans la régie et travailler sur la conduite [9] lumière pour la scène, mais jusqu'à ce que sa collègue décide du placement de chacun des acteurs, il n'y avait aucune raison de s'inquiéter de quelles herses [10] associer à quelles gélatines [11] ou dans quelle direction orienter les spots. Il prit une grande inspiration pour se calmer et se dirigea vers les coulisses. Il lui suffirait de trouver d'autres façons de garder ses distances.

Il y parvint pendant la majeure partie de la première heure. Thane semblait satisfait de travailler avec Kit sur un ensemble de murs pendant que Blake travaillait avec Zach et son équipe sur les finitions de la mission. Lorsqu'il descendit de l'échelle qu'ils avaient utilisée pour créer le toit de fortune, cependant, il se retrouva nez à nez avec Thane.

— Bonjour. Je n'ai pas encore eu l'occasion de vous saluer, aujourd'hui, dit-il.

— Bonjour.

La voix de Blake résonna comme un coassement à ses propres oreilles. Il se racla la gorge.

— Avez-vous passé un bon week-end ?

— Chargé, mais un bon week-end malgré tout.

Thane s'appuya contre le mur du décor, donnant à Blake l'impression de se sentir pris au piège entre le mur de la mission et le corps de l'autre homme. Il cligna des yeux plusieurs fois et contourna l'échelle.

— C'est bon à entendre. Kit et Phillip méritaient une pause, vu comme ils travaillent dur.

— Phillip a eu un rendez-vous samedi, dit Thane en secouant la tête. Je ne suis pas prêt à être parent et je ne suis définitivement pas prêt à ce qu'ils aient des rendez-vous.

---

9 Liste des consignes chronologiques nécessaires au déroulement du spectacle au niveau du plateau (machinerie, cintres, accessoires), du son et des lumières.

10 Rangée de lampes de différentes couleurs fixées dans une gouttière en tôle posée au sol (la **rampe**) ou suspendue dans les cintres.

11 Filtre en plastique coloré et résistant à la chaleur servant à teinter le faisceau lumineux des projecteurs.

Blake rit.

— Vous vous rappelez ce que c'est d'être un adolescent. Il s'en sortira très bien.

— Je me souviens.

La voix de Thane s'approfondit.

— C'est ce qui m'inquiète.

Blake voulut dédramatiser en riant et dire à Thane qu'il n'avait pas de quoi s'inquiéter, mais les mots moururent sur ses lèvres. Phillip n'avait pas le même air de mauvais garçon que Thane avait développé si prématurément, ni l'assurance frôlant l'impudence qui lui avait permis d'annoncer tranquillement à toute l'école qu'il avait eu des relations sexuelles anales avec une fille, mais Blake se le rappelait bien trop clairement, et maintenant, debout à proximité immédiate de Thane, son magnétisme était presque trop intense.

— J'ai besoin de plus de clous pour le toit, dit-il d'une voix haut-perchée en battant en retraite vers le débarras où ils entreposaient leurs petites fournitures, mais Thane le suivit.

Le débarras était à peine assez grand pour qu'ils tiennent tous les deux à l'intérieur, mais Thane sembla n'avoir aucun scrupule à se presser avec Blake dans le petit espace.

— J'ai retrouvé mon album de promotion, tu sais, dit Thane de cette voix profonde et grondante qui provoquait des choses indescriptibles chez Blake. C'est probablement une bonne chose que je ne t'aie pas remarqué à l'époque. Je n'aurais pas su quoi faire de toi.

Blake étouffa un rire au souvenir de l'aveu tranquille qu'avait fait Thane à la cafétéria de l'école et de l'effet que celui-ci avait eu sur lui.

— Je pense que si, au contraire.

Thane incita Blake à lui faire face. Ses mains lourdes étaient chaudes sur les épaules de Blake, même à travers les couches de vêtements qui séparaient leur peau.

— Je suis sûr que je serais parvenu à te baiser, acquiesça Thane, et cette seule pensée suffit à faire trembler les genoux de Blake, mais je n'aurais pas su comment te traiter comme tu le mérites.

Il caressa la joue de Blake avec un doigt épais et celui-ci ferma les yeux malgré lui.

— Je n'aurais pas su comment te garder.

Les yeux de Blake se rouvrirent d'un coup. Thane ne venait pas de dire ça. Mais ce dernier croisa son regard posément, ne flanchant pas le moins du monde à la suite de sa déclaration.

— C'est ce que tu veux? demanda Blake d'une voix rauque.

Thane sourit et fit un pas en arrière.

— Je serais fou de vouloir moins que ça.

Avant que Blake puisse analyser ce qu'il venait de dire, Thane se retourna et s'en alla, la porte du débarras se refermant derrière lui.

Oh mon Dieu, comment était-il censé résister à cette envie formulée? Il y avait réussi jusqu'à présent parce qu'il était convaincu que Thane ne cherchait qu'à s'amuser un peu. Maintenant, cependant…

Il se laissa glisser jusqu'au sol et regarda les étagères sur le mur opposé du débarras. Dans quoi s'était-il fourré?

Chapitre dix-sept

BLAKE finit par se relever avec effort et attraper les clous qu'il était venu chercher. Thane n'était nulle part en vue lorsqu'il revint dans les coulisses, mais cela ne garantissait rien du tout. Blake était certain qu'il était toujours là quelque part.

Il réussit à venir à bout de l'après-midi sans reparler à Thane bien qu'il l'entraperçût en train de travailler de l'autre côté de la scène plus d'une fois. Il appréciait que celui-ci lui laisse de l'espace. Il aurait complètement perdu l'esprit s'il lui avait tourné autour tout ce temps.

Il attendit jusqu'à être certain que tout le monde était parti avant d'éteindre les lumières et de verrouiller le théâtre. Il s'attendait à moitié à ce que Thane l'attende à l'extérieur, mais il n'y avait personne à part M. Jim, le concierge. Blake s'attarda un moment pour lui parler comme il le faisait toujours quand il restait tard. Puis il récupéra son manteau et les clés de son bureau. Il devrait ramener son porte-documents chez lui, mais il était trop épuisé pour se concentrer. Tout ce qui se trouvait à l'intérieur pouvait attendre le lendemain.

Il rentra chez lui, mit à bouillir du riz mexicain et appela Heidi.

— Je suis un imbécile, dit-il aussitôt qu'elle décrocha.

— Dis-moi quelque chose que je ne sais pas.

— Ça n'aide pas.

— Je n'essayais pas d'aider. Voulais-tu vraiment mon avis sur quelque chose ?

— En fait, oui, dit Blake. Est-ce que je pinaille si je dis que puisque Kit et Phillip sont les victimes et non les fauteurs de troubles, je ne suis plus responsable d'eux une fois que la suspension de leurs agresseurs aura pris fin ?

— Il t'a encore proposé de sortir avec lui !

— Pas tout à fait, dit Blake, mais il m'a pratiquement dit qu'il cherchait une relation, pas seulement à s'amuser. Je ne peux pas accepter pendant que j'ai un rapport disciplinaire ouvert qui implique Kit et Phillip, mais il ne reste plus que deux semaines de suspension. Je peux lui demander d'attendre un peu. En supposant qu'il m'invite encore à sortir d'ici là.

— Tu pourrais lui demander de sortir avec toi, tu sais. Ouais, ouais, tu ne le feras pas, mais tu pourrais.

Il pourrait, l'été venu, quand Kit et Phillip seraient officiellement en première et donc sous la responsabilité de Mme Calhoun, mais ils savaient tous les deux qu'il ne le ferait pas. Pas Thane. Pas le bad boy absolu qui avait dominé les fantasmes de Blake au lycée.

Avec quelqu'un d'autre, quelqu'un davantage comme Blake lui-même, il aurait pu trouver le courage de le faire, mais pas avec Thane.

— Écoute, dit Heidi. Je ne peux pas te dire quoi faire ou ne pas faire. Tu connais les nuances de tes fonctions professionnelles mieux que je ne pourrais jamais les appréhender, mais fais-toi une faveur et n'enterre pas la possibilité simplement parce que ça pourrait être difficile, d'accord ? Tu mérites d'être heureux.

— Merci, Heidi. Je vais y penser.

— Mmh-mmh.

— Vraiment. Je vais le faire.

Il ne pouvait penser à rien d'autre.

BLAKE retint son souffle toute la journée du mardi, mais Thane n'essaya pas de le coincer ou de le prendre à part. Il était toujours là, cependant, à proximité de lui, pour l'aider chaque fois qu'il en avait besoin, mais c'était toujours à la vue de tous les élèves. Si leurs épaules se cognaient alors qu'ils naviguaient dans les coulisses bondées ou que leurs mains se frôlaient quand Thane lui passait quelque chose, toute personne les observant aurait mis cela sur le compte des circonstances – s'ils l'avaient même remarqué. Blake n'était pas dupe. Il reconnaissait trop facilement la trace du sourire narquois qui jouait sur les lèvres de Thane chaque fois que cela se produisait, ou la façon dont son regard s'attardait juste un peu trop longtemps. Cela le rendait nerveux et le réchauffait de l'intérieur tout à la fois. Il avait passé assez de temps dans assez de clubs pour savoir ce que l'on ressentait quand quelqu'un vous désirait. Il reconnaissait les regards enflammés et les pelotages furtifs – ou pas si furtifs. Il savait également comment y mettre un terme s'il n'était pas intéressé. Il était devenu bon à repérer ceux qui promettaient une culbute rapide et ceux qui étaient intéressés par plus qu'une partie de jambe en l'air.

Thane le culbuterait en un instant si Blake acceptait, mais les regards enflammés ne s'attardaient pas uniquement sur son cul. Ils s'attardaient tout aussi souvent sur ses mains quand il travaillait ou sur son visage pendant qu'ils parlaient. Et tout aussi souvent, ils ne s'attardaient pas. Thane ne faisait pas que passer du temps aux côtés de Blake tout l'après-midi. Il travaillait.

Blake jeta lui-même plus d'un coup d'œil à la dérobé aux mains de Thane lorsque celui-ci ajouta le cadre autour de la porte dont ils avaient besoin sur l'un des murs de décor. Blake aimait à penser qu'il savait manier un marteau et des clous, un tournevis, un pinceau et les autres outils du commerce qu'il utilisait régulièrement au théâtre, mais Thane était le véritable expert et Blake avait toujours eu un faible pour la compétence. Il ne pouvait s'empêcher de se demander à quoi d'autre cet homme pouvait utiliser ces mains.

Il grogna. Il n'avait pas à se le demander, pas vraiment. Même au lycée, avant même que Thane n'ait choqué toute l'école avec sa franche admission, il avait eu une réputation. Les rumeurs disaient qu'il couchait avec quiconque le lui demandait, mais il se murmurait également que ceux qui couchaient avec lui en repartaient satisfaits.

Non, il ne doutait pas que Thane le mette dans son lit s'il lui donnait le moindre signe d'intérêt et qu'il en sortirait satisfait si cela se produisait, mais Thane n'était pas là uniquement pour ça. Il parlait à Blake et il l'écoutait, même quand Blake finissait, sans savoir comment, par babiller sur ses friandises préférées.

Et c'était ça le plus gratifiant.

LA journée du mercredi se déroula à peu près de la même façon, mais Blake s'attendait à la venue de Thane et aux genres de conversations qui s'ensuivraient au lieu de s'inquiéter de ce que celles-ci pouvaient apporter.

Thane n'était pas encore là quand Blake entra au théâtre, mais même son absence ne put altérer sa bonne humeur. Thane avait une entreprise à gérer. S'il ne venait pas aider ce jour-là, il viendrait le lendemain. Ou le vendredi. Ou la semaine suivante. Et ce serait bien. Mieux que bien, honnêtement, car avec son aide et celle des élèves supplémentaires, ils étaient en avance sur leur planning pour une fois.

Il venait de finir de réarranger les praticables avec l'aide de Zach et de Kit quand il entendit le bruit de lourdes bottes sur la scène. Il se retourna et découvrit Thane qui se dirigeait vers lui en contournant les décors, deux gobelets à la main.

— Tenez.

Thane en tendit un à Blake.

— Désolé, je suis en retard.

— Qu'est-ce que c'est ? demanda Blake.

— Chocolat chaud à la menthe. Je ne savais pas si tu aimais le café, mais tu as mentionné le chocolat à la menthe hier, alors je me suis dit que c'était un pari sans risque.

Blake prit une gorgée de la boisson chaude et sourit.

— C'est parfait. Pour ton information, je bois du café, mais à moins de chercher désespérément à me réveiller, ceci sera toujours un meilleur choix.

— Tu ne m'en as pas apporté ? demanda Kit.

— Tu as quinze ans. Tu n'as pas besoin de café.

Il sortit son portefeuille et tendit un billet d'un dollar à Kit.

— Si tu as soif, je sais qu'il y a un distributeur de boissons quelque part dans le coin.

Kit lui arracha le billet des mains et partit en courant.

Blake éclata de rire.

— Certaines choses ne changent jamais.

— On pourrait penser que je ne lui donne jamais rien à la façon dont il s'accroche à ce que je lui donne vraiment, déclara Thane en secouant la tête.

Blake but une autre gorgée de son chocolat chaud et le posa sur le côté où il ne risquerait pas d'être renversé.

— Ce n'est peut-être que le côté adolescent qui ressort et qui refuse de lâcher prise à cause de la perte de sa mère. Je ne suis pas un expert en thérapie, mais je sais qu'une des façons qu'ont beaucoup d'adolescents de gérer la perte d'un être cher est de s'accrocher à tout ce qu'ils peuvent.

— Mais il va le dépenser, dit Thane.

— Oui, mais il va le dépenser pour lui. Et s'il utilise le dollar que tu viens de lui donner, expliqua Blake en étant plus familier maintenant qu'ils étaient seuls, alors il n'a pas besoin d'utiliser le billet de cinq dollars que tu lui as donné ce week-end ou la monnaie des vingt dollars de la semaine précédente qui servait à son déjeuner ou n'importe quel autre argent que tu aurais pu lui donner. Il accumule donc cet argent parce que tu viens de lui donner plus.

— Si tu le dis, répondit Thane avec scepticisme.

— Je n'ai pas dit que c'était logique, dit Blake. Seulement que c'était un comportement commun. Je ne m'inquiéterais pas pour ça. Il est en train de s'adapter. Ça prendra un peu de temps, c'est tout.

— J'aimerais simplement pouvoir leur apporter mon aide, dit Thane. Je les ai trouvés assis dans la chambre de Phillip, enroulés dans la couette de Lily ce week-end.

Blake pressa l'épaule de Thane.

— Crois-moi, tu les aides. Tu ne le vois peut-être pas et ils ne le voient peut-être même pas, eux non plus, parce qu'ils ne savent pas comment seraient les choses sans ton aide, mais j'ai vu des enfants dans toutes les situations imaginables et beaucoup d'autres que je souhaiterais ne pas pouvoir imaginer moi-même. Tu les aides. C'est naturel que leur mère leur manque, mais ils sont là aussi, ils réussissent bien à l'école, ils font partie de l'équipe de montage du théâtre et ils se font des amis. Ils ne feraient rien de tout cela si tu ne faisais pas partie de leur vie.

— Elle me manque tellement.

— Et c'est normal aussi. N'oublie pas de te laisser faire ton deuil pendant que tu t'occupes d'eux. Cela les aiderait probablement de savoir à quel point elle te manque aussi.

Thane sourit, mais son sourire ne fit pas disparaître la tristesse visible dans ses yeux.

— Viens. Nous avons du travail, dit Blake.

Cette déclaration arracha un vrai sourire à Thane.

BLAKE ne savait pas vraiment à quoi s'attendre le jeudi, après leur conversation du mercredi. Thane avait travaillé à ses côtés de la même façon que le mardi, mais sans le même nombre de contacts furtifs et de regards appuyés. Cela n'avait pas été inconfortable. Au contraire, cela avait été plus confortable, avec une tension réduite d'un cran. Une question restait en suspens, cependant : quelle version de Thane – ou une autre totalement différente – franchirait la porte cet après-midi ?

Il commença à travailler comme d'habitude, se disant que Thane arriverait quand il arriverait et qu'il le chercherait à ce moment-là. Une heure plus tard, environ, Thane ne s'était toujours pas montré.

Il se dit de ne pas s'inquiéter. Thane était un adulte avec une entreprise à diriger. Il viendrait quand il pourrait, s'il le pouvait, et s'il ne pouvait pas venir, il aurait une raison. Et en dernier ressort, même s'il n'avait pas de raison, Blake ne pourrait le lui reprocher. Il était volontaire. S'il en avait assez de donner un coup de main, il n'avait nulle obligation de continuer.

— Je n'ai pas apporté de chocolat chaud cette fois-ci. Suis-je quand même pardonné de mon retard ?

— Bien sûr, dit Blake en levant les yeux avec surprise au son de la voix de Thane.

Il ne l'avait pas entendu s'approcher.

— Je sais que tu prends sur ton temps de travail pour être ici. Tu n'es pas obligé de venir tous les jours.

— Je suis là parce que je veux l'être, lui assura Thane, mais le propriétaire de la maison sur laquelle nous travaillons s'est montré juste avant que je parte et c'est un sacré morceau : il ne veut parler à personne d'autre que moi alors que Derek aurait pu répondre à ses questions avec la même facilité que moi.

— Qui est Derek ? demanda Blake.

Il ne serait pas jaloux. Il ne serait *pas* jaloux.

— Tu te souviens de moi au lycée, mais tu ne te souviens pas de Derek Jackson ? le taquina Thane. C'est mon meilleur ami depuis l'école primaire et c'est aussi mon partenaire en affaire, maintenant.

— Tu as de la chance d'avoir un ami depuis aussi longtemps. J'ai rencontré ma plus vieille amie au lycée, dit Blake.

Thane lui sourit.

— Quelqu'un que je connais ?

— Probablement pas, si tu ne savais pas qui j'étais à l'époque. Heidi et moi avons travaillé ensemble au théâtre. Nous nous voyons le vendredi pour prendre un verre, dit Blake. Certains jours, j'ai l'impression qu'elle me connaît mieux que moi-même.

Thane rigola.

— Personne ne me connaît mieux que Derek, maintenant que Lily est partie. Il faudrait que tu le rencontres un de ces jours.

— Ça me plairait, accepta Blake avant d'y penser.

— Pourquoi pas samedi ? demanda Thane. Si tu n'as rien d'autre à faire. Nous pourrions retrouver Derek quelque part pour boire un verre, puis dîner ensuite tous les deux.

— Je ne peux pas, dit Blake. J'en ai envie. Vraiment. Mais jusqu'à ce que le problème disciplinaire concernant Kit et Phillip soit réglé, je ne peux pas m'impliquer avec toi au-delà du travail que nous accomplissons au théâtre. Si des parents venaient à le découvrir, ils pourraient remettre en question mes décisions et, dans ce cas, qui protégerait Kit et Phillip ?

Thane acquiesça.

— Ils doivent passer en premier, mais une fois l'affaire réglée, je te le redemanderai et je n'accepterai pas de refus.

— Quand tout sera réglé, tu n'auras pas à le faire.

Chapitre dix-huit

— À CE stade, je considère la question réglée aussi longtemps que l'intimidation cesse. Cependant – et je veux que ce soit bien clair – si les brimades venaient à se reproduire, je considérerais cela comme une escalade des événements et je prendrais des mesures afin que les auteurs soient renvoyés du campus et placés dans un centre alternatif d'enseignement pour le reste de l'année, déclara Blake.

Thane avait un nœud dans la gorge, assis sur sa chaise à côté de Kit et Phillip. Blake avait convoqué une réunion de tous les élèves et parents impliqués dans l'affaire de harcèlement et Thane ne l'avait jamais trouvé plus désirable qu'en cet instant. Qui aurait pensé que prendre la défense de ses neveux serait la clé pour le troubler et lui faire perdre ses moyens ?

— Y a-t-il des questions ?

Aucun des autres parents ou des étudiants n'en souleva, alors Blake se leva.

— Merci à tous pour votre temps. Les garçons, voyez Mme Wright pour récupérer vos passes pour retourner en classe.

Les garçons sortirent de la pièce, Kit et Phillip inclus. Les autres parents serrèrent la main de Blake tour à tour et s'en allèrent également, jusqu'à ce que seuls Blake et Thane restent dans la salle de conférence.

— Merci d'être venu aussi, dit Blake.

— Je n'aurais pas raté ça, déclara Thane. Même si je n'avais rien à ajouter ou à apprendre de plus de tout ça, Kit et Phillip avaient besoin de moi ici.

— Oui, en effet. Ils ne savaient peut-être pas comment l'exprimer, mais t'avoir ici leur donne un sentiment de sécurité.

— Ils n'ont pas besoin de moi pour ça, répondit Thane. Ils t'ont dans leur camp. Ce sont les enfants les plus en sécurité du bâtiment.

— Voilà que tu me flattes, protesta Blake.

— Pas du tout, vraiment, dit Thane. Je sais que j'ai dit pas mal de trucs désagréables quand on s'est rencontré et j'en pensais la plupart, mais j'ai appris une chose ou deux depuis. Tu ne laisseras pas plus arriver quelque chose à mes garçons que moi. Et c'est incroyablement précieux pour moi. J'espère que tu le sais.

— Ils sont très spéciaux pour moi. J'essaie de traiter tous mes élèves de la même façon. Je veux qu'ils aient tous l'impression que je suis dans leur camp, mais chaque année, quelques-uns se frayent un chemin un peu plus loin dans mon cœur que les autres. Je les punirais quoi qu'il en soit s'ils faisaient quelque chose de stupide, mais ce sont mes enfants et je fais tout ce que je peux pour les aider.

— Tu es un homme vraiment incroyable, Blake Barnes. Je pensais que je devais te le dire.

Thane contourna le bureau de Blake afin de pouvoir se tenir à portée de main.

— L'affaire est-elle officiellement close ?

La pomme d'Adam de Blake oscilla alors qu'il déglutissait. Thane voulut se pencher et l'embrasser, mais cela devrait attendre que Blake ait accepté de sortir avec lui. Et qu'ils soient dans un endroit un peu plus intime.

— Oui, les parents ont tous validé les rapports disciplinaires et les coupables ont terminé leur période de suspension intra scolaire. Tant qu'ils ne reprennent pas les choses où ils les ont laissées, l'affaire est close.

— Bien.

L'adrénaline se propageait dans le corps de Thane à chaque battement de son cœur. Il ne croyait pas que Blake le rejetterait une troisième fois. La semaine précédente, il avait dit qu'ils devaient attendre la fin de la procédure disciplinaire et c'était le cas maintenant.

— Alors ça veut dire que tu peux dîner avec moi ce week-end.

— Tu ne vas même pas me poser la question cette fois-ci ? dit Blake.

Ses joues se colorèrent de façon adorable. Bon Dieu, Thane voulait se pencher et l'embrasser, mais il avait imaginé leur premier baiser plus d'une fois et celui-ci n'avait pas lieu dans la salle de conférence jouxtant le bureau de Blake, où ils pouvaient être interrompus à tout moment.

— Me ferais-tu l'honneur de dîner avec moi samedi ?

Thane insuffla à sa voix toute l'arrogance dont il fut capable.

Blake éclata de rire.

— Je pense que je vais prendre la première. Au moins elle était honnête.

Thane sourit.

— Je ne serai jamais plus qu'un bad boy du mauvais côté de la barrière. Le chic et moi, ça fait deux. Enfin, j'ai appris quelle fourchette utiliser avec quel plat si je devais manger un repas raffiné, mais je suis tout aussi heureux avec un steak bien épais cuit au barbecue que dans n'importe quel restaurant cinq étoiles, dit-il nonchalamment tout en attendant la réaction de Blake en retenant son souffle.

— Je n'ai pas besoin de nappes blanches et de porcelaine de Chine pour apprécier un rendez-vous, répliqua Blake. J'ai seulement besoin que la personne avec laquelle je suis veuille être là, avec moi.

— Tu n'auras jamais besoin de t'inquiéter pour ça, dit immédiatement Thane. Même si nous devions aller chez McDonald, je serais heureux, parce que tu aurais dit oui.

— Faisons en sorte que ce soit un peu plus sympa que McDonald, d'accord ?

Il lança un sourire malicieux à Thane.

— Nous pourrions faire des folies et au moins aller chez Panera.

Thane éclata de rire, le son remontant du plus profond de lui.

— Rien que pour ça, je vais t'emmener dans un endroit super chic. Une veste et une cravate sont nécessaires.

Blake le regarda de la tête aux pieds.

— Ne t'attends pas à ce que je refuse l'occasion de te voir en costume.

Merde, si Blake devait le regarder comme ça, Thane porterait un costume tous les jours.

— Je vais réserver pour dix-neuf heures, si ça te convient. De cette façon, le gros de la foule des clients sera passé et nous pourrons profiter de notre dîner.

— Où allons-nous ?

— C'est une surprise.

Le téléphone de Thane vibra à sa ceinture. Il baissa les yeux pour voir le nom de son client actuel et emmerdeur de service.

— Je suis désolé, je dois le prendre. Je ne suis pas sûr de pouvoir venir travailler au théâtre aujourd'hui.

— À demain, dit Blake.

Thane répondit au téléphone et salua Blake d'un signe de la main en quittant son bureau.

— **KIT**, Phillip, pouvez-vous venir ici quelques minutes ?

Kit et Phillip se regardèrent avec nervosité.

— Est-ce qu'on a laissé de la vaisselle sale dans l'évier ? murmura Kit.

— Je ne crois pas, murmura Phillip. Je ne vois pas ce qu'on aurait pu faire de travers.

Kit grimaça.

— J'imagine qu'il va nous le dire.

— Peut-être que ce n'est pas quelque chose de mal, dit Phillip. Ça se passe bien à l'école et au théâtre.

— Peut-être.

Ils carrèrent les épaules et rejoignirent la cuisine. Pendant un moment, Phillip eut l'impression que leur oncle semblait presque nerveux, lui aussi.

— Asseyez-vous, leur dit-il.

Phillip et Kit prirent leurs places habituelles de chaque côté de la table et attendirent de voir ce que leur oncle avait à dire.

— J'ai un rendez-vous samedi soir, leur annonça-t-il.

Phillip échangea un regard avec Kit. Un rendez-vous ? C'était trop beau pour être vrai. Ils auraient de quoi le charrier en échange de toutes les taquineries qu'il avait lui-même faites sur Darcy et lui.

— Super, dit Phillip. Quelqu'un que nous connaissons ?

— C'est de ça que je voulais vous parler.

— C'est M. Barnes, n'est-ce pas? lâcha Kit sans réfléchir. Tu lui as apporté du chocolat chaud et tu traînes toujours près de lui même quand il n'a pas besoin de ton aide.

Leur oncle rougit sous sa barbe. Phillip sourit.

— C'est lui, pas vrai? Tu as le béguin pour M. Barnes.

— J'ai trente-huit ans. Je n'ai le « béguin » pour personne.

Phillip renifla avec ironie.

— Comment tu appelles ça, alors?

— J'ai un rendez-vous, répéta Thane. Mais oui, vous avez raison. C'est avec M. Barnes. Est-ce que ça va poser un problème?

— Pourquoi ça poserait un problème? demanda Phillip. Nous l'aimons bien, mais même si ce n'était pas le cas, c'est ta vie.

— Je ne veux pas vous compliquer les choses ou que ce soit bizarre pour vous à l'école si je sors avec votre proviseur, expliqua leur oncle.

— Oh non, ne vas pas nous mettre ça sur le dos, dit Kit. Si tu l'aimes bien, fonce. Ne nous utilise pas comme excuse.

— Ouais, je suis d'accord avec Kit, acquiesça Phillip. Nous ne serons pas au lycée pour toujours.

Les épaules de Thane s'affaissèrent de soulagement.

— Merci les garçons.

BLAKE ne savait toujours pas où Thane l'emmenait dîner alors qu'il se préparait pour sortir le samedi soir. Thane était venu apporter son aide au théâtre le jeudi et le vendredi et Blake lui avait donné son adresse et son numéro de téléphone. Thane lui avait seulement dit qu'il viendrait le chercher à dix-huit heures trente et qu'il devait porter une veste et une cravate. Blake avait plaisanté en disant qu'il portait une veste et une cravate tous les jours. Thane s'était moqué de lui et lui avait dit de ne pas porter un costume d'école.

Cela ne lui laissait pas beaucoup d'options. Il possédait trois types de vêtements : ceux pour travailler au théâtre, ceux qu'il mettait pour l'école et ceux pour sortir en boîte. Il avait des vêtements de sport dans son tiroir, mais ceux-ci seraient encore moins appropriés que tous ceux qu'il avait dans son placard. Il retourna le fond de celui-ci pour voir s'il pouvait mettre la main sur le costume qu'il avait acheté pour le mariage de son cousin, quelques années auparavant. Ses parents avaient insisté sur le fait qu'il avait besoin de quelque chose de plus beau que les costumes qu'il portait pour le lycée, alors il avait dépensé une fortune dans un costume sur mesure plutôt qu'un costume en prêt-à-porter. Il l'avait mis pour le mariage, puis suspendu dans son placard et n'y avait plus touché depuis. Il avait pensé à le porter pour les funérailles de ses parents, mais ceux-ci n'auraient pas voulu qu'il l'associe à ce genre de souvenirs.

Il trouva la housse tout au fond de son placard. Il la sortit et en abaissa la fermeture, espérant que le costume ne serait pas trop froissé ni vieux-jeu à porter – et qu'il lui irait toujours. Il essayait de garder la forme, mais il ne pouvait jurer qu'il n'avait pas pris quelques kilos ces deux dernières années. Cela valait quand même la peine d'essayer.

La laine noire ne semblait pas froissée et ne sentait pas le renfermé. Maintenant, le moment de vérité. Il ôta le jean qu'il avait porté toute la journée et enfila le pantalon de costume. Il avait oublié combien le tissu était agréable comparé aux matières qu'il portait habituellement. À son grand soulagement, il fut capable de le boutonner sans problème. Il était peut-être un peu plus ajusté au niveau des fesses que lors de son achat, mais il le portait pour un rendez-vous avec un homme qui avait montré une propension à lui mater le cul. Cela ne pouvait pas faire de mal de mettre ce dernier un peu en valeur.

Le truc sympa avec un costume noir, c'était qu'il pouvait l'assortir avec presque n'importe quelle chemise et cravate qu'il possédait, à l'exception peut-être du bleu marine. Il hésita avec une simple chemise blanche ou une plus colorée. Il ignorait où ils allaient, alors il ne savait pas s'il pouvait s'en tirer avec quelque chose de plus flamboyant. Il adorerait porter la chemise rose vif, pour le plaisir de faire payer à Thane ses taquineries, mais ce n'était sans doute pas la meilleure des idées, selon l'endroit où ils allaient dîner. Il se contenterait donc de la blanche ce soir et verrait s'il pouvait convaincre Thane de lui donner plus de détails la prochaine fois.

Cela supposait qu'il y aurait une prochaine fois, mais après la façon dont Thane l'avait poursuivi au cours des dernières semaines, Blake ne pensait pas que ce serait un problème, sauf si leur premier rendez-vous se révélait un désastre.

Il termina de s'habiller et se prépara une tasse de chocolat chaud – à la menthe, bien sûr – pour l'aider à passer le temps en attendant que Thane vienne le chercher. Son cœur tambourinait avec force contre ses côtes. Il espérait qu'il ne commettait pas une erreur monumentale en acceptant de sortir avec Thane, mais il ne pouvait plus refuser. Il ne lui restait qu'à espérer le meilleur.

La sonnette retentit à dix-huit heures trente précises. Au moins, Thane était ponctuel. Blake posa sa tasse dans l'évier et alla ouvrir la porte. Thane était appuyé à la rambarde du palier de son appartement, l'air tout à fait décadent dans un costume et une chemise sombres. Blake n'aurait su dire si ses vêtements étaient marine ou noirs sous la lumière du porche, mais ceux-ci le firent saliver à la façon dont ils épousaient ses larges épaules. Blake aurait pu rester là pendant des heures à se délecter de la vision qui s'offrait à lui. Le pantalon soulignait la longueur de ses jambes, lui rappelant combien Thane était grand. Et mieux encore, ses cheveux étaient dénoués au lieu d'être attachés comme c'était le cas quand il venait travailler au théâtre. Les doigts de Blake le démangeaient de les caresser pour voir s'ils étaient aussi doux qu'ils en avaient l'air, mais c'était une liberté qu'il n'avait pas encore la permission de prendre.

— Tu es très beau ce soir, dit Thane, le grondement de sa voix provoquant une envolée de papillons dans l'estomac de Blake.

— Toi aussi.

— On y va ?

Blake verrouilla la porte de son appartement et le suivit jusqu'à son pick-up. Celui-ci n'avait pas l'air particulièrement neuf, mais il avait l'air fraîchement lavé, en revanche, une attention qui le charma. Thane avait fait un effort pour faire bonne impression, lui aussi.

Il lui tint la porte ouverte, ne le collant pas de trop près, mais restant suffisamment proche pour que Blake sente la chaleur de son corps dans l'air froid de mars. Il faisait chaud dans la cabine du pick-up, cependant, et Blake fut heureux de ne pas s'être ennuyé avec son manteau d'hiver. Thane contourna le véhicule et grimpa derrière le volant.

— Où allons-nous ?

— C'est une surprise, répondit Thane en reprenant la route vers Tates Creek, puis en rejoignant New Circle Road.

Blake fit tambouriner ses doigts sur le cuir du siège passager à baquet. C'était probablement une bonne chose que le levier de vitesse les sépare. Blake ne pouvait se rapprocher, même si la pensée était très tentante.

— Tu réalises que je suis dans la voiture avec toi. Je ne vais pas faire marche arrière à ce stade.

— Ce n'est pas ça, répondit Thane. Je veux juste te surprendre.

Blake se cala contre le dossier du siège et s'intima à la patience un peu plus longtemps. Quand ils tournèrent sur Leestown Road et s'éloignèrent de la ville plutôt que d'en rejoindre le centre, il regarda Thane à nouveau –

non qu'il puisse distinguer plus que son profil, souligné par les phares des voitures venant en sens inverse.

— Je suis vraiment curieux, maintenant. Il n'y a rien dans cette direction.

— Il y a quelque chose, si tu conduis assez loin.

La I-64 se trouvait sur cette route, mais ça n'avait pas de sens. Sauf si...

— Est-ce que tu m'emmènes à Louisville pour dîner?

Thane éclata de rire.

— Pas aussi loin, même si nous pourrions l'envisager une prochaine fois, si tu veux. Manger au *Oakroom* est une expérience culinaire extravagante.

— Mais c'est un peu loin pour aller dîner, non? dit Blake.

— Il suffirait de prendre une chambre à l'hôtel Seelbach pour la nuit. Mais ce n'est qu'à un peu plus d'une heure de route.

Blake frissonna à l'idée de passer la nuit avec Thane. Il devait se concentrer sur le dîner, pas sur le sexe, sinon il finirait par se couvrir de honte à n'en pas douter.

Blake n'était pas convaincu que Thane dise la vérité quant au fait de ne pas aller à Louisville, car l'autoroute était juste devant eux, mais ce dernier tourna dans Midway à la place.

— Est-ce que tu vas me dire où nous allons maintenant?

Thane s'arrêta devant la petite devanture d'un restaurant sur Main Street.

— Là, dit-il.

Blake lut *Heirloom* sur l'auvent.

Chapitre dix-neuf

— **JE** ne suis jamais venu ici, dit Blake alors que Thane se garait dans la rue, en face du restaurant. Est-ce que c'est bon ?

— Le restaurant avait de très bonnes critiques. C'est une première pour moi aussi. Si c'est horrible, au moins ce sera un premier rendez-vous mémorable.

— Quelque chose qui nous fera rire dans vingt ans ? plaisanta Blake.

La poigne de Thane sur le volant se resserra de manière visible, faisant retenir son souffle à Blake pour s'accorder à l'inspiration audible de Thane. Le bon sens de Blake lui conseilla de garder la bouche close maintenant, mais la pensée qu'un avenir ensemble suffise à faire réagir Thane le stimula.

— Espérons que ce sera un bon souvenir, dit Thane, mais si ça ne l'est pas, nous en rirons assurément plus tard.

Si ce n'était pas une promesse de vingt ans, eh bien, les mots de Blake n'avaient pas été prononcés dans ce sens non plus. C'était bien une promesse de plus d'un soir, cependant.

Thane attrapa la main de Blake alors qu'ils traversaient la rue bordée de boutiques pittoresques et entraient dans le restaurant. Ce geste fut suffisant pour que Blake passe en pilote automatique jusqu'à ce qu'ils arrivent à leur table et qu'il doive penser à des choses comme déboutonner sa veste ou s'asseoir sans tomber sur son postérieur et regarder le menu. À table, face à lui, Thane ôta la sienne et la drapa sur le dossier de sa chaise. Blake faillit l'imiter, mais à côté de son vis-à-vis, il n'avait rien de remarquable. Peut-être devrait-il la garder.

— Tu auras froid quand nous ressortirons si tu portes ta veste toute la soirée, dit Thane.

D'un autre côté, puisque Thane le demandait… Il retira la veste et espéra que celui-ci appréciait la vue.

— Veux-tu un cocktail ? demanda Thane. Ou peut-être un peu de vin ? Nous ne sommes pas pressés. Nous pourrions partager une bouteille si tu en vois une que tu aimes.

— Je suis plus amateur de bourbon ou de whisky que de vin, mais ça ne se marie pas avec la nourriture de la même manière. Tu devras m'aider à choisir.

— Voyons le menu pour savoir ce que nous allons commander. Ça nous aidera à choisir un vin, répondit Thane. Mais tu devrais prendre un cocktail pendant que nous attendons. Je suis sûr que leur barman peut faire tout ce que tu veux.

Blake avait ouvert le menu et commencé à le parcourir lorsqu'un serveur s'approcha pour prendre leurs commandes de boissons. Blake commanda un whisky sour à la demande de Thane puis se sentit coupable quand celui-ci ne commanda que de l'eau.

— Je prendrai du vin pendant le repas, mais je dois nous ramener à la maison, lui rappela Thane. Je veux que tu apprécies.

— J'aurais pu apprécier le vin avec le dîner sans prendre d'apéritif, dit Blake.

— J'en suis certain, mais où est le plaisir ? demanda Thane avec un clin d'œil.

Les joues de Blake s'enflammèrent et il se concentra de nouveau sur le menu pour le cacher. Il se décida rapidement pour la salade d'épinards au fromage de chèvre et le vivaneau. Rien d'extravagant, rien de trop épicé, juste au cas où Thane déciderait de l'embrasser plus tard. Rien d'aventureux non plus, car il ne voulait pas commander un plat qu'il n'aimerait pas au final. Voilà qui tuerait définitivement l'ambiance.

Le serveur revint quelques minutes plus tard avec leurs boissons. Blake prit une gorgée de son cocktail et attendit que Thane décide de ce qu'il voulait commander.

— Qu'as-tu choisi? demanda finalement Thane.

Blake le lui dit rapidement.

— Hmm, j'allais prendre le filet de bœuf, pour pouvoir commander un verre de vin plutôt qu'une bouteille. Je ne vois pas quels vins pourraient se marier à la fois avec le poisson et le bœuf.

— Ou je peux me contenter de boire ceci et de l'eau avec la suite, intervint Blake. Je n'ai pas vraiment besoin de boire de vin pendant le repas. Je suis un buveur somnolent. Je dormirai sur ton épaule sur le chemin du retour si je bois trop.

Thane éclata de rire.

— Je garderai ça à l'esprit. Je veux assurément que tu sois assez éveillé pour apprécier de notre soirée.

LE dîner fut délicieux et la compagnie tout ce que Blake aurait pu espérer. Ils avaient discuté de sujets anodins – l'entreprise de Thane, les concerts à venir à l'Opéra et au Philharmonique, l'avancement des décors pour la représentation de *Guys and Dolls*. Il sourit à Thane par-delà leurs Kentucky Sundown, un mélange de café et de bourbon, et essaya de se rappeler la dernière fois qu'il avait passé une soirée aussi parfaite que celle-ci.

— Merci pour le dîner. J'ai passé un moment merveilleux.

Thane sourit à son tour.

— J'en suis heureux. Que fais-tu samedi prochain?

Blake rit.

— Je ne sais pas. Qu'est-ce que je fais samedi prochain?

— Tu dînes à nouveau avec moi, j'espère, répondit Thane. Te voir au théâtre est merveilleux, mais je dois te partager avec les étudiants. J'ai été heureux de t'avoir pour moi seul ce soir.

Blake ne put empêcher la chaleur qui lui monta de nouveau aux joues sous le compliment, mais il ne détourna pas le regard. Il voulait que Thane sache à quel point ce type de commentaire le touchait. Il prit une autre gorgée de son café au bourbon et lécha la crème fouettée qui s'était déposée sur sa lèvre supérieure. Thane riva son regard sur ses lèvres, mettant les nerfs de Blake à rude épreuve. Il se racla la gorge et s'excusa rapidement. Il avait besoin d'un instant pour respirer.

Il avait oublié, dans sa précipitation, qu'il avait ôté sa veste et portait un pantalon un peu trop serré. Il sentit la caresse du regard de Thane dans son dos jusqu'aux toilettes. Il verrouilla la porte derrière lui et s'appuya contre le mur carrelé froid, essayant de reprendre son souffle et de remettre de l'ordre dans ses pensées. Il n'avait jamais été du genre à sauter dans un lit dès le premier rendez-vous, mais Thane lui donnait envie de reconsidérer ses principes. Mais bon, était-ce vraiment leur premier rendez-vous ? C'était la première fois qu'ils sortaient seuls tous les deux, mais ils faisaient des choses ensemble depuis des semaines.

— Arrête ça, murmura-t-il pour lui-même. Tu es en train de rationaliser.

C'était leur premier rendez-vous, peu importait la façon dont il retournait les choses. Cela ne changeait rien au fait qu'il mourait d'envie d'oublier tous ses scrupules et de supplier Thane de venir à son appartement avec lui une fois le dîner terminé. Peut-être que ce dernier prendrait cette décision à sa place. Dire oui n'était pas du tout la même chose que d'aborder le sujet le premier.

Oh, il l'avait dans la peau.

Il se lava les mains, s'aspergea le visage d'un peu d'eau pour rafraîchir ses joues brûlantes, puis retourna à la table. Thane le regarda revenir avec un sourire appréciateur. Blake se rassit et vida son verre.

— Prêt ? demanda Thane.

Blake n'était pas prêt du tout. Franchir la porte du restaurant signifierait que leur rendez-vous était presque fini, à moins qu'il ne trouve le courage d'inviter Thane à venir chez lui pour un dernier verre – plutôt ridicule vu qu'ils venaient juste d'en prendre un. Mais il ne voyait aucune raison de refuser alors il acquiesça et remit sa veste.

— Dommage qu'il fasse si froid dehors, murmura Thane.

— Pourquoi ça ? demanda Blake après avoir remercié l'hôtesse et s'être avancé sur le trottoir.

— Parce que ta veste est juste assez longue pour couvrir tes fesses, et c'est sacrément dommage.

Blake déglutit avec peine.

— Vraiment ?

Sa voix se brisa alors qu'il prononçait le mot, à sa plus grande frustration. Pouvait-il davantage donner l'impression d'être un adolescent maladroit ?

— Vraiment, confirma Thane en ouvrant la porte du pick-up pour Blake.

Blake s'attendait à moitié à ce que Thane en profite pour le toucher alors qu'il grimpait dans la cabine, mais il garda ses mains pour lui. Il n'arriva pas à décider s'il devait en être heureux ou insulté.

Quand Thane se fut installé et qu'il eut quitté la place de stationnement, Blake rassembla son courage.

— Tu sortais avec des filles au lycée. Quand as-tu décidé que tu aimais les garçons ?

— Ça n'a jamais vraiment été une question de garçons ou de filles. Je suis un mec branché cul. Je l'ai toujours été et je le serai toujours. Je ne me suis jamais vraiment soucié de savoir si je jouais avec des seins ou une queue pendant que je baisais l'un ou l'autre. Et une pipe est agréable, quelle que soit la bouche posée sur toi.

Blake ne gémit pas à l'image que les mots crus de Thane invoquèrent. Il ne gémit pas. Il imagina toutes sortes de scénarios torrides impliquant des corps en sueur, qui se terminaient tous avec Thane faisant exactement ce qu'il avait décrit, mais il ne gémit pas. *S'il te plaît Seigneur, ne me laisse pas gémir.*

Il risqua un coup d'œil à Thane. Celui-ci regardait droit devant lui, naviguant dans la circulation fluide de Midway, mais un sourire narquois jouait aux coins de ses lèvres. Maudit soit ce connard séducteur bien trop conscient de son effet sur les autres. Rien que pour ça…

Rien que pour ça, rien du tout ! Si Thane donnait le moindre signe qu'il voulait de lui, Blake se donnerait à lui et il était inutile de prétendre le contraire.

— Et toi ? demanda Thane. Quand as-tu réalisé que tu étais gay ?

— Tu ne me croirais pas si je te le disais, dit Blake.

— Essaie toujours.

— Est-ce que tu te souviens quand la meneuse des pom-pom girl – j'ai oublié son nom – a essayé de prétendre que tu l'avais mise enceinte ?

Thane rigola.

— J'étais jeune et stupide, mais je n'étais pas stupide à ce point.

— Tu lui as dit que tu ne pouvais pas être le père à cause de la façon dont tu l'avais baisée, dit Blake, reconnaissant pour l'obscurité qui dissimulait son embarras. J'étais assis deux tables plus loin et j'ai entendu toute la conversation. Et je ne pouvais penser qu'à une chose : que j'aurais souhaité être à sa place.

— Ça peut s'arranger.

La voix de Thane l'enveloppa, basse et séduisante.

— Quand tu seras prêt.

Blake était tellement au-delà de ce stade que ce n'était pas drôle.

Thane allongea le bras par-dessus le levier de vitesse et lui serra la main. Blake la retourna dans la poigne de Thane afin que leurs paumes se touchent et qu'il puisse entrelacer ses doigts aux siens. Le contact le stabilisa. Thane parlait peut-être de le mettre dans son lit, mais il voulait aussi lui tenir la main. Même la caresse de son pouce sur l'intérieur de son poignet – un geste de séduction, ou Blake ne s'y connaissait pas – le rassura sur le fait que ce ne serait pas simplement une course vers la ligne d'arrivée.

Blake chercha quelque chose à dire, mais rien ne lui vint à l'esprit et Thane ne semblait pas dérangé par le silence, alors il se cala contre le siège et apprécia la connexion toute simple de leurs paumes. Bien trop tôt, ils atteignirent le complexe d'appartements de Blake. Thane descendit du pick-up et vint lui ouvrir la portière. Dès qu'il sortit du véhicule, Thane lui reprit la main et ils empruntèrent les escaliers menant au palier de Blake.

Il fouilla sa poche à la recherche de ses clés. S'il ouvrait la porte sans lâcher la main de Thane, peut-être que celui-ci le suivrait à l'intérieur sans qu'il soit nécessaire de formuler une invitation réelle. Thane lui attrapa la main avant qu'il puisse introduire la clé dans la serrure.

Blake leva les yeux et se figea, le souffle coupé par ce qu'il lut dans son regard. Il le sentit, plus qu'il le vit, lever la main pour lui caresser la joue, de la même façon qu'il l'avait fait dans le débarras au théâtre le jour où il lui avait dit qu'il l'avait trouvé dans l'album de promotion. Le jour où il lui avait dit que son intention était de le garder.

Blake ferma doucement les yeux alors que Thane se penchait et effleurait ses lèvres des siennes. Il frissonna au léger picotement de sa barbe et sa moustache lorsqu'elles ajoutèrent une sensation inattendue supplémentaire au baiser. Il se redressa sur la pointe des pieds, cherchant plus de contact et Thane le stabilisa en passant un bras autour de la taille tandis qu'il comblait l'espace entre leurs corps. Blake raffermit sa main sur le torse de Thane, sentant les muscles solides sous la soie, et écarta les lèvres.

Thane bougea, glissant une cuisse entre celles de Blake. Celui-ci haleta sans rompre le baiser et se frotta doucement contre lui. Thane avala le souffle d'air, réclamant sa bouche d'une langue possessive. Blake lui saisit l'épaule d'une main et la nuque de l'autre – ses cheveux, vraiment, étaient aussi doux qu'ils en avaient l'air – et s'accrocha à lui comme si sa vie en dépendait.

Les sens en ébullition, il perdit toute trace de l'endroit où ils se trouvaient, de l'heure qu'il était, du froid qu'il faisait, de tout, sauf de la chaleur du corps de Thane pressé contre le sien et de la possessivité de son étreinte. Puis Thane déplaça une main sur son cul pour le pétrir. Blake gémit et mêla ses doigts dans les cheveux auxquels il s'accrochait.

— Entre ? supplia-t-il contre les lèvres de Thane.

Thane rompit le baiser et lui caressa la joue à nouveau.

— Pas encore. Si je couche avec toi ce soir, tu te demanderas toujours si c'était tout ce que je voulais. Je t'ai promis de te traiter comme tu méritais de l'être.

Un son de protestation inarticulé échappa à Blake. Thane se pencha et l'embrassa à nouveau, passionnément. Il attira fermement Blake contre lui, lui laissant sentir à quel point il était excité – et sentant certainement l'intérêt de Blake à son tour.

Puis il recula.

— Je t'appellerai demain et je te verrai lundi. Dors bien.

Blake le regarda partir en silence et se demanda comment il était censé dormir après cette étreinte.

Chapitre vingt

THANE remercia sa bonne étoile du temps plus froid que prévu pour une fin de mois de mars, car l'hôtesse les avait assis près de la cheminée qui flambait et diffusait une chaleur suffisamment agréable près de leur table pour que Blake ôte sa veste. Le regarder rejoindre les toilettes à la fin du repas dans ce pantalon indécemment ajusté avait définitivement signé sa perte. Il s'était tenu la semaine précédente et avait laissé de l'espace à Blake. Il avait passé les jours précédents à travailler à ses côtés chaque après-midi et à ne pas lui voler plus d'une caresse ou deux jusqu'à ce que Blake l'entraîne dans le débarras et l'embrasse – et n'avait-ce pas été une tournure inattendue des événements ? Le dîner chez *Merrick Inn* avait été délicieux, mais Thane n'aurait su dire ce qu'il avait mangé. Il avait été trop concentré sur Blake.

Il attira l'attention du serveur et s'occupa de régler l'addition de sorte qu'ils puissent partir immédiatement quand Blake reviendrait. Il avait des projets pour le reste de leur soirée et ils n'avaient rien à voir avec la nourriture.

Thane s'adossa à sa chaise pour regarder Blake se frayer un chemin entre les tables. Il était peut-être un homme branché cul par nature, mais Blake était aussi beau de face que de dos. Cette semaine, il avait opté pour une chemise plus voyante que la blanche qu'il avait portée la fois précédente. Thane ne se serait pas attendu à ce que la couleur corail lui aille aussi bien, vu ses cheveux blonds, mais elle mettait en relief des détails qu'il n'avait pas remarqués auparavant. Il sut le moment exact où Blake remarqua son regard posé sur lui parce que ses joues se colorèrent d'une parfaite nuance de rose et qu'il rentra timidement le menton. Bon Dieu, Thane voulait le ramener chez lui et ravager son corps. Lui retirer ce costume chic, le lécher intégralement et le baiser jusqu'à ce qu'il en perde la tête.

Une étape à la fois, se rappela-t-il. Blake n'était pas le genre d'homme qu'on baisait et jetait après une nuit. Il était le genre d'homme qu'on épousait, ce qui convenait à Thane. Mais cela signifiait faire les choses bien afin que Blake croie en sa sincérité.

Thane se leva quand il atteignit la table.

— Prêt à y aller ?

— Oh, tu ne voulais pas de café ou autre chose ? demanda Blake, semblant déçu.

Thane sourit, essayant de garder une expression neutre pour toute personne susceptible de les observer.

— Je pensais que nous pourrions prendre un café chez moi, si ça te convient.

Blake hocha la tête avec tant d'enthousiasme que Thane ne put s'empêcher de rire. Il remit sa veste et tint celle de Blake pour lui afin qu'il puisse faire de même. Et s'il vola une caresse rapide sur sa nuque, qui aurait pu l'en blâmer, vu la façon dont Blake frissonna visiblement à son contact ?

Thane garda une main au creux de ses reins alors qu'ils rejoignaient son pick-up. Il jeta un coup d'œil alentour, mais ils étaient seuls dans le parking, alors il plaqua Blake contre la carrosserie et le gratifia d'un baiser inquisiteur avant de lui ouvrir la porte. Blake cligna des yeux avec confusion. Putain, il allait le tuer. Il était vraiment impatient.

— Et Kit et Phillip ? demanda Blake alors que Thane s'insérait sur New Circle Road pour rentrer chez lui.

— Ils sont sortis pour la soirée, l'informa Thane. Darcy les a invités à une fête avec un tas d'autres gamins de l'atelier. Il n'y aura que nous.

— Dieu merci.

Thane faillit arrêter le pick-up pour prendre Blake sur ses genoux, juste là, mais ils étaient tous les deux trop vieux pour se peloter dans la voiture. Sa maison n'était qu'à dix minutes de route. Il pouvait attendre jusqu'à ce qu'ils arrivent.

Blake tendit le bras par-delà l'espace qui les séparait et posa la main sur la cuisse de Thane.

— Est-ce que je peux ?

Est-ce qu'il pouvait ? Il sentait la chaleur de sa paume à travers son pantalon comme un tison. Il couvrit sa main de la sienne, la maintenant en place.

— C'est parfait pendant que je conduis. Quand nous arriverons chez moi, tu pourras poser tes mains où tu voudras.

Blake inhala brusquement à cette déclaration et Thane secoua la tête face à la contradiction qu'il représentait ; assez audacieux pour le toucher, puis stupéfait par une invitation à le toucher davantage. Assez timide pour être troublé par un baiser et pourtant assez téméraire pour en voler un dans le débarras avant d'en sortir pour s'occuper des élèves. Thane était impatient de découvrir quelles autres contradictions il possédait.

Thane se gara dans l'allée, soulagé de ne voir aucune lumière dans la maison. En fait, il n'avait pas donné de couvre-feu à Kit et Phillip pour rentrer – ou de couvre-feu avant lequel ne pas rentrer – parce qu'ils l'avaient déjà suffisamment taquiné concernant son intérêt pour M. Barnes. S'ils savaient qu'il prévoyait de séduire leur professeur préféré – non que séduire Blake nécessite beaucoup d'effort, si Thane le déchiffrait correctement – ils ne le laisseraient jamais en paix.

Blake ne dit rien alors qu'ils sortaient de la voiture, mais il s'appuya contre Thane lorsque celui-ci lui passa un bras autour de la taille. Et il n'hésita pas à le suivre sur le perron puis dans la maison. Thane le mena jusqu'à la cuisine où il avait programmé la cafetière pour qu'elle se mette en marche automatiquement une demi-heure plus tôt.

— Installe-toi.

— La seule raison pour laquelle j'ai suggéré un café tout à l'heure, c'était parce que je ne voulais pas que la soirée se termine, dit Blake avec franchise.

— Je sais, mais il y a des côtés positifs à l'anticipation.

— Si j'anticipe davantage, je vais exploser, lâcha Blake sans réfléchir.

Thane éclata de rire et servit deux tasses de café. Il en posa une devant Blake et prit une gorgée de l'autre.

— Tu es sûr que tu ne le regretteras pas demain matin ?

— Est-ce que tu vas rompre avec moi parce que nous aurons couché ensemble ? répliqua Blake. Parce que si ce n'est pas le cas, je n'aurai absolument aucun regret.

— Tu ne cesses jamais de m'étonner, dit Thane en posant sa tasse et en s'approchant de lui.

Il l'incita à se lever et le prit dans ses bras. Blake se colla contre lui de tout son long. Thane passa le pouce sur sa pommette et se pencha pour caresser la ligne de sa mâchoire avec sa joue. Sa barbe devait irriter la peau tendre, mais Blake ne protesta pas et ne s'écarta pas. Thane lui mordilla le lobe de l'oreille et sourit en notant la vive inspiration qu'il déclencha. Il prit le lobe dans sa bouche et suça doucement. Les mains de Blake se crispèrent sur les revers de sa veste, encourageant Thane à continuer.

— Si je fais quelque chose – *quoi que ce soit* – que tu n'aimes pas, dis-le-moi et j'arrêterai.

Blake rit.

— Ça n'arrivera pas.

Thane releva la tête et croisa le regard voilé de Blake. La conversation qu'il avait eue avec Phillip était encore fraîche dans son esprit.

— Je suis sérieux.

— Moi aussi.

Thane ôta la veste de Blake et la jeta sur le dossier d'une des chaises de la cuisine. Blake porta les mains à sa cravate, mais Thane les lui attrapa et les reposa sur ses propres épaules. Aussi désireux soit-il d'avoir Blake étendu sous lui, ils n'avaient pas besoin de précipiter les choses. Il n'était que vingt-deux heures. Les garçons ne rentreraient pas avant des heures. Il fit glisser ses mains dans le dos de Blake pour empaumer ses fesses d'une main et retirer sa chemise de la ceinture de son pantalon de l'autre. Blake gémit et se balança contre lui, faisant ainsi savoir à Thane à quel point il était déjà investi dans leurs préliminaires.

Bien, parce que Thane était plus qu'excité lui-même.

Il immobilisa Blake avec la main posée sur ses fesses pendant qu'il faisait courir l'autre dans son dos, enregistrant la sensation de sa peau et la courbe de sa colonne vertébrale. Blake gémit contre sa bouche, un petit son avide qui monta droit à la tête de Thane qui s'écarta assez longtemps pour retourner Blake dans ses bras. Celui-ci s'appuya immédiatement contre lui, sa tête tombant d'un côté pour révéler la ligne de son cou. Thane le stabilisa d'une main sur le bas-ventre, puis libéra entièrement la chemise de Blake de son pantalon, explorant son torse de la même façon qu'il avait exploré son dos.

Blake se frotta contre lui avec un gémissement plus bruyant quand Thane lui pinça les mamelons.

— Est-ce que tu aimes ça ? demanda Thane. Tu sais ce que j'aime. Tu m'en fais déjà profiter à frotter ton cul contre moi comme ça. Qu'est-ce que toi, tu aimes ?

Le bruit de la porte d'entrée qui s'ouvrait et des voix dans le salon brisèrent la magie du moment.

— Merde. Kit et Phillip rentrent plus tôt que prévu.

Blake lui jeta un regard paniqué.

— Du calme. Je vais les intercepter. Remets ta chemise dans ton pantalon et assieds-toi à table. Ils ne sauront jamais que nous faisions plus que prendre un café.

Blake hocha la tête, même si la lueur farouche ne quitta pas ses yeux. Il porta les mains à sa chemise pour la remettre dans son pantalon, cependant, alors que Thane se dépêchait de rejoindre le salon pour intercepter les garçons avant que ceux-ci ne tombent sur Blake en train de se rajuster.

— Oncle Thane, tu es rentré tôt, dit Phillip en le voyant.

— Je pourrais en dire autant de vous. Je n'ai pas souvenir de fêtes qui se terminaient avant minuit, quand j'étais au lycée.

— La petite sœur de Darcy est encore bébé, expliqua Phillip. Nous avons essayé de ne pas faire trop de bruit, mais je suppose que nous n'avons pas vraiment réussi. Comment s'est passé ton rendez-vous ?

— Bien, répondit Thane.

Il se déroulait parfaitement jusqu'à ce que ses neveux rentrent à la maison et interrompent leurs activités. Il les aimait, mais il aurait pu faire sans qu'ils lui cassent son coup. Il faudrait qu'il planifie mieux les choses, la prochaine fois.

— Nous prenions juste un café. Accrochez vos manteaux et venez le saluer.

Cela lui donnerait une minute pour voir où en était Blake et s'assurer qu'il avait retrouvé son calme. Il retourna dans la cuisine et le trouva assis à table en train de boire son café comme il le lui avait suggéré. Sa veste était toujours posée en travers du dossier de la chaise sur laquelle il était assis, mais à part ça – et les marques d'irritation sur sa mâchoire et son cou – il aurait pu être assis dans son bureau plutôt que dans la cuisine de Thane quelques instants seulement après que celui-ci avait eu l'intention de le ravir.

— Je leur ai dit que nous prenions un café et de venir te saluer, le prévint Thane.

Il s'installa sur la chaise à côté de Blake et prit sa propre tasse. Il aurait besoin de l'accessoire pour convaincre les garçons à défaut d'autre chose.

— Hé, monsieur Barnes, nous ne nous attendions pas à vous voir ce soir. Désolé de ruiner votre fête.

Kit haussa les sourcils de façon suggestive en regardant Thane, qui lui jeta un regard d'avertissement. Comme si le fait de les avoir interrompus n'était pas suffisant… Il n'avait pas besoin que Blake reconsidère sa décision à cause d'eux.

— Nous prenions simplement un café, répondit Blake, et si Thane ne l'avait pas vu rougir et panteler deux minutes auparavant, il n'aurait jamais deviné.

Rien à part les abrasions un peu rouges causées par la barbe de Thane n'évoquait quoi que ce soit de plus illicite. Une autre de ses contradictions fascinantes qu'il était impatient d'explorer.

— Comment était la fête ?

Kit se lança dans un récit détaillé de leur soirée, Phillip ajoutant des détails de temps en temps. Blake hocha la tête et posa des questions orientées chaque fois que le sujet semblait s'essouffler. Si Thane n'avait pas eu d'autres projets pour la soirée, des projets qui impliquaient de faire voler en éclat le sang-froid de Blake, ce moment aurait été vraiment agréable. Thane termina son café et posa la tasse, se demandant s'il pouvait trouver à occuper les garçons de telle manière que Blake accepte de reprendre les choses là où ils les avaient laissées – dans la chambre avec la porte fermée – mais rien ne lui vint à l'esprit, parce que peu importait ce qu'il entreprenait de faire faire aux garçons, ils *sauraient*, et Blake ne serait jamais à l'aise avec cette idée.

Il pouvait, *peut-être*, inviter Thane à son appartement quand celui-ci le reconduirait chez lui, sauf que le trajet aller-retour ne prenait que vingt minutes. S'il était parti plus de trente minutes, Kit et Phillip le taquineraient à n'en pas douter. Et peut-être qu'ils ne diraient rien à Blake directement, mais ils sauraient, et ils en reviendraient au point de départ.

Il faudrait simplement qu'il planifie mieux les choses le week-end suivant parce qu'il ne savait pas s'il pouvait attendre plus longtemps.

Chapitre vingt et un

THANE coinça le petit sac de voyage derrière le siège de son pick-up avant de monter chercher Blake à son appartement. Il ne lui avait pas dit où ils allaient dîner – ou quels autres plans il avait faits – mais il ne pensait pas que Blake protesterait. Quand ils avaient eu le temps de parler depuis le rencard avorté du week-end précédent, Blake avait dit plus d'une fois combien il attendait avec impatience un rendez-vous où ils ne seraient pas interrompus.

À moins que sa maison brûle pendant qu'il était parti – et il tuerait Derek si cela arrivait sous sa surveillance – rien ne viendrait les interrompre ce soir. Les vacances de printemps avaient commencé ce matin-là et Blake n'avait rien de prévu jusqu'à ce que l'école reprenne, dans une semaine à partir de maintenant. Thane le savait. Il avait demandé. Il n'envisageait pas de s'approprier toutes les vacances de Blake. D'autant plus que lui devait travailler. Mais il avait toutes les intentions de s'approprier le reste du week-end. Il avait songé à voir si Blake dînerait avec lui le vendredi afin qu'ils puissent profiter de deux jours pleins, mais cela aurait nécessité des vêtements de rechange et que Blake manque son rendez-vous hebdomadaire avec son amie. Thane avait décidé qu'il était plus simple de le surprendre avec une nuit ensemble loin de chez eux. Il y avait des préservatifs, du lubrifiant et une brosse à dents supplémentaire pour Blake. Ils n'avaient besoin de rien d'autre.

Blake lui ouvrit la porte. Il portait le même costume qui lui moulait les fesses, avec une chemise gris clair cette fois. Thane n'attendit pas qu'il ouvre la bouche pour le saluer avant de l'enlacer et de lui délivrer un baiser passionné, à pleine bouche. Et des mains baladeuses.

— Mmmm, murmura Blake quand Thane le libéra. J'aime ce genre d'accueil.

— Quand tu veux, mon cœur. Tu n'as qu'à demander, répondit Thane. Je me suis dit que tu n'apprécierais pas ça à l'école, alors je l'ai joué cool, mais je ne refuserai jamais de t'embrasser pour te dire bonjour.

— Où allons-nous ce soir ? demanda Blake.

Thane sourit.

— Je pense que tu connais la réponse à ça.

Blake soupira, mais Thane vit la lueur d'amusement dans ses yeux.

— C'est une surprise, dit-il.

— Exactement. Nous devrions y aller, cependant. Il y a quarante-cinq minutes de trajet sans embouteillages et un samedi soir, nous pourrions en avoir un peu.

— Rien à Lexington ne se trouve à quarante-cinq minutes de route, dit Blake. Dans quelle direction allons-nous ?

Thane secoua la tête.

— Tu verras quand nous y serons. Viens. Il ne faut pas qu'on soit en retard.

THANE prit le ticket de parking du voiturier quand ils arrivèrent à *Boone Tavern* presque quarante-cinq minutes plus tard. Blake descendit du pick-up et regarda la façade de la taverne-hôtel historique. Les colonnades blanches atteignaient le haut du premier étage et donnaient à la façade du bâtiment une grâce élégante. Pendant qu'il s'intéressait à l'architecture, Thane glissa vingt dollars au valet pour emporter son bagage dans la chambre. Il ne voulait pas gâcher la surprise en laissant Blake voir le sac tout de suite.

— C'est incroyable, dit celui-ci quand Thane contourna la voiture pour le rejoindre. Je vis à Lexington depuis que j'ai quatorze ans et j'ai toujours voulu venir manger ici sans l'avoir jamais fait.

— Alors je suis content d'y avoir pensé, répondit Thane.

Il pressa la main de Blake alors qu'ils entraient dans le hall. L'hôtesse les installa à une table donnant sur le jardin. Il ferait bientôt nuit, mais cela ajoutait à l'ambiance et Thane approuvait tout ce qui amenait une expression si enchantée sur le visage de Blake.

Une fois qu'ils eurent commandé leurs boissons, Thane s'excusa sous le prétexte de se rendre aux toilettes. Il alla confirmer leur réservation d'hôtel et glissa la clé dans sa poche. Il garderait cette surprise pour après le repas.

Juste au cas où Blake n'aimerait pas cette idée autant que Thane l'espérait.

— **JE** n'avais jamais mangé de lapin avant aujourd'hui, déclara Blake alors qu'ils quittaient le restaurant. C'était vraiment bon.

— Bien, dit Thane. Il faudra que j'essaie si nous revenons.

Blake se dirigea vers la porte d'entrée, mais Thane l'attrapa par le bras.

— À moins que tu veuilles visiter le jardin au clair de lune, tu te trompes de chemin.

La confusion sur le visage de Blake donna envie à Thane de l'embrasser. Il ne le fit pas, mais seulement parce qu'ils se trouvaient au milieu du hall de réception. À la place, il sortit la clé de la chambre de sa poche.

— Pour que nous ne soyons pas interrompus.

Il croisa le regard de Blake et attendit. Il fallut un moment à ce dernier pour saisir de quoi il retournait, mais son sourire quand il comprit répondit à tous les espoirs de Thane.

— Tu as les meilleures idées du monde.

Thane rit.

— Je dois une caisse de bourbon à Derek parce qu'il reste avec Kit et Phillip. Tu devras m'aider à choisir. Je ne connais rien au bourbon.

Le sourire de Blake s'élargit.

— Je peux faire ça. Allons voir notre chambre.

Leur chambre était la dernière au bout du couloir, au deuxième étage. Thane pressentait qu'ils pourraient voir les montagnes le matin venu, mais pour l'instant, son seul intérêt en ce qui concernait la fenêtre était de fermer les rideaux afin qu'ils n'aient pas à s'inquiéter que le soleil les réveille.

— Je n'ai rien emporté, dit Blake en se tordant les mains avec nervosité lorsque Thane se retourna. C'est le seul problème avec les surprises.

— Ne t'inquiète pas. J'ai pris quelques affaires de toilette pour nous deux. Et tu ne porteras pas tes vêtements assez longtemps pour les salir.

BLAKE frissonna en entendant le timbre rauque de la voix de Thane. Il le désirait si cruellement qu'il pouvait le goûter sur sa langue. Il fit un pas en avant – apparemment l'accord que Thane avait attendu, parce que celui-ci fondit sur lui et l'enlaça. Blake enfouit ses doigts dans ses cheveux et l'incita à baisser la tête pour l'embrasser. Thane dévora sa bouche et Blake raffermit son étreinte, se cambrant contre le corps plus large, la tête lui tournant déjà. Cela faisait des semaines maintenant que la tension s'était accumulée et il ne voulait plus attendre.

— Tu es sûr que tes neveux ne se cachent pas sous le lit?

Thane poussa un son inarticulé, sourd et sauvage à la fois. Blake frissonna et porta la main à sa cravate. Thane l'avait stoppé la dernière fois, parce qu'il avait voulu le déshabiller lui-même. Blake espérait presque qu'il reprendrait les choses en main, car il n'était pas sûr de pouvoir se déshabiller étant donné l'intensité du regard de son compagnon. Il avait desserré sa cravate et défait le premier bouton de sa chemise quand Thane prit les commandes.

Il fit pivoter Blake et le cala contre son corps. Blake se pencha en arrière, dans la chaleur qui se pressait contre son dos. Que Thane le malmène n'aurait sans doute pas dû l'exciter ainsi, mais il ne put empêcher le frisson qui le parcourut de voir Thane prendre le contrôle. Il remua un peu des hanches dans les bras de Thane, dans l'espoir de le hâter.

Thane ne se dépêcha pas, bien sûr, mais il étendit quand même une grande main sur son estomac – si près de son érection douloureuse que Blake put en sentir la chaleur sans qu'il y ait de contact réel – pour l'empêcher de bouger.

— Ne me tente pas.

— N'est-ce pas pour cette raison que nous sommes là? demanda Blake.

Thane lui pinça le flanc en réponse. Blake se contenta de gémir et se livra à tout ce que Thane avait prévu. Thane lui mordilla la nuque puis frotta sa mâchoire sur sa peau. Le picotement de sa barbe rendit Blake complètement fou.

— Dois-tu voir quelqu'un cette semaine qui ne prendrait pas bien le fait que tu aies un suçon ?

Blake inclina la tête sur le côté, offrant son cou.

— Personne sauf Heidi, et elle s'en fichera.

Thane mordilla à nouveau le même endroit, puis posa ses lèvres et suça fort. Blake frissonna dans ses bras, certain que si Thane recommençait, il jouirait dans son pantalon.

— Je pensais t'avoir entendu dire que je ne porterais pas mes vêtements assez longtemps pour les salir. Si tu ne te dépêches pas de me déshabiller, je vais te faire passer pour un menteur.

— Ça ressemble à un défi.

La voix de Thane gronda à son oreille.

— Thane !

— Détends-toi, mon cœur. Je vais bien m'occuper de toi, je te le promets.

Blake se tortilla légèrement à ce terme affectueux. Il pouvait vivre en écoutant Thane l'appeler ainsi pendant les cinquante prochaines années au moins.

— Je sais que tu le feras… maintenant ?

Thane rit et suça à nouveau le même endroit. Blake pensa un instant qu'il avait vraiment l'intention de le faire jouir dans son pantalon, mais il prit pitié de Blake : il défit sa ceinture et libéra sa chemise.

— Débarrasse-toi de tes chaussures, murmura Thane.

Blake obtempéra et se déchaussa. Thane repoussa son pantalon et ses sous-vêtements jusqu'à ses genoux, faisant haleter Blake au changement soudain de température sur sa peau. Il trembla contre Thane alors que celui-ci s'attelait à défaire les boutons de sa chemise. Le moment était venu. Il allait enfin coucher avec Thane Dalton.

Il repoussa cette pensée comme indigne d'eux deux. Thane n'était pas un objectif à atteindre, pas plus que Blake ne voulait être une nouvelle encoche à son tableau de chasse. Ceci voulait dire quelque chose.

Thane défit le dernier bouton et lui retira sa chemise.

— Mets-toi à l'aise. Laisse-moi aller chercher ce dont nous avons besoin et je reviens.

Blake aurait peut-être protesté, mais ses jambes le supportaient à peine. Il ne réussirait jamais à déshabiller Thane. La prochaine fois, il serait davantage maître de lui-même et insisterait pour lui retourner la faveur.

Ouais, c'est ça. Il ne pensait pas qu'il s'habituerait un jour à être le centre de l'attention de Thane.

Il alla jusqu'au lit, tira les couvertures et grimpa sous elles. S'il avait fait plus chaud dans la chambre et s'il avait été un peu plus audacieux, il les aurait rejetées au pied du lit, mais la pièce était fraîche et il était nerveux. Thane devrait se contenter de prendre sa présence comme une invitation, à la place.

Thane fouilla dans un petit sac pendant un moment avant de se redresser et de venir se placer juste à côté du lit. Il posa un paquet de préservatifs et un tube de lubrifiant sur la table de chevet, puis recula et commença à se déshabiller. Blake l'observa avidement pendant qu'il enlevait sa veste et sa chemise. Blake avait senti son torse et ses épaules à travers ses vêtements et admiré ses bras dans ses tee-shirts, mais c'était la première fois qu'il voyait son torse nu. Il saliva à cette vue. Thane était plus musclé qu'il l'avait imaginé ; des muscles durs comme de la pierre couverts de poils noirs et argentés, tout comme ses cheveux. Blake bougea sur le lit, le regard rivé sur Thane alors que celui-ci passait au bas, ôtant d'abord son pantalon et ne conservant qu'un caleçon noir. Blake l'avait bien imaginé avec du noir. Puis il le repoussa également et se redressa, laissant Blake admirer son corps à loisir.

C'était trop et pas assez à la fois. Thane ne se pavana pas sous le regard de Blake. Il n'en avait pas besoin. Il était conscient de son propre attrait. Il l'avait prouvé avec chaque contact séducteur et chaque regard enflammé. Blake ne put supporter l'attente plus longtemps. Il souleva les couvertures, invitant Thane à le rejoindre.

Thane se glissa à côté de lui, s'étirant le long de son corps et, soudain, les couvertures furent de trop. Blake les rejeta alors que Thane roulait sur lui. Il écarta les jambes pour le laisser s'installer entre elles et siffla lorsque le mouvement amena leurs sexes en contact. Aussi bon que cela soit, cependant, ce n'était pas ce qu'il voulait. Il se déplaça afin que l'érection de Thane glisse plus bas et se positionne contre son intimité. Il avait attendu ce moment pendant vingt ans et, maintenant qu'il se présentait à lui, il ne pouvait plus attendre.

— La prochaine fois, je ne te laisserai pas me presser, déclara Thane en comprenant les signaux de Blake et en attrapant le lubrifiant.

— La prochaine fois, je n'aurai pas besoin de te presser, répondit Blake.

À son grand soulagement, Thane ne s'attarda pas sur les préparatifs, mais il ne se précipita pas non plus, prenant le temps de l'étirer comme il fallait. Si Blake ne l'avait pas supplié pour qu'il lui en donne plus à chaque caresse, il était certain que Thane aurait pris encore plus son temps, prolongeant l'instant et le taquinant jusqu'à ce qu'il ne puisse plus penser clairement.

Il avait déjà dépassé ce stade à peu près au moment où Thane avait défait sa ceinture.

Quand celui-ci retira ses doigts et s'enfonça en lui, Blake crut qu'il était mort et avait atteint le paradis. Puis Thane se pencha sur lui et revendiqua sa bouche avec la même douceur attentive et Blake sut qu'il n'avait jamais connu la tendresse jusqu'à maintenant. Il finit par basculer sous les soins experts de son amant. Thane suivit quelques secondes après lui et roula sur le côté pour ne pas l'écraser, mais il le garda étroitement serré contre lui.

Blake s'endormit au son des battements de cœur de Thane.

Chapitre vingt-deux

PUISQU'IL ne travaillait pas cette semaine, Blake retrouva Heidi le lundi, pour déjeuner chez *Stella*. Il fut tenté de porter un col roulé uniquement pour qu'elle ne voie pas la collection de suçons et autres marques qui ornaient son cou. Cependant, le temps s'était réchauffé le dimanche – ce qui n'était pas anormal pour une première semaine d'avril – alors elle serait encore plus encline à faire des commentaires s'il le faisait. Il n'avait pas honte des marques. Seulement, elles étaient privées. Mais bon, si quelqu'un pouvait comprendre ce que cela signifiait pour lui d'être l'amant de Thane, c'était bien elle.

Elle était déjà là quand il arriva et, le temps qu'il s'assoie, elle arborait un sourire narquois.

— Je te demanderais bien si tu as passé un bon week-end, mais ton cou a déjà répondu à ma question.

Blake ne put retenir le grand sourire idiot qui devait lui barrer le visage chaque fois qu'il pensait à la nuit de samedi et à la journée du dimanche.

— Ouais, j'ai passé un bon week-end.

Elle lui donna une tape depuis l'autre côté de la table.

— Tu dois m'en raconter plus.

— Nous sommes allés dîner à *Boone Tavern* samedi soir, dit Blake, et nous ne sommes pas rentrés avant le dimanche après-midi.

— Est-ce que c'était aussi bon que dans tes fantasmes ?

Il n'y avait pas la moindre comparaison possible. Le Thane de ses rêves n'était pas réel. Il ne dégageait pas de chaleur comme une fournaise. Il n'utilisait pas sa barbe à des fins dévastatrices. Il n'avait pas de mains tendres cachées sous ses callosités. Il ne s'enroulait pas autour de Blake pendant qu'ils dormaient, comme pour tenir les atrocités du monde à l'écart. Le seul regret de Blake était de s'être réveillé seul ce matin.

— Meilleur.

ON se voit pour déjeuner ?

Blake sourit en lisant le message de Thane le mardi matin. Il n'avait pas de projet pour la journée à part faire sa lessive, or elle pouvait attendre. *Où et quand ?*

Je travaille pas loin de chez toi. Qu'est-ce qui est bon et dans les environs ?

Pourquoi ne viens-tu pas ici pour déjeuner ? J'irai chercher quelque chose.

Tu veux juste un coup rapide.

Et pas toi ?

;)

Le déjeuner sera prêt à midi.

Thane ne répondit pas, mais Blake imagina qui lui aurait envoyé un message s'il y avait un problème. Cela lui laissait quarante-cinq minutes pour savoir quoi faire pour le repas. Il pouvait aller chercher une salade de poulet et du pain frais chez *Mousetrap* et ils pouvaient faire des sandwiches. Il ne savait pas combien de temps Thane pouvait se permettre de s'absenter, toute plaisanterie sexuelle mise à part, mais ils pouvaient manger et parler. Tout le reste serait du bonus.

Il ne se plaindrait pas si Thane avait suffisamment de temps pour qu'ils s'attardent.

Après un rapide aller-retour au magasin et un peu de rangement, Blake fut enfin prêt à recevoir Thane. Il sortit les assiettes – rien de très chic, mais plus vite ils mangeraient, plus de temps ils auraient pour d'autres choses – et hésita à allumer la télévision. La sonnette retentit avant qu'il puisse décider quoi faire.

Thane devait être en avance.

Il ouvrit la porte et inclina la tête en arrière pour réclamer un baiser dès que Thane entra dans son appartement. Thane se pencha à sa rencontre et passa la langue entre les lèvres entrouvertes de Blake sans préambule. Celui-ci gémit et se pressa contre lui alors que Thane saisissait ses fesses à deux mains et le pétrissait.

— Tu vas me tuer, marmonna Thane contre les lèvres de Blake.

— Moi ? C'est toi qui amènes le sexe dans la conversation.

— Dès que je te regarde, je ne pense qu'à t'embrasser, dit Thane.

— Combien de temps peux-tu rester ? demanda Blake d'une voix essoufflée.

— C'est moi le patron. Qu'est-ce qu'ils vont faire ? Me virer ?

Blake sourit alors même qu'il plaquait Thane contre la porte. Le grondement de l'estomac de Thane les interrompit. En riant, Blake recula d'un pas.

— Je pense que je ferais mieux de te nourrir d'abord. Est-ce qu'une salade de poulet te convient ?

— Je mange habituellement un hamburger au fast-food le plus proche, admit Thane. Une salade de poulet me plaît bien.

— Tout est prêt dans la cuisine.

Thane prenait bien trop d'espace dans la petite cuisine de Blake, mais ce dernier ne s'en plaignit pas quand il passa près de lui en le collant pour leur prendre un verre d'eau et que Thane se frotta contre lui.

— La nourriture d'abord, le réprimanda Blake.

— Que reste-t-il à faire sur les décors ? demanda Thane.

Blake accueillit le changement de sujet avec reconnaissance. Ils avaient besoin de parler d'autre chose, sinon ils ne réussiraient jamais à déjeuner.

— Pas grand-chose. Nous aurons probablement terminé en milieu de semaine prochaine. Après ça, il ne sera question que de réglages de la représentation en tant que telle : conduites lumières et sons, vérification des accessoires, changements de scène. Ça reste beaucoup, mais c'est un autre genre de travail.

— Sans doute pas un travail pour lequel je serais utile.

— Probablement pas, même si ça va me manquer de ne plus te voir, dit Blake.

Il tendit la salade de poulet et le pain à Thane.

— Ça veut simplement dire que nous devrons planifier avec un peu plus de soin, répondit Thane. Dîner les samedis soir était sympa quand je pouvais te voir tous les après-midi, mais tu vois combien de temps j'ai tenu cette semaine.

— Deux jours, ce n'est pas si long, le taquina Blake.

— Et moi qui pensais m'en être bien tiré en n'essayant pas de te faire sortir avec moi la nuit dernière, répliqua Thane.

— Tu aurais pu appeler. Je n'étais pas occupé.

— Et quand l'école reprendra? demanda Thane. Je veux dire, je sais que tu seras au théâtre pour les répétitions, mais qu'en est-il de dîner après ça, certains soirs?

— Je suis généralement libre le soir, sauf les vendredis, dit Blake.

— Ton rendez-vous permanent pour le happy-hour, se rappela Thane en hochant la tête. Loin de moi l'idée de te suggérer de rater ça. Donc nous pourrions sortir d'autres soirs à part le samedi.

— Oui. Parfois, je dois parfois superviser des événements, mais comme je suis très investi avec le théâtre, je n'en ai pas autant en extra que certains autres professeurs. Je passe toutes mes heures supplémentaires sur les pièces, expliqua Blake. Je ne suis pas exactement la personne la plus intéressante de la ville.

— Je pense que tu l'es, contra Thane.

Blake engloutit les restes de son sandwich.

— Mange vite.

Thane éclata de rire.

— Pourquoi? As-tu d'autres projets?

— Qu'en penses-tu? demanda Blake alors même qu'il rougissait de sa témérité.

Thane s'en moquait. En fait, il aimait même plutôt ça. Il repoussa sa chaise et tapota sa cuisse. Blake contourna la table en un éclair pour venir chevaucher ses jambes. Il appréciait la nouveauté de pouvoir baisser les yeux sur Thane pour une fois. Thane frotta sa joue contre sa mâchoire.

— Je suppose que je ferais mieux de faire attention et de ne pas laisser de marques.

— Plus de suçons où ils peuvent se voir, acquiesça Blake. Je dois avoir l'air respectable lundi.

— Et les endroits où ils ne se verront pas ?

Blake bougea le bassin contre Thane en guise de réponse et celui-ci grogna sous lui, envoyant un frisson parcourir le corps de Blake à l'idée de tout ce qu'il voulait faire à cet homme et avec lui. Thane empauma ses fesses – sans surprise maintenant, après qu'il lui avait montré si clairement son appréciation au cours du week-end – et les pétrit doucement. Blake ôta le lien des cheveux de Thane et passa ses doigts à travers avant de se pencher pour l'embrasser avec passion.

— Il y a de meilleurs endroits pour faire ça, fit remarquer Thane lorsque Blake leva la tête. Je sais que tu as un canapé et je suis certain que tu as un lit. Nous serions beaucoup plus à l'aise là-bas.

Blake lui attrapa la main et le mena vers sa chambre.

— As-tu ce qu'il faut ? demanda Thane. Je n'ai pas quitté la maison ce matin en ayant ça en tête.

— Tu veux dire que tu n'as pas de lubrifiant dans ta poche au travail ? le taquina Blake. Oui, j'ai le nécessaire. Avec tes neveux à la maison, je me suis dit que nous finirions ici tôt ou tard.

Thane suivit Blake dans la chambre et l'attira dans ses bras, faisant courir ses mains sur sa poitrine tandis que Blake se penchait en arrière contre lui.

— Tu n'as pas répondu à ma question tout à l'heure. Est-ce que je peux laisser des marques là où elles ne se verront pas ?

Il pinça un mamelon d'une main et serra sa hanche de l'autre.

— Je pense à toutes sortes d'endroits où j'aimerais poser ma bouche.

BLAKE retourna à l'école le lundi suivant sans aucune marque visible – ce n'était l'affaire de personne s'il en avait une sur la hanche et une autre sur l'intérieur de la cuisse – et il passa la matinée à souhaiter que l'après-midi soit déjà là. Ils devraient faire profil bas durant l'atelier théâtre, mais Thane avait suggéré qu'ils dînent avec Kit et Phillip une fois le travail sur les décors terminé. Les garçons auraient ensuite des devoirs à faire, laissant Blake et Thane libres de passer la soirée ensemble. Blake n'était toujours pas sûr de savoir ce qu'il pensait du fait de coucher avec Thane pendant que ses neveux étaient à la maison, mais ils pouvaient faire d'autres choses. Regarder la télévision, mettre un film ou simplement s'asseoir et discuter.

Les crépitements de son talkie l'arrachèrent à sa rêverie.

... Parkins... avec Hune sur le ....

— Monsieur Barnes, vous devez venir nous aider !

Darcy accourut dans le bureau de Blake avant qu'il puisse demander des éclaircissements à la radio.

— Que se passe-t-il ? demanda Blake en suivant Darcy hors de son bureau au pas de course.

— C'est Kit, haleta Darcy. L'un des sportifs qui le harcelaient criait que c'était sa faute s'il n'avait pas eu de bourse d'études. Phillip et Zach ont essayé de l'arrêter, mais je pense qu'il a quand même réussi à lui donner au moins un coup de poing. J'ai fait ce que vous nous avez toujours dit de faire. Je suis venu vous chercher.

Ils dépassèrent le coin du bâtiment et trouvèrent la sécurité sur les lieux, Kit au sol avec le nez qui saignait et ce qui serait très vite être un sacré cocard, et Mason Hune, le meneur des caïds dont Blake pensait s'être occupé, maintenu par un des agents de sécurité. Zach et Phillip montaient la garde de chaque côté de Kit. Blake s'agenouilla à côté de lui.

— Que s'est-il passé ?

— Il s'en est pris à moi, dit Kit. Il a dit…

Kit s'interrompit et jeta un regard à l'endroit où l'autre garçon se débattait toujours.

— Regarde-moi, Kit, le pressa Blake. Parle-moi. Laisse la sécurité s'occuper de lui.

— Il a dit que c'était ma faute s'il n'avait pas eu de bourse d'études parce qu'il ne jouait pas quand les recruteurs sont venus voir le match de baseball. Il m'a traité de putain de pédé et m'a dit qu'il allait voir à quel point j'aimais être baisé. Que ce n'était que justice puisque c'était ce que je lui avais fait.

Blake se tourna vers la sécurité.

— Emmenez-le à mon bureau. Je vous rejoins dans un moment pour m'occuper de lui.

Il aida Kit à se relever.

— Allons voir l'infirmière pour qu'elle t'examine et te nettoie. Ça va aller. Je ne le laisserai plus jamais te faire mal.

— Promis ?

Blake aurait vendu son âme pour effacer la peur qu'il voyait dans les yeux de Kit.

— Promis.

Chapitre vingt-trois

THANE déboula en trombe à l'infirmerie, cherchant frénétiquement Kit. Il le trouva assis près de la porte, le nez enflé et l'œil virant au violet. Des éclaboussures de sang maculaient son tee-shirt.

— Que s'est-il passé ? demanda-t-il alors même qu'il prenait Kit dans ses bras pour le serrer contre lui.

Quelqu'un s'en était pris à Kit et cette personne allait payer pour ça.

— Mason, le pire de ceux qui nous harcelaient, m'a sauté dessus dans le couloir. Il criait toutes sortes de conneries et il a réussi à me mettre un coup de poing. Phillip et Zach l'ont attrapé et maintenu pendant que Darcy courait chercher M. Barnes.

— M. Barnes nous a promis que cela ne se reproduirait plus. Il a dit que tu ne courais plus de danger, cracha Thane.

— Il ne peut pas être partout à la fois, répondit Kit, et il est arrivé dès qu'il a su. C'est juste un œil au beurre noir. Mason ne m'a pas fait très mal.

— Il n'aurait pas dû se permettre de te faire mal du tout.

— Est-ce qu'on peut rentrer à la maison maintenant? demanda Kit. J'ai vraiment envie de changer de tee-shirt. Je ne peux pas retourner en classe comme ça.

— Oui, nous allons rentrer, dit Thane. À qui dois-je parler?

— Je pense que l'infirmière peut m'autoriser à quitter l'école, répondit Kit. Elle est allée aux toilettes. Elle va bientôt revenir.

Elle avait laissé Kit seul après son agression. Thane n'était pas enchanté de l'apprendre non plus. Il aborderait définitivement le sujet avec le directeur de l'école après avoir ramené Kit et Phillip chez eux en sécurité. Sa colère dut se voir dans sa démarche alors qu'il faisait des allers-retours dans la pièce ou dans son expression, parce que Kit tira sur son bras.

— Oncle Thane, Mason est avec M. Barnes et les autres brutes ne l'ont pas soutenu cette fois-ci. Je suis en sécurité maintenant. Il me l'a promis.

Blake l'avait aussi promis une fois auparavant, mais Thane ne le dit pas à Kit. Il passait déjà une mauvaise journée, Thane ne voulait pas l'empirer. Il aurait une discussion avec Blake plus tard, cependant. Cette situation devait être résolue. Et si Phillip et Zach n'avaient pas été là? Et si l'autre garçon avait eu un couteau, ou pire, une arme à feu?

— Monsieur Dalton?

Thane leva les yeux vers la femme qui entra à l'infirmerie.

— Oui c'est moi.

— Je suis sûr que vous avez parlé à Kit, mais pour vous mettre officiellement au courant, sachez qu'il avait le nez ensanglanté sans aucune indication qu'il soit cassé. Il aura un bleu autour de l'œil pendant une semaine ou deux. Nous avons appliqué de la glace pour réduire le gonflement du nez et de l'œil. Il faudra seulement du temps pour que cela se résorbe et guérisse. Si vous lui avez apporté un tee-shirt, il est libre de retourner en classe.

— Il ne va nulle part sauf chez le médecin et ensuite à la maison avec moi, gronda Thane.

— Je vous assure que nous avons fait tout ce qui devait être fait.

— Peut-être, mais je le ramène quand même à la maison. Pouvez-vous signer sa sortie ou dois-je parler à quelqu'un d'autre?

— Je peux l'autoriser. Laissez-moi simplement m'assurer auprès de M. Barnes que celui-ci n'a plus besoin de Kit aujourd'hui et je remplirai le formulaire d'excuse.

Thane vit rouge.

— Je ne pense pas avoir été assez clair. Kit et moi partons immédiatement. Je me fiche de savoir si le président lui-même veut le voir. Ça peut attendre jusqu'à demain. Et pendant que vous y êtes, signez l'autorisation pour Phillip aussi.

— Je ne peux pas faire ça. Il n'a aucune raison médicale de partir, dit l'infirmière.

— Rien à foutre. Kit, tu vas m'attendre dans le pick-up. Je vais aller chercher ton frère. Nous serons partis d'ici dans quelques minutes.

— Monsieur Dalton, s'il vous plaît. Ce n'est pas comme ça que nous faisons les choses ici.

— Vous savez quoi, madame ? Je me fous complètement de la façon dont vous faites les choses. Je vais voir Barnes pour qu'il autorise la sortie de Phillip et Kit pour la journée. Je vous suggère de rester en dehors de mon chemin.

Elle blêmit et s'écarta. Thane lança les clés à Kit et se dirigea vers le bureau de Blake. Il ne voulait pas vraiment le voir. Il était de mauvaise humeur et cela ne ferait qu'aggraver les choses, mais il ne savait pas à qui parler.

Il n'alla pas plus loin que le bureau de la secrétaire de Blake.

— Monsieur Dalton, M. Barnes m'a prévenue de votre venue éventuelle. Il est en réunion avec les parents de l'élève impliqué dans l'altercation avec vos neveux, mais puis-je vous aider en quoi que ce soit ?

Thane prit une profonde inspiration et se rappela qu'elle essayait de l'aider.

— Je ramène Kit et Phillip à la maison. J'ai besoin de n'importe quel papier, formulaire ou autre qui rendraient ça officiel.

— Bien sûr. Donnez-moi une minute pour savoir dans quelle classe se trouve actuellement Phillip et demander qu'il se présente ici. Kit est-il toujours à l'infirmerie ?

— Non, il attend dans mon pick-up. J'ai seulement besoin du papier pour Phillip.

Il attendit patiemment – en grande partie – qu'elle trouve l'emploi du temps de son neveu et le fasse appeler pour qu'il se présente au bureau du proviseur. Pendant qu'ils attendaient, elle remplit deux formulaires d'excuses et les lui tendit.

— Ceci les excuse de cours pour le reste de la journée. Ils devront ramener ces documents demain et les montrer à leurs professeurs de l'après-midi.

— Merci, dit Thane. Vous êtes la seule personne raisonnable à qui j'ai parlé aujourd'hui.

Elle sourit.

— Je suis désolée que ce soit le cas, mais je suis heureuse d'avoir pu vous aider.

Phillip entra alors que Thane cherchait ce qu'il pouvait ajouter. Il jeta à Phillip un regard critique, mais il ne semblait pas avoir été blessé.

— Je suis désolé, oncle Thane. Il a réussi à donner un coup de poing à Kit avant que Zach et moi puissions l'arrêter.

Thane le serra dans ses bras.

— Grâce à Zach et toi, ce n'était qu'un coup de poing. Kit est déjà dans la voiture. Rentrons à la maison.

THANE, appuyé sur le capot de son pick-up, se redressa quand il vit Blake sortir d'un pas lourd de l'école, une heure après la fin normale de l'atelier théâtre. Il avait toujours son costume – pas celui qu'il portait pour leurs rendez-vous, Dieu merci – alors la raison qui l'avait retenu si tard n'était pas liée au théâtre.

— Tu m'as dit qu'ils ne craignaient plus rien, gronda-t-il quand Blake se rapprocha de l'endroit où il se tenait.

Blake leva les yeux avec surprise, puis soulagement. Il entra dans l'espace de Thane et s'appuya contre lui.

— Je suis désolé. Je pensais que c'était fini.

Thane baissa les yeux sur le haut de la tête de Blake.

— Kit a un œil au beurre noir et tu es désolé?

Son commentaire attira l'attention de Blake. Il fit un pas en arrière et leva les yeux vers Thane.

— J'ai passé les huit dernières heures à remplir les papiers pour que l'autre garçon soit envoyé en centre alternatif. Il ne pourra pas participer à la remise des diplômes et ne jouera pas au baseball pour le reste de la saison, ce qui veut dire qu'il perdra certainement la bourse qu'il espérait avoir pour l'automne. Des parents furieux m'ont crié dessus et menacé et je devrais probablement passer toute la semaine prochaine, voire plus, en audiences disciplinaires, car ces mêmes parents essaient de contester ma décision. Je sais que tu es contrarié, mais ne pense pas un instant que tu es le seul.

— Peuvent-ils gagner leur appel? demanda Thane.

— Est-ce qu'ils peuvent ? Je suppose que c'est possible, dit Blake, mais c'est une affaire plutôt claire et nette. J'ai des dossiers sur les affrontements, j'ai été témoin de l'un d'eux et l'œil au beurre noir de Kit alors que l'autre garçon ne porte aucune trace de marque est la preuve qu'il ne s'est pas défendu. Ils essaieront d'utiliser le fait que Kit est l'un de mes élèves au théâtre pour dire que je suis partial, mais Hune a raté son coup cette fois et s'en est pris à Kit devant les caméras de sécurité. Il n'y a pas d'audio pour entendre ce qu'il crie, mais j'ai des témoins pour corroborer son témoignage et la vidéo montre clairement qu'il a envoyé son poing au visage de Kit et que celui-ci n'a pas répliqué. Ce sera un cauchemar bureaucratique, mais je ne vois pas comment ils pourraient gagner.

— Kit et Phillip ne remettront pas les pieds ici s'il est autorisé à revenir, dit Thane. Je me fiche de ce que je dois faire pour que cela soit légal. Je ne leur ferai courir aucun risque.

— Nous n'en arriverons pas là, dit Blake. Je ne le permettrai pas.

— Tu as dit qu'ils n'en arriveraient pas à se battre non plus, rétorqua Thane. Tu dois arrêter de faire des promesses que tu ne peux pas tenir.

— S'il te plaît, Thane, nous sommes tous les deux fatigués et contrariés. Je ne veux pas me disputer avec toi. Rentre chez toi et appelle-moi quand tu ne seras plus en colère.

Thane pivota sur ses talons et retourna à son pick-up. Blake avait raison. Se disputer ne résolvait rien, mais il ne pouvait pas laisser tomber. Kit avait été blessé et ce n'était pas quelque chose qu'il pouvait oublier – ou pardonner – facilement.

DEUX jours plus tard, Thane ne s'était toujours pas calmé quand Kit revint à la maison, après l'atelier théâtre, et s'assit à côté de lui sur le canapé.

— Je dois parler au directeur demain de tout ce qui s'est passé avec Mason. M. Barnes a dit qu'il serait là tout le temps, mais est-ce que tu pourrais venir aussi ? Je me sentirais mieux si tu étais là.

— Bien sûr que je serai là, répondit Thane.

Il ne voulait pas voir Blake. Il n'était pas retourné aider à monter les décors ces deux derniers jours exprès. Il n'était pas encore prêt à gérer cette situation. Il devait se concentrer sur Kit et Phillip, en particulier sur Kit. Si aider son neveu signifiait se retrouver face à Blake, cependant, il le ferait. Il ferait tout ce dont Kit avait besoin.

— Merci, oncle Thane. Je t'aime.

— Je t'aime aussi, Kit, répondit-il en le serrant dans ses bras.

Quand il s'éloigna dans la cuisine, Thane sortit son téléphone de sa poche et envoya un message à Blake. *Il faut qu'on parle.*

Je conduis. Je t'appelle quand je rentre.

Il emporta son téléphone et alla dans sa chambre. Il ne voulait pas que les garçons entendent la conversation, quelle que soit la tournure qu'elle prenait. Son portable vibra quinze minutes plus tard.

— Allô ?

— Bonjour, Thane. Tu as dit qu'il fallait que nous parlions.

— Kit dit qu'il doit parler au directeur demain, répondit Thane.

— Il n'a pas d'ennuis, expliqua Blake rapidement. Je me suis assuré que M. Williams comprenne que rien de tout cela n'était la faute de Kit. C'est juste une question de procédure.

— Est-ce que l'autre garçon sera là ?

— Je ne sais pas. Habituellement non, mais ses parents mettent beaucoup de pression. Ils disent que je fais du favoritisme parce que Kit fait partie de l'atelier théâtre. C'est pour ça que M. Williams souhaite parler directement à Kit. Si je ne filtre pas ses paroles, je ne peux pas être accusé de favoritisme.

— Kit veut que je l'accompagne, dit Thane.

— Tu es son tuteur. C'est une demande parfaitement raisonnable. Essaie simplement de te rappeler que tu es là pour le soutenir, pas pour déclencher une dispute avec les autres parents, s'ils sont là.

— Je ne déclencherai rien du tout, s'agaça Thane. Tu ne peux pas me demander de ne pas défendre Kit s'ils commencent quoi que ce soit.

— Tu ne feras qu'aggraver les choses. Ne réponds pas à leurs commentaires. Tu dois montrer l'exemple pour Kit, au contraire.

— Quel exemple ? demanda Thane avec amertume.

— Que parfois tu dois emprunter le chemin de la sagesse, peu importe combien ça te coûte.

Chapitre vingt-quatre

À **DIX** heures tapantes le lendemain, Thane et Kit furent escortés dans le bureau du directeur de l'école. Thane avait espéré voir Blake avant le début de la réunion pour savoir à quoi il devait s'attendre, mais Blake ne les attendait pas à l'extérieur. Il hocha poliment la tête à l'intention de M. Williams et serra l'épaule de Kit. Ils passeraient cette épreuve et tout irait bien.

Quelques instants plus tard, un autre groupe de parents entra suivi d'un garçon plutôt grand avec un air arrogant. Le type même de gamin que Thane aurait remis à sa place quand il était au lycée. Il prit une profonde inspiration et se rappela le conseil de Blake. Il n'était plus un petit voyou du lycée ; il pouvait faire preuve de sagesse.

— Merci à tous d'être venus, les salua M. Williams. J'espère que nous pourrons clarifier les choses aujourd'hui.

— Où est M. Barnes ? demanda Kit.

— Il ne se joindra pas à nous, déclara Williams.

159

Thane attendit une explication, une excuse, n'importe quoi, mais Williams continua sur sa lancée, inconscient de la façon dont Kit se recroquevilla sur lui-même.

— Dites-nous ce qui s'est passé lundi, demanda Williams à Kit.

— Ça n'a pas commencé lundi, interrompit Thane. Ça dure depuis janvier.

— Je suis conscient du modèle de comportement, monsieur Dalton, mais les incidents précédents ont déjà été examinés et traités. Nous sommes ici pour discuter de la bagarre de lundi.

— Ce n'était pas une bagarre, dit Kit. Je ne l'ai pas touché. Il m'a donné un coup de poing et Zach et Phillip l'ont arrêté et éloigné de moi.

— Tu n'as rien fait pour le provoquer ? Peut-être lui as-tu dit quelque chose ? demanda Williams.

— Non, je n'ai jamais eu aucun rapport avec lui, dit Kit. C'est toujours lui qui est venu m'agresser en me criant dessus, en me poussant et en me menaçant.

— Quel genre de menaces ?

Kit regarda Thane désespérément. Où était Blake ? Il avait promis d'aider Kit à traverser ça.

— Ça va. Je suis là, dit Thane doucement.

— Il a dit… il a dit qu'ils m'apprendraient ce qui arrive aux pédés dans cette école. Et puis cette fois, il a dit qu'il me ferait sentir ce que cela faisait d'être baisé comme je l'avais baisé. Je ne lui ai rien fait. Je ne comprends pas pourquoi il me déteste autant.

— M. Barnes a déclaré que des images de vidéosurveillance avaient été prises de ce qui est arrivé lundi, intervint Thane. Cela devrait prouver que Kit n'a rien fait pour commencer la bagarre.

— Ses accusations ont empêché notre fils de jouer au baseball durant le pic de la saison de recrutement, l'informa le père de l'autre garçon. À cause de cela, il n'a reçu aucune des bourses d'études qu'il s'était vu promettre. Vous pouvez être sûr que ce n'est pas « rien ».

— J'ai vu cet incident aussi, tout comme M. Barnes. C'est votre fils et ses amis qui ont commencé cette altercation aussi, renchérit Thane.

— Évidemment que vous dîtes ça. Vous êtes son père.

— Je n'étais pas le seul témoin.

Mais Blake n'était pas là pour appuyer sa déclaration et Kit s'était replié sur lui-même. Thane ne l'avait pas vu ainsi depuis le jour où il avait été appelé dans le bureau de Blake pour la première fois.

— Mason est un étudiant modèle. Il va à l'église le dimanche et participe aux activités en faveur de la jeunesse le mercredi. Il n'a jamais eu aucun problème à l'école avant aujourd'hui, dit mère de Mason. Pouvez-vous dire la même chose ?

— Mes croyances religieuses et la façon dont je les pratique ne sont pas en cause ici, répliqua Thane, refrénant sa colère de toutes ses forces. Et cela ne vous regarde en rien puisque c'est votre fils qui a attaqué Kit et non l'inverse, mais Kit n'a jamais eu aucun problème de discipline dans ses écoles précédentes non plus.

Il se tourna vers Williams.

— Kit n'est pas en faute ici. Et je vous en veux de remettre ça en question.

— Quelque chose doit expliquer le changement de comportement de Mason, protesta le père. Il ne réagirait pas de cette façon sans une provocation extrême.

Que Thane soit pendu si le père de Mason n'était pas avocat !

— Et quelle provocation supposez-vous d'un garçon de quinze ans dans une nouvelle école où il ne connaît personne d'autre que son frère et souffre de la mort récente de sa mère ait pu faire pour faire réagir votre fils ? demanda Thane d'une voix basse et dure.

Il espérait qu'ils entendraient la menace dans ses paroles parce qu'il aurait volontiers mis son poing en travers de la figure hypocrite de ce connard.

— Ne devriez-vous pas poser cette question à votre fils ?

— Non, je ne le devrais pas, parce que je sais que Kit n'a rien fait de mal, rétorqua Thane. Demandez plutôt à votre fils ce qui l'a amené à agir d'une façon qui lui ressemble si peu.

— Il n'arrête pas de me traiter de pédé ou de m'appeler par d'autres noms identiques, dit Kit. Comme si c'était une excuse ou quelque chose comme ça.

Thane le savait, il avait même entendu Kit le dire plus tôt, mais il avait atteint les limites de sa patience. Il se leva et prit son neveu par le bras.

— Kit a traversé assez d'épreuves comme ça. Si vous avez d'autres questions pour lui, vous pouvez les lui poser en privé. J'espère que nous pourrons régler cette affaire à l'école, mais si c'est impossible, mon avocat vous contactera avec des accusations d'agressions. Je ne laisserai pas Kit être harcelé de cette façon.

Les parents de Mason protestèrent, mais Thane en avait fini. Il guida Kit hors du bureau et vers la porte de l'école.

— Je dois retourner en classe.

— Pas avant que je sache que ce rat ne peut plus te faire de mal. Nous demanderons tes devoirs pour que tu puisses les faire à la maison, mais je ne te mettrai pas en danger.

Kit arbora une expression butée, rappelant tellement Lily à Thane à cet instant que c'en était douloureux de le regarder.

— J'irai quand même au théâtre, même si je dois y aller à pied. Entre M. Barnes et les autres élèves, je n'aurai rien à craindre.

Thane réprima son envie d'exiger de savoir où se trouvait Blake le lundi, quand Mason avait frappé Kit, ou où il était aujourd'hui après avoir promis de participer à la réunion pour les soutenir. Aussi en colère qu'il l'était contre Blake, il ne voulait pas blesser Kit davantage en pointant les manquements de son professeur préféré. Il parlerait simplement à Phillip pour lui demander de garder un œil vigilant sur Kit. Phillip ne laisserait pas tomber son frère.

THANE attendit que Kit et Phillip rentrent à la maison après leur activité de l'après-midi, et l'informent que Blake n'avait pas été là aujourd'hui non plus, pour atteindre le point de rupture. Il envoya les garçons faire leurs devoirs, prit son téléphone et sortit afin qu'ils ne l'entendent pas crier, et appela Blake.

Le téléphone sonna six fois avant de passer sur la messagerie vocale.

— À quel genre de jeu tu joues, bordel, Blake ? Tu as promis à Kit que tu serais à la réunion et tu n'étais pas là. Tu m'as promis qu'il ne craindrait rien et il a quand même fini avec un œil au beurre noir. Merde, tu as promis aux gosses du théâtre que tu travaillerais avec eux ce printemps, et tu n'étais pas là aujourd'hui. Tu as intérêt à avoir une sacrée bonne explication parce que si c'est comme ça que tu tiens tes promesses, je ne suis pas sûr que ça va marcher entre nous.

Il raccrocha avec une douleur dans la poitrine, mais il l'ignora. Il devait penser à Kit et Phillip maintenant. Si Blake ne pouvait tenir la plus simple des promesses, Thane ne pouvait laisser ses garçons compter sur lui plus qu'ils le faisaient déjà. Ils avaient expérimenté assez de pertes dans leurs jeunes vies. Ils n'avaient pas besoin de s'attacher à quelqu'un qui les laisserait tomber.

Peu importe que Thane ait fait exactement ce qu'il ne voulait pas que ses garçons fassent. Lui était adulte. Il s'en remettrait.

Son téléphone sonna quelques minutes plus tard, le nom de Blake apparaissant à l'écran.

— Tu as finalement décidé de me parler ? cracha Thane en décrochant.

— Tu sais quoi ? Peu importe, dit Blake à l'autre bout de la ligne. J'allais appeler pour essayer de t'expliquer que je n'étais pas à la réunion aujourd'hui parce que je n'étais pas autorisé à y assister, pas parce que je ne voulais pas y être, mais ça n'en vaut pas la peine. Tu es tellement déterminé à me tenir en piètre estime alors que j'ai fait tout ce que je pouvais – et même plus, dans certains cas – pour te montrer que je suis différent. Reprends ta colère et ton sale caractère et mets-les-toi où je pense. J'en ai fini.

— Qu'est-ce que tu veux dire par « pas autorisé » ? demanda Thane.

— On m'a dit que mon implication avec toi était un conflit d'intérêts dans cette histoire et que si j'avais de la chance, seule l'affaire en cours serait compromise et non mon travail, répondit Blake. Pense ce que tu veux de moi, mais je ferai toujours passer mes étudiants en premier. Au revoir, Thane.

La ligne fut coupée avant que Thane puisse répondre. Il faillit rappeler aussitôt pour exiger plus d'explications, mais Blake avait été plus que clair. Il ne considérait pas que leur relation valait la peine qu'on se batte pour elle et Thane avait sa fierté. Si Blake ne se battait pas pour eux, Thane ne perdrait certainement pas plus de temps avec ça. Il avait des choses bien plus importantes à faire de son temps.

Comme trouver comment empêcher que les retombées de cette histoire blessent Kit et Phillip.

Putain de bordel de merde !

Il pivota sur lui-même et envoya son poing dans la porte. Il avait eu une chose à faire après la mort de Lily. Une seule. Et c'était de faire en sorte que ses fils se sentent en sûreté et protégé. Au lieu de quoi, il s'était laissé distraire par un joli visage et un cul encore plus beau, et à quoi cela l'avait-il mené ? À être seul encore une fois, et avec le fardeau d'expliquer à Kit et Phillip pourquoi M. Barnes ne viendrait plus. Au moins, ils avaient fini de construire les décors. Thane n'aurait pas à affronter leurs expressions blessées parce qu'il ne venait plus à l'atelier théâtre pour aider. Il ne connaissait rien aux sons et aux lumières, et il ne ferait que gêner avec l'accessoirisation et le déplacement des décors. Il pouvait leur dire honnêtement qu'il avait fait

163

tout ce qu'il pouvait pour aider plutôt qu'admettre qu'il ne voulait plus voir Barnes. Il pouvait leur dire que les choses avaient suivi leur cours.

Ils n'avaient pas à le voir lécher ses plaies.

BLAKE posa son téléphone et s'appuya contre le dossier du canapé. Ce n'était pas la tournure qu'il avait espéré que prendrait leur conversation. Il avait espéré pouvoir expliquer sa situation à Thane et qu'ils pourraient trouver une solution. Une pause, peut-être, jusqu'à ce que l'école soit finie et que Kit et Phillip ne soient plus ses élèves.

M. Williams savait déjà que Blake était gay. Malgré tous les efforts des parents de Mason pour en faire un problème, cela n'en n'avait été un que parce que Blake avait fréquenté le tuteur de l'étudiant que leur fils était accusé de harceler. Blake avait essayé d'expliquer au directeur qu'il pensait que l'affaire était résolue quand Thane et lui avaient commencé à sortir ensemble, mais cela n'avait pas d'importance. Il avait franchi une ligne, même si c'était involontaire, et il avait de la chance de s'être fait retirer l'affaire et non son travail. Au moins, il pourrait aller à l'école le lendemain et dire à M. Williams que c'était terminé. Il l'aurait dit même si Thane et lui s'étaient mis d'accord sur une pause plutôt qu'une rupture, mais de cette façon, il n'aurait pas à détourner la vérité.

Il devait s'estimer heureux que ce soit arrivé maintenant. Thane avait du caractère et Blake en affrontait assez tous les jours à l'école. Mieux valait que les choses se terminent maintenant alors qu'il n'était qu'un peu mordu de cet homme plutôt que dans un an ou deux quand cela lui aurait complètement brisé le cœur.

Et il serait capable de rayer une chose dans sa liste de fantasmes inaccessibles. Pendant quelques semaines, il avait été l'amant de Thane Dalton.

Quelques semaines valaient mieux que rien, n'est-ce pas ?

Chapitre vingt-cinq

— **JE** peux retourner à l'école demain, oncle Thane, dit Kit quand il rentra à la maison après l'atelier théâtre le lundi. M. Barnes m'a dit que l'appel de Mason avait été rejeté. Il ne reviendra pas sur le campus jusqu'à la fin de l'année.

— C'est une bonne nouvelle. Es-tu à jour dans tes devoirs ?

Thane refusa de penser à Blake.

— Oui. J'ai eu tout le temps de travailler dessus pendant la journée, dit Kit. Je sais que tu t'inquiètes pour moi, mais tout va bien se passer. Mason est parti et aucun des autres ne s'en est pris à moi après que M. Barnes les a envoyés en suspension intra scolaire avant les vacances de printemps.

— Bien. Et c'est mon travail de m'inquiéter pour toi. Même si je suis heureux d'apprendre que les choses s'améliorent.

Kit serait heureux et en sécurité, et c'était tout ce qui comptait.

— Est-ce que tu vas reparler à M. Barnes maintenant que tout est réglé ? demanda Kit avec hésitation.

Thane sourit malgré le pincement dans sa poitrine qui devait être des brûlures d'estomac. Il ne laisserait pas cela être autre chose.

— Je ne sais pas, Kit. Nous nous sommes bien amusés ensemble, mais je ne suis pas sûr que nous soyons respectivement ce que l'autre veut ou ce dont il a besoin.

C'était mieux que de dire à Kit qu'il avait perdu son calme une fois de trop et que Blake avait changé d'avis concernant leur relation. Certaines choses valaient mieux de rester non dites.

— Je pense que tu lui manques, dit Kit. Il semble tout le temps triste quand il pense que nous ne regardons pas. Il sourit chaque fois que quelqu'un réclame son attention, mais nous n'avons jamais eu besoin de réclamer son attention avant.

Thane ne savait pas quoi dire. C'était Blake qui avait mis fin à ce qu'il y avait entre eux, pas lui, mais il ne pouvait pas le dire à Kit. Il ne ferait rien qui puisse nuire à l'image que son neveu avait de Blake, peu importe combien l'opinion de Thane était ternie.

— Jeudi prochain, nous faisons une répétition spéciale en costume et les familles sont invitées à y assister. Viendras-tu voir le spectacle? demanda Kit comme Thane ne répondit rien.

Thane acquiesça. Il pouvait le faire. Il pouvait voir le travail acharné de tout le monde porter ses fruits. Il n'avait pas à voir Blake.

— **JE** sais qu'il y a une représentation la semaine prochaine, mais tu as l'air bien plus crevé que d'habitude, dit Heidi quand ils se retrouvèrent pour boire un verre le samedi.

Il avait dû l'appeler la veille pour annuler leur rendez-vous hebdomadaire du vendredi. Ils étaient toujours en train de faire le maximum pour être prêts pour la soirée d'ouverture et ils accumulaient tous des heures supplémentaires pour finir à temps.

— As-tu travaillé toute la journée aujourd'hui aussi?

— Pas toute la journée, juste quelques heures, la corrigea Blake. Je ne dors pas bien ces jours-ci.

— Thane t'empêche de dormir la nuit? dit-elle avec un grand sourire.

— Non. Nous avons rompu.

— Quoi? s'exclama Heidi. Tu étais raide dingue de lui. Que s'est-il passé?

— S'engager avec lui était une erreur, répondit Blake avec fermeté.

166

S'il le répétait assez, il y croirait peut-être.

— Nous nous sommes amusés et le sexe était génial, mais nous sommes trop différents. En plus, je dois penser à mon travail.

Heidi plissa les yeux.

— Qu'est-ce qu'il a ton travail ? Tu as dit que ton directeur te soutenait.

— Il se fiche que je sois gay. Il avait un peu plus à dire sur le fait que je sortais avec le tuteur de deux de mes étudiants, et il a raison. Je savais que c'était une mauvaise idée quand j'ai franchi cette ligne.

— Ils ne seront pas tes étudiants pour toujours, fit remarquer Heidi.

— Non, mais Thane pensera toujours que je ne peux pas tenir mes promesses. Je peux vivre avec beaucoup de choses, mais pas avec quelqu'un qui ne croit pas en moi.

— Je suis désolée. D'après tout ce que tu as dit, je pensais qu'il était différent.

Blake se força à sourire.

— L'homme qui est fait pour moi est là dehors. Je dois seulement continuer à chercher jusqu'à ce que je le trouve.

S'il avait commencé à penser que cet homme pouvait être Thane, il ne pouvait s'en prendre qu'à lui-même. Il s'occupait d'adolescents rebelles toute la journée au travail. Il savait à quoi ils ressemblaient. Il aurait dû savoir que vingt ans n'auraient pas changé l'homme qu'était Thane au fond de lui.

THANE se faufila au fond du théâtre juste avant le début de la répétition générale. Kit et Phillip lui avaient expliqué qu'ils la conduiraient comme s'il s'agissait d'une vraie représentation, sans arrêt ni interruption, comme s'ils avaient un public payant plutôt que bénévole. La seule différence serait qu'à la fin, ils devraient rester pour débriefer les notes de la directrice de l'atelier et de Blake sur tout ce qu'ils auraient besoin de peaufiner avant la soirée d'ouverture. En théorie, ils avaient déjà tout peaufiné, mais c'était leur chance de s'assurer que tout se déroulait sans accrocs.

Normalement, les garçons rentraient directement après l'atelier puisque l'école ne se trouvait qu'à un kilomètre et demi de la maison, mais vu qu'il serait tard après la fin de la représentation, il resterait pour les attendre. Il devait vraiment s'intéresser à l'achat d'une voiture pour Phillip. Il n'aurait alors plus à s'inquiéter de rester et de tomber sur Blake.

Les lumières du théâtre s'éteignirent, les lumières de scène s'allumèrent et Thane sourit malgré ses pensées noires. La scène de rue était fantastique, exactement comme il l'avait imaginée quand ils avaient travaillé dessus. Il ne connaissait pas la musique du spectacle pour identifier les différentes compositions de l'ouverture, mais l'orchestre du lycée avait fait un travail remarquable. Il n'avait pas besoin de connaître les chansons pour le dire. Les acteurs arrivaient sur scène par groupes, traversant et retraversant la scène dans une chorégraphie complexe, puis l'une des cornes annonça le début d'une course de chevaux et trois des garçons commencèrent à chanter.

Thane se perdit dans le spectacle, alors que s'enchaînaient les numéros et les décors. Il n'en avait vu que des parties et des morceaux, mais c'était la première fois qu'il les voyait assemblés dans toute leur splendeur. Il ne put empêcher l'élan de fierté d'avoir joué un rôle dans leur création, si petit soit-il. Il devrait montrer son admiration à ses neveux après le spectacle de ce soir. Ils avaient fait beaucoup plus que lui et ils méritaient de savoir à quel point il les trouvait fantastiques.

Les acteurs se présentèrent sur scène à la fin du spectacle pour tirer leur révérence, suivis par l'équipe technique. Thane siffla avec enthousiasme les enfants avec lesquels il avait travaillé ces derniers mois. Indépendamment de la façon dont les choses s'étaient terminées avec Blake, les enfants de l'équipe technique étaient incroyables. Ils applaudirent l'orchestre, puis les deux premiers rôles disparurent dans les coulisses pour tirer Blake et un autre adulte sur la scène, tous deux riant de protestation.

Thane se délecta de la vue de Blake sur scène. Il avait l'air fatigué sous les projecteurs lumineux, bien que cela puisse être mis sur son manque de maquillage comparé aux acteurs qui étaient lourdement apprêtés pour la scène. C'était logique, cependant, vu les heures qu'ils avaient passées à travailler ces deux dernières semaines pour que tout soit prêt, mais Thane détestait voir ça.

L'autre professeure appela tout le monde à s'installer pour prendre des notes. Blake s'assit avec les enfants et Thane dut détourner le regard quand il vit Kit et Phillip s'asseoir de chaque côté de Blake. C'était peut-être une coïncidence. Il ne pensait certainement pas que Blake les avait attirés là pour rappeler à Thane tout ce à quoi il avait commencé à rêver et ne pouvait plus avoir. Blake était beaucoup de choses, mais même emporté par son sale caractère, jamais Thane ne l'aurait qualifié de cruel.

Cela ne fit que rendre la situation plus douloureuse. Il n'avait qu'une envie : aller s'asseoir avec eux sur la scène. Or il devait n'en ramener que deux sur trois à la maison. Pourquoi Blake ne pouvait-il être l'homme que Thane pensait qu'il était ?

Il s'éclipsa du théâtre pour attendre dans le pick-up. Kit et Phillip le trouveraient et il n'aurait pas à craindre de tomber sur Blake par mégarde.

BLAKE scruta la scène vide. La pièce avait été un succès complet. Les quatre représentations publiques ainsi que les deux pour le corps étudiant avaient joué à guichet fermé – ils avaient même dû refuser des gens le samedi soir – et les élèves étaient sur des petits nuages à cause de toute l'exaltation. Le démontage n'avait pris que quelques heures malgré la complexité des décors.

Il n'avait pas aperçu Thane une seule fois. Ni à la répétition générale familiale, ni à aucune des représentations, ni au démontage. Il espérait que c'était seulement lui qui ne l'avait pas vu. Il ne pouvait imaginer que Thane ne soit pas venu à au moins une représentation pour soutenir Kit et Phillip. Vu le soutien sans faille qu'il leur avait apporté pour tout le reste, il était sûrement venu pour s'éclipser à la fin, avant que Blake ne sorte pour remercier tout le monde de leur participation.

Cela faisait mal, mais il devrait le gérer. Il avait mal réagi aux accusations de Thane et avait mis fin à leur relation au lieu d'essayer de trouver une solution. C'était probablement pour le mieux. Il ne voulait pas être avec quelqu'un qui douterait toujours de lui, mais... oh, comme Thane lui manquait !

Il s'était habitué à l'avoir à proximité, à le voir travailler à ses côtés avec une blague, un sourire ou un commentaire sarcastique. Peu importe lequel des trois. Ils avaient tous fait rire Blake. La tension qui couvait juste sous la surface lui manquait, lorsqu'il se demandait quand le prochain contact viendrait attiser un peu plus les braises. Pendant quelques semaines, Thane l'avait fait se sentir attirant. Plus que cela, Thane l'avait fait se sentir digne de cette attention.

Pas grâce au sexe – aussi bon qu'il l'ait été. Mais grâce à la façon dont Thane l'avait regardé, comme un trésor auquel s'accrocher, quel qu'en soit le prix. Sauf que Thane ne s'était pas accroché. Il n'avait même pas écouté quand Blake avait tenté de s'expliquer. Certes, le coût de son échec à l'école avait été la sécurité de ses neveux et Blake n'était pas assez stupide pour penser qu'il pourrait un jour rivaliser avec l'amour que Thane leur portait, mais quand il avait fait ce qu'il avait fait pour la même raison – parce qu'il aimait les garçons, lui aussi – ça avait fait mal.

C'était mieux ainsi. Il le savait, mais son cœur n'avait pas encore reçu la nouvelle. Il fallait juste lui donner du temps.

— **C'EST** ridicule, s'exclama Kit, le week-end qui suivit la fin de l'école pour l'été. Oncle Thane est malheureux. M. Barnes est malheureux. Nous devons faire quelque chose.

— Tu réalises qu'ils pourraient ne pas nous remercier de notre ingérence, commenta Phillip en s'asseyant en face de Kit à la table de la terrasse. Pour le moment, ils ne sont pas heureux, mais ils ne sont pas en colère contre nous.

— Ouais, mais pourquoi sont-ils malheureux? répliqua Kit. C'est à cause de nous. Ou de moi, en tout cas.

— Qu'est-ce que tu racontes?

— J'ai entendu les parents de Mason remettre la partialité de M. Barnes en question parce qu'il sortait avec oncle Thane et comment ils pourraient utiliser cette information pour obtenir que les charges contre Mason soient rejetées, avoua Kit. Tu sais que M. Barnes ne les laisserait jamais utiliser oncle Thane contre moi, et qu'oncle Thane et lui ont arrêté de se parler le jour où j'ai vu M. Williams.

— Ça ne veut pas dire qu'ils veulent se remettre ensemble, dit Phillip. Même si ce n'est pas une coïncidence, les choses n'ont pas changé.

— Bien sûr qu'elles ont changé, rétorqua Kit. Nous sommes en première maintenant. Même si nous rencontrions des difficultés ou nous nous attirions des ennuis, nous n'irions pas voir M. Barnes. Nous irions voir Mme Calhoun. Ça veut dire que personne ne pourrait utiliser leur relation pour essayer de nous atteindre.

— C'est faire la supposition que le problème venait de nous et pas du fait que M. Barnes est gay, fit remarquer Phillip.

— Tout le monde sait qu'il est gay. Si c'était le problème, il ne serait plus à Henry Clay, insista Kit. Nous devons juste les enfermer ensemble quelque part jusqu'à ce qu'ils arrêtent de bouder et se parlent.

— Tu dis ça comme si c'était facile, dit Phillip. Nous n'avons pas vraiment beaucoup de pièces qui ferment à clé dans le coin, et même si c'était le cas, comment les mettons-nous là-dedans tous les deux en même temps?

— Je n'ai jamais dit que ce serait facile, répondit Kit. Juste nécessaire. Je sais qu'on se mêle de ce qui ne nous regarde pas, mais ils étaient heureux. Je ne l'ai pas imaginé, n'est-ce pas?

— Non, confirma Phillip lentement. Tu ne l'as pas imaginé.

— Alors, nous devons arranger ça. Tu travailles avec oncle Thane. Vois si tu peux l'amener à te dire ce qui a mal tourné. Ça nous aidera à savoir comment arranger les choses.

Phillip renifla avec dérision.

— Tu crois vraiment qu'il va me parler de sa vie amoureuse?

— Tu as une petite amie. Utilise Darcy comme excuse pour amener le sujet et en parler. Trouve quelque chose dans le genre : tu ne veux pas faire les mêmes erreurs avec elle que lui a faites avec M. Barnes. Mais... en plus sympa.

— Ouais, ça va très bien se passer, je vois ça d'ici. La dernière fois que j'ai essayé de lui demander des conseils, il m'a dit où il gardait les préservatifs. Je n'ai pas besoin qu'il remette ça. Je ne veux *pas* penser à oncle Thane en train de coucher avec quelqu'un, surtout pas avec M. Barnes.

— Allez, Phillip. Tu dois m'aider.

Phillip soupira.

— D'accord, mais si j'ai droit à un autre chapitre sur les rapports sexuels protégés ou le consentement enthousiaste, tu devras faire mes corvées pendant un mois.

Kit sourit.

— Ça marche.

Chapitre vingt-six

LE téléphone de Blake vibra, détournant son attention du rapport de fin d'année qu'il devait terminer avant de pouvoir entamer ses vacances. Les étudiants étaient rentrés chez eux pour l'été presque deux semaines plus tôt et il n'était plus très loin lui-même de faire pareil. Il ne reconnut pas le numéro, mais en même temps, il recevait beaucoup d'appels de parents et n'enregistrait pas tous leurs numéros dans son téléphone.

— Allô?

— Bonjour, monsieur Barnes. C'est Kit. Kit Parkins. Est-ce que vous avez une minute?

— Bien sûr, Kit. J'ai tout le temps dont tu as besoin.

Il éteignit l'écran de son ordinateur afin d'accorder à Kit son entière attention. Tous les élèves du théâtre avaient son numéro, juste au cas où, mais Kit ne l'avait jamais appelé auparavant.

— J'avais quelques questions à propos de l'année prochaine, des cours et tout ça. J'espérais que vous pourriez me donner des conseils, dit Kit.

— Ta conseillère d'orientation serait sans doute la meilleure personne à qui parler, répondit Blake.

— Peut-être, mais je ne la connais pas très bien. Je ne suis pas sûr qu'elle m'aime bien. Je sais que vous me donnerez de bons conseils.

Blake sourit, même si Kit ne pouvait pas le voir. Plus d'un étudiant avait fait des réflexions de ce genre sur la conseillère scolaire, mais Blake ne l'avait jamais vue refuser de parler à un élève. Cela n'avait pas d'importance, cependant. Kit venait de lui demander son aide et Blake ne la lui refuserait pas.

— Je serais heureux de t'aider. Veux-tu venir à l'école pour que nous puissions en discuter ? Ce sera plus facile en personne qu'au téléphone.

— Nous pourrions déjeuner, suggéra Kit. Chez *Newk* ou quelque part pas trop loin.

Blake aurait dû refuser, mais il devait manger, et sortir du bâtiment pendant quelques heures ne lui ferait pas de mal.

— D'accord. Veux-tu que nous nous voyions aujourd'hui ? demanda Blake.

— Est-ce qu'on peut faire ça demain, plutôt ? Je suis censé déjeuner avec oncle Thane et Phillip aujourd'hui, répondit Kit.

— Demain alors, acquiesça Blake. Je te retrouverai chez *Newk* à midi.

— Génial. À plus tard !

Blake mit fin à l'appel et espéra qu'il n'était pas en train de commettre une autre erreur colossale. Thane n'approuverait pas leur rendez-vous, mais Blake s'en moquait. Kit avait besoin d'aide et Blake pouvait la lui apporter. Thane pouvait aller se faire voir. S'il n'arrivait pas à voir que Blake aidait, c'était sa faute pour être si obstiné.

M. BARNES *a dit oui. Midi demain chez* Newk. *Tu dois faire venir Oncle Thane.*

— Oncle Thane, est-ce qu'on peut manger un vrai déjeuner aujourd'hui ? demanda Phillip un peu avant que Thane soit prêt à donner le signal de la pause déjeuner. Je n'ai pas vraiment envie de manger encore un sandwich. J'ai faim une heure plus tard.

173

— Tu aurais dû le dire, répondit Thane. Nous aurions pu te préparer un déjeuner plus consistant.

Phillip haussa les épaules.

— Ouais, je suppose. Alors, on peut ?

— Tu penses à un endroit en particulier ? demanda Thane.

— *Newk* n'est pas loin et j'aime manger là-bas, dit Phillip. En plus, là-bas je peux te parler sans m'inquiéter que quelqu'un entende quoi que ce soit.

— Y a-t-il quelque chose dont nous devons parler ? demanda Thane en prêtant plus attention, maintenant.

Il se rappelait avoir eu seize ans et toujours faim. La seule surprise ici, c'était le temps qu'il avait fallu à Phillip pour lui dire. Avoir besoin de parler était quelque chose de totalement différent. D'après son expérience, les garçons adolescents ne parlaient pas s'ils pouvaient l'éviter, sauf à la fille ou au garçon qui avait éveillé leur intérêt.

— Ouais. Ce n'est rien de grave. Je veux juste… eh bien, nous en parlerons quand nous serons là-bas, d'accord ?

Thane haussa un sourcil, mais acquiesça. Cela ne ferait pas de mal d'abandonner le chantier pendant une heure et il pourrait creuser le sujet qui faisait se tortiller Phillip comme un gamin pris la main dans le sac.

THANE suivit Phillip chez *Newk* peu après midi. L'hôtesse inscrivit leurs noms pour une table de deux et Thane s'installa et attendit qu'on les appelle, profitant de la climatisation qui soufflait sur son visage. C'était un confort que le chantier ne pouvait pas fournir.

— Regarde, c'est M. Barnes, dit Phillip. Nous devrions aller lui dire bonjour.

Thane n'avait aucune envie de se trouver où que ce soit près de Blake, mais il s'était promis de ne pas entraîner Kit et Phillip avec lui alors il plaqua un sourire poli sur son visage et suivit Phillip dans le restaurant. Il parcourut la moitié du chemin jusqu'à la table et se figea lorsqu'il vit Kit assis en face de Blake.

— Qu'est-ce que tu fais ? siffla-t-il à l'intention de Phillip.

Phillip l'ignora et tira Thane derrière lui. Thane aurait pu lui faire lâcher prise, mais il n'avait pas du tout envie de faire une scène en public.

— Bonjour, monsieur Barnes, dit Phillip avec un trop plein d'enthousiasme.

Il préparait quelque chose.

— Nous ne nous attendions pas à tomber sur vous ici.

Kit se leva et Phillip poussa Thane vers la chaise vide.

— Mais puisque vous êtes ici tous les deux ici, vous devriez parler, ajouta Kit. Nous allons vous laisser tranquilles pour que vous n'ayez pas à vous inquiéter des oreilles indiscrètes.

Thane lança un regard noir à un neveu, puis à l'autre. Ils lui retournèrent un visage rayonnant, puis Phillip redevint sérieux.

— Écoutez, je ne sais pas ce qui a mal tourné entre vous, mais je sais que vous étiez heureux quand vous étiez ensemble et que vous êtes malheureux maintenant que vous ne l'êtes plus. Vous êtes tous les deux trop intelligents pour gâcher quelque chose de bien. Parlez-vous et arrangez ça. Nous voulons que vous soyez tous les deux heureux à nouveau.

— Ce n'est pas si simple, commença Blake, mais Kit et Phillip secouèrent la tête et s'éloignèrent.

— Je suis désolé qu'ils aient fait ça, s'excusa Thane. Je vais y aller.

— Tu n'es pas obligé, répondit Blake doucement. Ils ont raison. Ou du moins ils n'ont pas tort en ce qui me concerne. Je suis plutôt malheureux depuis que nous avons rompu.

— C'est toi qui as mis un terme à notre relation, rétorqua Thane en essayant de garder une voix neutre.

— Oui, je sais. T'es-tu jamais demandé pourquoi? demanda Blake qui leva les yeux vers lui avec un sourire peiné.

Bien sûr qu'il s'était posé la question, mais les raisons n'avaient plus eu d'importance quand Blake avait mis fin à leur relation.

— Probablement parce que j'ai mauvais caractère et que j'ai laissé ma grande gueule parler pour moi, répondit Thane. J'ai dit des choses que je n'aurais pas dû dire.

Blake haussa les épaules.

— Oui, en effet, et elles m'ont blessées, mais tu protégeais les garçons. Ce n'était pas le problème.

— Alors qu'est-ce qui l'était?

— Le fait que tu ne voies pas à quel point j'essayais de faire la même chose, répondit Blake. De toutes les choses dont tu aurais pu m'accuser, c'est celle qui avait l'assurance de me faire le plus de mal.

— Qu'étais-je supposé penser? demanda Thane.

— Que je faisais de mon mieux, que j'avais une raison, peut-être même une bonne, de ne pas être à cette réunion et que je tiens à eux autant

175

que toi, s'exclama Blake avec incrédulité. Ou même m'écouter quand j'ai essayé de t'expliquer pourquoi je n'étais pas là avant de décider que je les avais abandonnés. Thane, mon directeur se trouvait entre le marteau et l'enclume. Si j'avais assisté à cette réunion, tout ce que j'aurais dit aurait aggravé la situation parce que les parents de Mason ont découvert notre relation. J'ignore comment. Je suppose que ça n'a pas d'importance. Mais ils ont mis en doute mon impartialité. Si j'avais ne serait-ce que corroboré l'histoire de Kit, on aurait pu dire que nous avions répété ou que je lui avais dit quoi dire, et Mason n'aurait peut-être pas été puni. J'ai été écarté de cette réunion avec mon travail en ligne de mire afin de protéger Kit.

— Tu n'aurais pas pu trouver un moyen de me dire ça avant la réunion? demanda Thane. Tu as mon numéro de portable. Tu aurais pu appeler.

— C'était mon intention, répondit Blake, mais je n'ai pas eu le temps. J'ai quitté la réunion avec le directeur et avant même de pouvoir retourner à mon bureau pour réfléchir à la suite, je me suis retrouvé coincé avec une affaire toute différente. Quand j'ai eu terminé de gérer ce cas, la réunion était en cours, sinon terminée. Je travaille dans un lycée. Il y a toujours quelque chose qui réclame mon attention et, la plupart du temps, c'est urgent. Je t'ai dit ce soir-là que je ferais toujours passer mes étudiants en premier, peu importe ce que cela me coûte, et je le pensais. Je n'ai simplement pas pensé que le coût serait de te perdre.

— J'ai merdé, pas vrai? dit Thane.

— C'est une façon de le dire.

Thane se frotta le visage, extrêmement conscient de la sueur dans sa barbe maintenant qu'il était assis en face de Blake et non de Phillip.

— Je suis désolé. Kit était blessé et effrayé et j'étais tellement en colère.

— Et j'étais un bouc émissaire idéal. Je ne peux pas te reprocher de vouloir protéger Kit, mais je ne veux pas d'une relation avec quelqu'un qui va se retourner contre moi quand les choses se corsent. Tu as deux garçons incroyables et magnifiques à élever et j'ai hâte de voir les hommes qu'ils deviendront. Avec toi comme modèle, je sais qu'ils feront de grandes choses. Mais élever des adolescents n'est pas facile, peu importe combien ils sont incroyables. Il y aura des jours où tu voudras les étrangler.

Aujourd'hui était l'un de ces jours, avec leur petit tour pour les réunir, Blake et lui, ici.

— Peu importe combien tu veux les étrangler, tu n'en seras pas capable et tu devras trouver une autre façon d'évacuer cette frustration. L'issue la plus facile sera toujours ton partenaire. Je ne peux pas être cette personne.

— Ce que je vais dire va m'enfoncer davantage au lieu de me sortir du trou, dit Thane, mais je n'étais pas en colère en général. J'étais en colère contre toi. À tort, peut-être, mais c'était très spécifique. J'ai assez de bon sens pour ne pas m'en prendre à des gens au hasard s'il s'agit de quelque chose que quelqu'un d'autre a fait pour me mettre en colère.

— Ouais, ça n'aide pas, confirma Blake, mais il souriait, ce qui voulait dire que l'honnêteté de Thane devait avoir compté pour quelque chose.

Si c'était le moyen de récupérer Blake, il pouvait le faire.

— Pour ce que ça vaut, même en pensant que tu nous avais tous laissé tomber, tu m'as manqué. Phillip et Kit avaient raison. Ça n'a pas été deux mois joyeux. J'ai assisté à toutes les représentations de *Guys and Dolls* et je me suis assis dans le fond pour pouvoir t'apercevoir quand tu montais sur scène, à la fin. Ensuite, j'ai un peu traîné pour te regarder féliciter les enfants et j'ai vu que tu restais un peu plus longtemps avec Kit et Phillip qu'avec les autres enfants. Et chaque fois que tu le faisais, j'avais un flash de ce que j'avais perdu. J'avais cette vision de nous quatre en tant que famille. Et la famille se serre les coudes quoiqu'il arrive.

— En effet, acquiesça Blake, mais nous ne sommes pas encore une famille, d'aucune façon que qui que ce soit reconnaîtrait. Si nous l'avions été, j'aurais pris des mesures pour éviter le conflit d'intérêts et j'aurais pu, alors, assister à la réunion en tant que second tuteur, ou du moins en tant que ton partenaire. J'aurais pu faire partie de cette image, mais telles qu'étaient les choses, je devais m'effacer complètement ou tout risquer. J'allais te le dire ce soir-là. J'avais prévu de t'appeler et de t'expliquer que nous devions faire une pause. Pas rompre, juste faire une pause jusqu'à la fin des cours. Mais je ne peux pas être avec quelqu'un qui pense le pire de moi. Je ne peux pas m'infliger ça.

— Non, tu ne peux pas, dit Thane. J'étais trop en colère pour t'écouter quand tu m'as expliqué pourquoi tu n'avais pas tenu tes promesses, alors je n'ai pas vu que tu les tenais d'une manière différente. J'aimerais pouvoir en dire autant de moi-même. Je t'ai dit que je te traiterais comme tu le méritais et puis j'ai tout fichu en l'air la première fois que les choses se sont compliquées. Si tu me donnes une autre chance, je ferai mieux cette fois.

Blake rit, un son faible et un peu larmoyant.

— Et comment exactement vas-tu faire mieux que ta première tentative ? Parce que jusqu'au moment où Mason a frappé Kit, tu étais tout ce dont je rêvais sans jamais imaginer pouvoir l'obtenir un jour.

Cette déclaration scella l'affaire. Thane ne laisserait plus jamais Blake s'en aller.

— Je suis sûr que je peux trouver quelque chose. Nous pourrions aller chez *Oakroom* à Louisville ou chez *Orchids* à Cincinnati. Ou à Chicago, c'est à seulement six heures d'ici. Nous pourrions passer quelques jours là-bas.

— Arrête, dit Blake en riant sincèrement cette fois. Je n'ai pas besoin que tu m'invites dans de grands restaurants.

— Alors dis-moi ce que tu veux, dit Thane tout à fait sérieusement.

— Que penses-tu de dîner chez toi avec les garçons ? Tu as dit que tu voulais que nous soyons une famille. Nous savons déjà que nous sommes compatibles sur le plan romantique. Je n'ai jamais été séduit comme tu l'as fait. Mais me garder signifie plus que des dîners romantiques et du sexe torride pendant ta pause déjeuner. Peut-être devrions-nous voir si je m'intègre au reste de ta vie avant que tu commences à planifier des voyages plus élaborés.

— Je ne sais pas cuisiner, lâcha Thane de but en blanc. Dîner chez nous se résume généralement à commander des plats à emporter, réchauffer des lasagnes surgelées ou quelque chose du même genre. Quand je vivais seul, ça n'a jamais eu d'importance.

— C'est une bonne chose pour toi que je sache cuisiner, alors, dit Blake. Tu vois ? C'est le genre de choses que nous devons apprendre si nous sommes amenés à vivre ensemble.

— Est-ce que ça veut dire que tu vas me donner une autre chance ? demanda Thane.

Il ne reprocherait pas à Blake de faire traîner les choses et de le faire ramper. Il le ferait, même, si cela signifiait obtenir la famille qu'il ne savait pas qu'il voulait avant de la perdre.

— Nous verrons comment les choses se passent.

Thane ferait avec. Il passerait le reste de sa vie à s'assurer que Blake ne regrette pas cette décision.

— Alors dans ce cas, est-ce que je peux t'inviter à déjeuner ?

— Pourquoi ne rappelles-tu pas Kit et Phillip pour nous inviter tous les trois à déjeuner ? suggéra Blake. Ils sont directement intéressés dans cette histoire, eux aussi. Sans leur intervention, nous ne serions pas ici, maintenant.

Blake avait raison, bien sûr, mais Thane n'allait pas les laisser s'en tirer aussi facilement.

— Ils peuvent s'offrir leurs propres déjeuners.

Blake lui adressa un regard indulgent.

— Ils peuvent s'asseoir avec nous, mais uniquement parce que tu le désires.

— Est-ce que ça veut dire que je fixe les règles, dorénavant? le taquina Blake.

— Probablement pas toujours, admit Thane. J'ai du caractère et je suis trop fier pour savoir quand faire marche arrière parfois. Alors, je ferai probablement des trucs stupides et je claquerai la porte. Rappelle-toi seulement que je reviendrai toujours.

Chapitre vingt-sept

— **C'EST** la cuisine la moins fournie que j'ai jamais vue, soupira Blake en ouvrant les placards et les tiroirs chez Thane, le lendemain soir. Tu as cet espace incroyable avec de superbes comptoirs et des appareils électroménagers neufs et pas le moindre accessoire pour préparer à manger.

— J'ai quelques casseroles, répondit Thane sur la défensive.

Thane était un célibataire qui avait vécu seul jusqu'à il y a avait encore six mois. Il n'avait jamais eu besoin de plus qu'une casserole et peut-être une poêle.

Blake leva les yeux au ciel.

— Demain, nous irons faire les magasins pour t'acheter une vraie batterie de cuisine. Pour ce soir, je me débrouillerai avec ce dont je dispose ici. Où sont les garçons ?

— Probablement en train de jouer à des jeux vidéo. Pourquoi ?

— Parce qu'il est grand temps que vous appreniez tous à cuisiner, dit Blake. Ils iront bientôt à l'université et ne pas être capable de suivre une recette simple est ridicule. Au contraire, ils pourront utiliser ce qu'ils apprendront pour impressionner leurs rendez-vous plus tard.

— Est-ce là ce que tu fais ? demanda Thane en se rapprochant de lui.

Blake lui lança un regard réprobateur.

— Non, je te nourris pour que tu ne commandes pas à nouveau à emporter, répliqua-t-il. Va chercher les garçons pendant que je décide ce que je peux faire avec ce que j'ai ici. Je savais que j'aurais dû amener des choses de chez moi.

— Nous pouvons retourner les chercher. Ton appartement n'est pas si loin, proposa Thane.

Blake fit un nouveau tour de la cuisine, sortant finalement une casserole noire du tiroir sous le four, en complément de la poêle à frire et de la petite marmite sur le feu.

— Non, nous nous débrouillerons pour ce soir. Va chercher les garçons.

Thane alla jusqu'à la porte de la cuisine et cria après les garçons. Kit et Phillip débarquèrent dans la cuisine quelques instants plus tard.

— J'ai besoin d'aide pour préparer le dîner, annonça Blake. Lavez-vous les mains et venez par ici.

— Oooh, monsieur Barnes, pleurnicha Phillip.

— Vous êtes tous les deux bien assez vieux pour aider en cuisine, rétorqua Blake, et étant donné que vous avez comploté pour nous réunir, votre oncle et moi, je pense que vous avez gagné le droit de m'appeler Blake quand nous ne sommes pas à l'école.

— Vraiment ? demanda Kit.

— Au premier dérapage à l'école, si j'entends mon prénom une seule fois, je vous envoie tous les deux en suspension intra-scolaire pendant un mois.

Blake agita le couteau dans sa main pour appuyer ses paroles. Thane étouffa un ricanement en les voyant blêmir. Il n'aurait jamais besoin de s'inquiéter de problèmes de discipline avec Blake dans les parages.

— Ça n'arrivera pas, dit rapidement Phillip.

Blake sourit.

— Bien. Lavez-vous les mains, qu'on puisse s'y mettre.

Les garçons se dirigèrent vers l'évier de la cuisine. Thane passa un bras autour de la taille de Blake. Il fut tenté de nicher son nez au creux de son cou, mais Kit et Phillip étaient là, même s'ils avaient le dos tourné, et il ignorait comment réagirait Blake s'il lui montrait de l'affection devant eux. Il espérait qu'ils finiraient par atteindre cette étape, mais il n'allait pas pousser sa chance si tôt après son retour parmi eux.

— Tu es vraiment bon avec eux.

Blake haussa les épaules.

— C'est mon travail. Lave-toi les mains aussi. Tu vas mettre la main à la pâte, toi aussi. Tu n'y échapperas pas.

Thane se lava les mains avec obéissance et revint se placer à côté de ses neveux qui regardaient Blake dans l'attente de ce qui allait suivre. Il tendit à Phillip un couteau et une tête de brocoli.

— Coupe-la en petits morceaux. Il vaut mieux qu'ils soient un peu trop petits que trop gros. Il n'y a pas de planche à découper, tu devras donc le faire sur le comptoir. Ça devrait aller tant que tu n'enfonces pas la lame directement dans la surface.

Phillip hocha la tête et se mit au travail, coupant soigneusement une section du brocoli à la fois.

— Kit, tu vas travailler sur le maïs. Laisse-moi te montrer.

Il rabattit les feuilles d'un épi, le lava et remballa l'épi en remontant les feuilles.

— Lave-les tous et ensuite nous les ferons cuire au micro-ondes.

— Je m'en occupe, dit Kit.

— Et moi ? demanda Thane.

— Tu vas m'aider avec les côtelettes de porc, expliqua Blake. Nous devons mélanger un peu de panure pour les en recouvrir et ensuite nous les ferons frire légèrement dans la poêle.

— En français ? plaisanta Thane.

Blake le frappa sur la hanche. Thane sourit et le frappa à son tour… sur les fesses. Blake rougit, mais ne le réprimanda pas ni ne s'écarta. Bien.

— Prends le paquet qui dit « chapelure », là-bas, et une assiette, dit Blake. Est-ce assez simple pour toi ?

— Je peux gérer ça.

Il attrapa le paquet et une assiette puis observa Blake en verser sur la surface et ajouter une pincée de ci et une cuillerée de ça.

— Qu'est-ce que tu mélanges ?

— Des épices. C'est une leçon avancée. Nous allons commencer par la cuisson de la viande, parce que tu peux la préparer sans tous les extras. Et différentes personnes aiment différentes épices, alors c'est un peu de l'expérimentation, pas quelque chose qui est figé dans le marbre. Maintenant, j'ai besoin d'un bol pour y battre un œuf.

— À quoi sert l'œuf? demanda Thane en sortant un bol du placard.

— Nous avons besoin d'une mixture collante pour que la panure accroche à la viande sinon nous aurons simplement des côtelettes dorées au lieu de côtelettes panées, expliqua Blake.

Il cassa un œuf dans le bol et le battit avec une fourchette.

— Sors une côtelette de porc de l'emballage, plonge-la dans l'œuf, puis roule-la dans la panure.

— Qu'est-ce que tu fais? demanda Thane en suivant les instructions de Blake.

— Je fais chauffer la poêle avec un peu d'huile d'olive pour que la viande ne colle pas. Quand tu as fini, mets-la dans la poêle.

Thane déposa la viande dans la poêle avec précaution, ne voulant rien faire de travers ni se brûler. Blake se moqua de lui, mais il ne dit rien de plus alors que Thane passait à la suivante et ainsi de suite jusqu'à ce que tout le paquet soit en train de cuire.

— Qu'est-ce que je fais avec le brocoli maintenant qu'il est coupé? demanda Phillip, attirant leur attention.

— Nous allons l'assaisonner avec un peu d'huile et du sel et le mettre au four, répondit Blake. Rien d'extraordinaire, mais ça le rendra un peu croustillant et ça lui donnera une saveur supplémentaire.

Il aida Phillip à mettre le brocoli au four, puis vérifia les progrès de Kit avec le maïs et Thane se crut au paradis. C'était tout ce qu'il avait rêvé d'avoir. C'était ce qu'il *aurait* maintenant que Blake lui avait donné une seconde chance.

LES garçons disparurent après avoir aidé à faire la vaisselle, laissant Thane et Blake seuls dans la cuisine.

— Tu veux regarder un film et qu'on s'embrasse sur le canapé? demanda Thane.

Blake rit, ce qui avait sans nul doute été l'intention de Thane, mais il n'était pas encore prêt à aller aussi loin.

— Je regarderai un film avec toi, mais si tu veux que nous nous embrassions, nous devrons aller chez moi. Je n'ai aucune envie que nous soyons à nouveau interrompus.

— Ils savent que nous sommes à nouveau ensemble. Ils ne sont pas stupides. Ils vont bien deviner que nous avons des relations sexuelles. Si ce n'est pas ce soir, alors bientôt.

— Je sais, dit Blake. C'est juste que…

Comment exprimer ses préoccupations avec des mots ?

— Je sais que je ne suis plus leur proviseur maintenant qu'ils sont officiellement passés en première, mais je reste un proviseur adjoint de leur école et il y a une limite au-delà de laquelle je me sens à l'aise avec ce que savent mes élèves à mon sujet.

— Pour l'heure, j'imagine qu'ils sont retournés à leurs jeux vidéo et qu'ils portent leurs écouteurs pour ne pas avoir à s'inquiéter d'entendre quoi que ce soit. Parce qu'à moins que les enfants n'aient changé *du tout au tout* au cours des vingt dernières années, ils n'ont vraiment pas envie de penser à leur vieil oncle et leur proviseur en train de prendre leur pied.

— Tu n'es pas vieux, lâcha Blake aussitôt.

— Et tu n'es pas leur proviseur ici, lui rappela Thane. Tu es le petit ami de leur oncle et peut-être, plus tard, un oncle de substitution toi-même, si tu veux ce rôle. Tu leur as dit de t'appeler Blake. À combien d'autres étudiants as-tu permis de le faire ?

— Aucun, dut-il admettre. J'entends ce que tu dis. J'ai juste besoin d'un peu plus de temps pour me faire à cette idée. Tu peux m'accorder ça ?

— Tout ce que tu veux, répondit Thane. Tu m'as manqué et ça inclut de t'avoir dans mon lit, mais j'ai passé ces derniers mois à rappeler la définition du consentement à Phillip, maintenant qu'il a commencé à sortir avec une fille. Je ne vais pas faire pression sur toi concernant une chose avec laquelle tu n'es pas à l'aise. C'est seulement…

— Seulement, quoi ? l'incita Blake, charmé par l'image de Thane cherchant ses mots pendant une conversation sur le sexe avec Phillip.

Mais là encore, aussi direct que l'était Thane, peut-être n'avait-il pas du tout cherché ses mots.

— Je veux tout. La maison, les enfants, une vie ensemble, en famille, dit Thane. Je sais qu'il va falloir du temps pour trouver une solution, surtout vu la façon dont j'ai tout fait foirer, mais je veux atteindre un point où nous pouvons parler de ton emménagement ici ou de nous quatre à la recherche d'un nouveau chez nous. Je veux rire avec toi pendant le dîner tous les soirs et prendre plus de cours de cuisine. Je veux que Kit et Phillip aient tout ce que tu peux leur offrir. Je ne suis pas cultivé. Je ne suis pas instruit. Je n'ai pas vraiment voyagé. Jusqu'à tout récemment, je passais tout mon temps à bâtir une entreprise qui pourrait subvenir à mes besoins. Tu es toutes ces choses, tout comme Lily l'était. Je ne veux pas qu'ils perdent ça parce qu'elle n'est plus là. Mais une partie de ton emménagement inclut de pouvoir être affectueux, intime même, en présence de Kit et Phillip.

— Tu n'es pas vraiment un exhibitionniste, n'est-ce pas ? demanda Blake, juste pour voir s'il pouvait troubler Thane.

À sa grande surprise, cela fonctionna.

— Ce n'est pas ce que j'ai voulu dire, bredouilla-t-il, mais je ne veux pas avoir à me demander si je peux t'embrasser ou non parce qu'ils sont dans la même pièce que nous. Je ne veux pas avoir à me demander si je peux te murmurer des mots crus à l'oreille et t'attirer dans mon lit quand ils sont à la maison. Notre relation n'est pas quelque chose dont nous devons avoir honte et je n'agirai pas comme si c'était le cas.

— Non, nous ne devons pas en avoir honte, admit Blake, mais c'est quelque chose de privé, et ce n'est pas quelque chose que je partage bien. Donne-nous à tous le temps de nous habituer aux ajustements qui vont avec le fait d'être la famille que tu as décrite. Ça viendra en temps voulu. Et pour ta gouverne, je ne suis peut-être pas prêt à ce que tu m'attires dans ton lit quand les garçons sont à la maison, mais je ne vois pas d'inconvénient à ce que tu m'embrasses. Un gentil baiser compatible avec la vie de famille. Pas un baiser qui serait un prélude à me traîner au lit.

— Est-ce que je peux t'embrasser comme ça quand les garçons ne sont pas là ? demanda Thane.

Blake s'arrêta un instant, à l'affût du moindre bruit de pas dans le couloir. N'entendant rien, il attrapa Thane par les cheveux et l'obligea à baisser la tête jusqu'à ce que leurs lèvres se touchent presque.

— Je serai très contrarié que tu ne le fasses pas.

Chapitre vingt-huit

Six mois plus tard

— **KIT,** le minuteur est en train de biper. Sors les biscuits du four et lance la fournée suivante, veux-tu ? l'interpella Blake. Ensuite, tu pourras aider Phillip avec le saumon pour ce soir. Ton oncle va rentrer d'ici une demi-heure et nous voulons décorer l'arbre après le dîner.

— Bien sûr, répondit Kit en se dirigeant vers la cuisine.

Blake termina de sortir les décorations de Noël qu'il avait récupérées de l'espace de stockage dont il disposait à son appartement. Il faudrait qu'ils voient ce que Thane possédait, et aussi ce qui venait de Lily, afin de décider de la meilleure façon de combiner trois ensembles de décoration traditionnelle cette année. Ils avaient parcouru tant de chemin au cours de l'année écoulée.

— Aïe, merde !

186

D'accord, peut-être pas dans tous les domaines. Blake posa la boîte et alla voir ce qui avait provoqué le juron de Phillip.

— Désolé, Blake, dit Phillip dès que celui-ci entra dans la cuisine. Je ne faisais pas attention et je me suis cogné sur la plaque à biscuits chaude. Tout va bien.

— Parfait. Est-ce que tu as préparé la marinade pour le saumon?

— Oui, elle est au frigo en attendant que le four soit disponible. Kit pense que nous devrions faire du couscous pour l'accompagner.

— Comme tu l'as préparé il y a deux mois, précisa Kit. Avec les pruneaux, les amandes et tout le reste. Oncle Thane a vraiment aimé.

Blake sourit.

— Vous avez besoin d'un coup de main pour le faire?

— Non, on gère, dit Phillip. Tu peux finir les décorations si tu veux.

Blake réfléchit un instant. Il serait certainement plus efficace de finir de travailler sur les décorations, mais Thane et les garçons lui avaient rappelé qu'il n'y avait pas que l'efficacité dans la vie. Il préférerait de loin être dans la cuisine avec eux plutôt que seul dans le salon. Quand Thane serait rentré, ce serait sans doute différent, mais pour l'instant, il était exactement à l'endroit où il voulait être.

— Pourquoi je ne couperais pas les amandes pour vous pendant que vous vous occupez des biscuits? Ça accélérera les choses pour plus tard.

— Bien sûr, oncle Blake, dit Kit.

Blake se figea. *Oncle Blake.* Depuis quand Kit avait-il commencé à le voir comme son oncle? Il ne s'en plaignait pas, pas du tout même. Il avait passé plus de temps chez eux qu'à son appartement au cours des six derniers mois et ils avaient déjà décidé de laisser son bail expirer à la fin de ce mois. Mais entendre ces mots sortir de la bouche de Kit lui faisait comprendre à quel point il en était venu à tous les aimer.

Il obligea ses mains à travailler comme si Kit ne venait pas de bouleverser son monde. Celui-ci ne semblait même pas avoir réalisé de ce qu'il avait dit et Blake ne voulait pas l'embarrasser en en faisant toute une histoire. Si Kit voulait l'appeler ainsi, Blake n'allait pas refuser – au contraire, il sauterait de joie – mais il ne leur demanderait pas et ne s'y attendrait pas de leur part non plus. Le choix revenait entièrement aux garçons.

Il avait presque terminé de remplir un bol d'amandes quand il entendit claquer la portière du pick-up de Thane.

— Les derniers biscuits sont-ils prêts à être sortis du four? demanda-t-il.

— Ils devraient.

Phillip ouvrit le four et sortit la plaque à biscuits.

— À combien je dois régler la température du four pour le saumon, déjà?

— Cent-quarante degrés, dit Blake. Il ne doit pas cuire trop vite ni trop fort. Il est supposé être servi mi-cuit.

Phillip ajusta la température du four et sortit le saumon du frigo. Thane entra dans la cuisine au moment où il l'enfournait. Il avait enlevé ses bottes et ne portait que ses chaussettes.

— Bonjour, comment s'est passée ta journée? demanda Blake.

— Bien, dit Thane en le rejoignant. Le propriétaire est passé avec des détails supplémentaires pour l'étage, mais nous n'avons pas encore commencé cette partie alors nous ne devrions pas prendre de retard.

Il se pencha et embrassa Blake tendrement.

— Comment s'est passée la tienne?

Ils ignorèrent délibérément les bruits de haut-le-cœur de Kit et Phillip. Dès le début, Thane avait eu une discussion avec eux pour s'assurer qu'ils plaisantaient et que l'affection qu'ils se portaient ne les dérangeait pas réellement. Blake avait accepté sa parole que leurs réactions étaient taquines, pas sérieuses.

— Bien. C'était le dernier jour d'école avant les vacances de Noël. Il y a des examens la semaine prochaine, les choses devraient donc être plus calmes en ce qui me concerne.

— Parfait. Kit, Phillip, avez-vous révisé pour vos examens?

— Oncle Blake nous a déjà posé la question, dit Phillip.

— Oncle Blake?

Apparemment, Thane n'allait pas laisser passer ça inaperçu. Blake soupira et espéra que cela ne poserait pas de problème.

— C'est... ça ne te dérange pas, n'est-ce pas? Je veux dire, vous êtes pratiquement mariés. Il emménage ici à la fin du mois. Ça me semblait... plus poli que de l'appeler simplement Blake.

— Ça me va, dit doucement Blake, bien qu'il s'agisse de la décision de Thane, dans l'absolu.

— Ça ne me dérange pas du tout, dit Thane. Je ne t'avais pas entendu le dire jusqu'à présent, c'est tout.

Blake se laissa tomber sur sa chaise avec soulagement. Si ça ne dérangeait pas Thane, alors sa seule autre préoccupation était de s'assurer que les garçons le pensaient vraiment.

— Vous êtes presque adultes, tous les deux. Vous n'êtes pas obligé de m'appeler « oncle » uniquement parce que vous pensez que c'est poli. Je sais que je suis une addition inattendue dans cette famille.

— Pas du tout, répliqua Thane alors même que Kit et Phillip contournaient la table pour s'approcher de lui.

— Kit et moi en avons parlé, dit Phillip. Le truc, c'est que tout se mélange entre la relation que tu as avec nous et celle que tu as avec oncle Thane. Tu ne nous as pas aidés avec ceux qui nous harcelaient parce que tu craquais pour oncle Thane ; tu le détestais au début et il ressentait la même chose. Tu nous as aidés parce que tu te souciais de nous. Et peut-être que tu viens dîner ici aussi souvent pour être avec oncle Thane, mais tu n'as pas passé des heures à m'aider avec l'algèbre avancée ce semestre parce que tu pensais que ça faciliterait les choses entre vous. Tu l'as fait parce que j'avais besoin d'aide. Donc, s'il est notre oncle et qu'il fait toutes ces choses pour nous et que, toi, tu fais toutes ces choses pour nous et que vous êtes ensemble, alors il est logique que tu sois notre oncle aussi.

Blake cligna des yeux pour retenir des larmes de joie. Il ne les embarrasserait pas tous en pleurant, mais il devait serrer ses neveux contre lui. *Ses* neveux, pas seulement ceux de Thane. Il ne pouvait penser à beaucoup de choses qui l'auraient rendu plus heureux. Kit et Phillip tolérèrent son étreinte pendant quelques secondes avant de se tortiller.

— Nous ne voulons pas que le saumon soit trop cuit, dit Kit.

Blake se tourna vers Thane qui l'enlaça à son tour.

— Nous avons des neveux plutôt incroyables, dit Blake contre la poitrine de Thane.

— Oui.

Blake prit une profonde inspiration et chercha à s'écarter, mais Thane le retint près de lui pour lui donner un autre baiser... juste avant que le bout de sa langue ne s'insinue entre ses lèvres à la fin. Blake ne couina pas de surprise, mais de justesse. Thane ne l'avait jamais embrassé de cette façon quand les garçons étaient à proximité.

Il regarda Thane par-dessous ses cils.

— Garde ça en tête jusqu'à ce que nous ayons décoré l'arbre.

Thane haussa un sourcil. Blake sourit.

— J'emménage à la fin du mois. Je ne voyais aucune raison de rentrer chez moi ce soir.

Le second sourcil de Thane vint se mettre au niveau du premier.

— Non pas que je m'en plaigne, mais…

Il fit un geste vers les garçons.

— Ils devront s'habituer à l'idée que leurs oncles ont une vie sexuelle.

— Trouvez une chambre, déclara Kit avant que Thane puisse répondre.

Blake pensait qu'ils avaient parlé trop bas pour que les garçons les entendent par-dessus les bruits de la cuisine. Avec un peu de chance, ils n'étaient pas restés trop près trop longtemps. Ses joues s'enflammèrent, mais il ne pouvait reculer. C'était le seul obstacle qui restait.

— Nous le ferons, dit Blake. Après avoir mangé et décoré l'arbre.

— Beurk, s'exclamèrent les garçons en chœur.

Blake éclata de rire. Il pourrait s'habituer à faire en sorte que les garçons se couvrent les yeux et les oreilles.

Thane s'approcha de Blake dans son dos en un battement de cœur et le serra dans ses bras.

— Je t'aime murmura-t-il.

Blake lui sourit.

— Je t'aime aussi.

D'autres livres par Ariel Tachna

DREAMSPUN DESIRES

L'étalon sauvage

Les amants de Lexington

Les chevaux étaient sa passion… jusqu'à ce qu'il pose les yeux sur son patron.

Il y a un an et demi, une tragédie s'est abattue sur Bywater Farm, lorsque l'amant de Clay Hunter a perdu la vie à la suite d'une chute de cheval et que son meilleur étalon, King of Hearts, en a été traumatisé. Clay et King avaient mis leur vie entre parenthèses, essayant davantage de survivre que de vivre, jusqu'à ce qu'une bouffée d'air frais les réveille tous deux : Luke Davis, un nouveau palefrenier dans l'écurie des étalons.

Lorsque Luke est envoyé aux urgences après être tombé de King, Clay regarde les fondations fragiles de leur relation naissante s'effondrer. Clay peut-il vraiment aimer à nouveau un jockey ? Ou bien sa peur de perdre à nouveau l'homme qu'il aime va-t-elle les séparer pour de bon ?

www.ingramcontent.com/pod-product-compliance
Lightning Source LLC
Chambersburg PA
CBHW022150240626
47153CB00007B/2588